1114

Das Buch
Das Bundeskriminalamt bittet seinen früheren Zielfahnder und heutigen Privatermittler Georg Dengler um Mithilfe: Er soll die Akten der damaligen Sonderkommission Theresienwiese über den Anschlag auf das Münchner Oktoberfest 1980 prüfen. Dengler denkt, es sei ein leichter Auftrag, doch schon bald entdeckt er die ersten Widersprüche. Warum wurde in dem Abschlussbericht der Sonderkommission behauptet, es handele sich bei dem Attentäter um einen Einzelgänger, während glaubhafte Zeugenaussagen ihn unmittelbar vor der Tat mit weiteren Personen gesehen haben? Dengler ermittelt und steht plötzlich selbst im Fadenkreuz mächtiger Interessen.
In seinem neuen Roman entwickelt Wolfgang Schorlau aus realen Geschehnissen eine Geschichte, die aus dem Kalten Krieg bis in unsere Zeit reicht und den Leser bis zur letzten Seite in Atem hält.

Der Autor
Wolfgang Schorlau lebt und arbeitet als freier Autor in Stuttgart. 2006 wurde er mit dem Deutschen Krimipreis ausgezeichnet.

Weitere Titel bei Kiepenheuer & Witsch
»Die blaue Liste. Denglers erster Fall«, 2003, KiWi 870, 2005.
»Sommer am Bosporus. Ein Istanbul-Roman«, KiWi 844, 2005.
»Das dunkle Schweigen. Denglers zweiter Fall«, KiWi 918, 2005.
»Fremde Wasser. Denglers dritter Fall«, KiWi 964, 2006. »Brennende Kälte. Denglers vierter Fall«, KiWi 1026, 2008.

Wolfgang Schorlau

DAS MÜNCHEN-KOMPLOTT
Denglers fünfter Fall

Kiepenheuer & Witsch

Informationen zu diesem Buch:
www.schorlau.com

2. Auflage 2009

© 2009 by Verlag Kiepenheuer & Witsch GmbH & Co. KG, Köln
Alle Rechte vorbehalten. Kein Teil des Werkes darf in
irgendeiner Form (durch Fotografie, Mikrofilm oder
ein anderes Verfahren) ohne schriftliche Genehmigung
des Verlages reproduziert oder unter Verwendung
elektronischer Systeme verarbeitet, vervielfältigt oder
verbreitet werden.
Umschlaggestaltung: Barbara Thoben, Köln,
nach einer Idee von Philipp Starke, Hamburg
Umschlagmotiv: © plainpicture / Folio Images
Gesetzt aus der Dante und der Formata
Satz: Pinkuin Satz und Datentechnik, Berlin
Druck und Bindung: CPI – Clausen & Bosse, Leck
ISBN 978-3-462-04132-3

Allen aufrechten Polizisten gewidmet!

Ich weiß Bescheid.
Ich kenne die Namen der Verantwortlichen für das, was Staatsstreich genannt wird (und das in Wirklichkeit eine Serie von Staatsstreichen darstellt, in Gang gesetzt als Schutzsystem der Macht).
Ich kenne die Namen der Verantwortlichen des Massakers von Mailand vom 12. 12. 1969.
Ich kenne die Namen der Verantwortlichen für die Massaker von Brescia und von Bologna der frühen Monate des Jahres 1974.
Ich kenne die Namen von denjenigen, die zwischen einer Messe und der anderen den alten Generälen die Anordnungen erteilt haben und diese des politischen Schutzes versicherten.
Ich kenne alle diese Namen und ich kenne alle diese Tatsachen (Attentate auf Institutionen und Massaker), derer sie sich schuldig gemacht haben.
Ich weiß Bescheid. Aber ich habe keine Beweise. Ich habe nicht einmal Indizien.
Ich weiß, weil ich ein Intellektueller bin, ein Schriftsteller, der versucht, das, was geschieht, zu verfolgen.

Pier Paolo Pasolini
am 14. November 1974 im »Corriere della Sera«
wenige Monate bevor er unter noch immer nicht
geklärten Umständen erschlagen wurde.

Prolog: München, Theresienwiese   15

Erster Teil
Die Freunde und die Unbekannte   21
Sprechpuppe   28
Anruf vom BKA   33
Geheimnis   34
Sternzeichen   36
Allein   39
Der Präsident   40
Erste Liebe   42
Großmutters Tod   46
Warum   48
Am Sauknochen nagen   52
Martin Klein   53
Feigheit zahlt sich nicht aus   56
Hochgefühl   57
G 96338225   61
In Wiesbaden   62
Waage   68
New York, 28. Februar 2009   71
Kein Mord ohne Motiv   76
Schmoltkes Rückkehr   79
Die Akte Becker   79
Zusammensein am Abend   83
Die große Lage   87
Partnertausch   93
München. Elmar Becker   96

Zweiter Teil
Münchener Ermittlungen   103
Task Force Berlin 1   109
Ein neues Horoskop   112

Plymouth, 7. Juni 2009   114
Hans Leitner   116
Das zerstörte Gesicht   118
Die Vertreibung aus der Küche   121
Farnsworth House, 8. Juni 2009   126
Task Force Berlin 1: Gisela Kleine   129
Am Morgen   130
Die Rede   134
Task Force Berlin 1: Im Lageraum   136
Wehrsport   137
Operation angelaufen   140
Wieder ein Team   141
Auf der Spur   144
Diskussion   146
Suchen Sie das Field Manual 30–31   148
Abhörprotokoll   151
Die Liebe und der Krimi   151
Streng geheim   156
Charlotte und Jan   158
Leitner zu überwachen   160
Tübingen. Im Boulanger   162
Harmlos   164
Venedig, 24. Juni 2009   165
Das Richtige zur richtigen Zeit   168
Die Bombe   170
Überwachung   174
Kein Mann nur für eine Nacht   176
Auf die Frauen   177
Der beamtete Staatssekretär   184
Am Morgen danach   186
Observationsberichte   188
Unauffindbar   190
Abhörprotokolle   192
Büro Dr. Huber   193
Freundinnen   194

Ein Plan   196
Kein Wort zu niemand   197
Belanglosigkeiten   200
Bericht Betty Gerlach   202
Die zweite Nacht: Charlotte und Jan   204
Field Manual   207
Karlsruhe   211
Das Video   214
Heimfahrt   215
Dengler verzweifelt   216
Termin beim Präsidenten   219
Frischer Mut   222

Dritter Teil
Nicht identifizierbarer Account   227
Asservate   228
Gladio   228
Charlotte von Schmoltke trifft Dengler   234
Noch eine Information   238
Arbeitsplan   239
Drei Schläge   242
Nur noch ein paar Wochen   245
Komm nach Berlin   248
Akten   250
Tritt ins Gesicht   255
Zweiter Tag in der Stasi-Unterlagenbehörde   257
Charlotte sucht Jan   258
Waffendepots   259
Große Verluste   263
Kein Zufall   264
Engel forscht   266
Enttarnt   267
Phantombilder   268
Amazing Grace   269
Enttäuschung   272

Es war ein Unglück   275
Verabredung im Hafen   278
Ein Gespräch   280
Containerlager   287
Geständnisse   288
Dengler stirbt   290
Charlotte verwirrt   294
Blechlawine   294
Verdammt echt   297
Noch einmal München   298
Niemand spricht über Betty   301
In Trabzon   304

Epilog   313

Anhang: Das Field Manual 30–31   315
Finden und Erfinden – ein Nachwort   332

Prolog: München, Theresienwiese

Georg Dengler überquerte den Bavariaring. Die Vormittagssonne wärmte sein Gesicht. Es war ruhig. Wenig Verkehr, kaum Menschen. Nur ein silberner Audi schlich untertourig die breite Straße hinauf. Im Schatten der Bäume am Rande der Wiesn radelte eine Gruppe Männer in T-Shirts des Fußballclubs 1860 München. Eine junge Frau, die einen Kinderwagen vor sich herschob, kam ihnen entgegen. Einige der Männer winkten ihr zu. Die Frau tat so, als bemerke sie es nicht, und lächelte erst, als die Gruppe an ihr vorbeigefahren war. Dengler schmunzelte unwillkürlich. Er fühlte sich ausgeruht und entspannt. Was für ein schöner Tag!
Ein paar Schritte weiter blieb er stehen. Er war angekommen. Halbkreisförmig umschrieb eine riesige Cortenstahlplatte den Platz, an dem die graue Stele mit der Inschrift stand: »Zum Gedenken an die Opfer des Bombenanschlags vom 26. 9. 1980«. Rundherum – im Boden und in der Stahlplatte – waren splitterförmige Eisenteile eingelassen. Dengler wurde kalt bei dem Gedanken, dass sie von dem Anschlag selbst stammen könnten. Tödliche Waffen einer schrecklichen Explosion. Hätten nicht ein paar Blumen am Rand gelegen, das Mahnmal hätte einen tristen Eindruck auf ihn gemacht.
Eine Gruppe von Männern und Frauen im Nordic-Walking-Look kam ihm entgegen. Sie benutzten Stöcke, die auf dem Teerboden unrhythmisch blockten. Sie redeten laut, lachten, scherzten und waren bald auf der anderen Seite des Rings verschwunden. Ein Liebespaar schlenderte Händchen haltend über den Platz.
Die Sonne blendete ihn.
Plötzlich sah ich eine Stichflamme, die 20 Meter hoch war.
Dengler zog die Luft tief durch die Nase ein. Sie roch nach Margeriten und Kräutern, deren Namen er nicht kannte.

Immer noch erinnerte diese große karge Fläche an die Wiese, die sie einmal gewesen war, obwohl sie mittlerweile von geteerten Straßen durchzogen war, breit wie Landebahnen. Er bemerkte einen kleinen roten Bagger, der hundert Meter entfernt Erde aushob, um Platz für neue Kiesflächen zu schaffen. Und trotzdem ist es noch immer eine Wiese, dachte er.
Ein Pärchen auf Rollschuhen glitt an ihm vorbei. Beide trugen enge kurze Hosen aus einem glänzend schwarzen Stoff. Sie hielten sich an den Händen, und Dengler sah den verliebten Blick des jungen Mannes und das strahlende Lachen der hübschen Frau. Mit einer eleganten Bewegung stoppten sie vor der Straße, rollten weiter und überquerten sie, ohne sich loszulassen.
Da erfolgte ein ungeheurer Schlag, der die ganze Festwiese erschütterte.
Es muss ein lauer Spätsommerabend gewesen sein. Damals. Leichter Regen war gefallen. Ein angenehmer Regen. Er hatte die Stimmung auf dem großen Fest nicht verdorben. Wahrscheinlich waren die Menschen dankbar für die Abkühlung gewesen.
Danach war es zunächst totenstill. Dann laute Schreie.
Er schloss die Augen und stellte sich die Nacht vor fast dreißig Jahren vor. Gut gelaunte Frauen. Angeheiterte Männer. Manche wohl auch betrunken. Und Kinder. Sie alle gehen und stehen dicht nebeneinander. Fast eine viertel Million Menschen sind auf der Wiesn. Es ist schon spät am Abend, kurz nach 22 Uhr. Das Riesenrad dreht sich noch. Aus der Geisterbahn dringen schrille Schreie. Dichte Scharen drängen schon zum Ausgang. In einer halben Stunde wird das Fest für diesen Tag zu Ende sein.
Ein schöner Tag.
Dengler blinzelte. Die Sonne wärmte sein Gesicht, seine Brust, seine Beine. Er trug nur Jeans und ein weißes Leinenhemd. Unter den Arm hat er die Mappe geklemmt, die sie

ihm gestern Abend gegeben hatten. Er hatte die Berichte gelesen, die Zeitungsartikel und die Vernehmungsprotokolle.
Der Mann, der eben noch vor mir stand, lag plötzlich zehn Meter weiter von mir entfernt. Beide Beine waren abgerissen.
Er überblickte den großen Platz. Eine »Sonderfreifläche«. Merkwürdig, dass ihm gerade jetzt die Behördenbezeichnung wieder einfiel. Lag es an dem Gespräch gestern Abend?
Ich habe bloß geschrien, ich habe gedacht, ich habe keinen Kopf mehr. Die Leute lagen alle rum, zerfetzt, mit abgerissenen Armen und Beinen und Köpfen.
Dengler ging die geteerte Straße hinunter. Einmal wollte er die gesamte Wiesn zu Fuß überqueren.
Ein Inlineskater überholte ihn. Mit ruhigen Beinbewegungen, als wolle er sich vom Boden abstoßen. Etwas weiter entfernt zog ein Modellflugzeug Loopings am Himmel.
Vor mir lag ein Kind. Der ganze Körper war zerfetzt, der Bauch offen.
Bis spät in die Nacht hatte Dengler in der Akte gelesen. Bis in den Schlaf hatten ihn die Szenen verfolgt. Jetzt holten sie ihn wieder ein. Bilder, Stimmen, Schreie, der Geruch von Blut.
Die mörderische Ladung der Bombe aus Nägeln, Schrauben, Muttern und kantigen Metallstücken flog 40 Meter weit.
Er musste eine Entscheidung treffen. Wollte er sich mit diesem Verbrechen beschäftigen? Mit dem größten Attentat in der Geschichte der Bundesrepublik Deutschland, bei dem 13 Menschen starben, 200 verletzt wurden, 68 davon sehr schwer?
Wir standen am Haupteingang – plötzlich dieser Lichtpilz und ein wahnsinniger Wind. Wir waren so von Menschen eingekeilt, dass wir gar nicht stürzen konnten. Ich sah nach unten – Blut, Blut, Blut.
In der blauen Mappe stecke nur ein kleiner Ausschnitt der Akten, vor allem Presseberichte, hatten sie zu ihm gesagt. Wenn Sie bereit sind, mit uns zusammenzuarbeiten, erhal-

ten Sie die vollständigen Unterlagen. Mehr als 80 Aktenordner.

Einem Verkäufer hatte die Druckwelle eine Handvoll Lose weggefegt. Während die Menschen schrien und verbluteten, suchte er wie ein Irrer nach seinen Losen.

Er ging die geteerte Schneise hinunter. Auf dem Platz waren etliche Halfpipes für Skateboarder aufgebaut. Zwei Jungs sprangen von ihren Brettern, drehten sich einmal um die eigene Achse, landeten wieder auf den Skateboards, fuhren weiter, wendeten und wiederholten das Manöver.

Sie waren großzügig gewesen. Sie hatten ihm eine Suite im Bayerischen Hof reserviert. Auf dem Dachgarten hatten sie gestern Abend gegessen. Sie hatten sich Mühe gegeben. Dann hatte der Präsident gesagt: Wir brauchen Ihre Hilfe. Wir möchten mit Ihnen zusammenarbeiten. Wir möchten, dass Sie noch einmal den Fall des Attentats auf das Münchner Oktoberfest untersuchen.

Überall wälzten sich verstümmelte Menschen schreiend in ihrem Blut. Ich kümmerte mich zunächst um ein zwölfjähriges Kind. In seinem Bauch steckte ein fingerdicker Splitter.

Er war lange Polizist gewesen. Er hatte unzählige Tote gesehen. Er hatte Menschen erschossen. Aber in dieser Nacht hörte er die Schreie der Verletzten und träumte, er wate in Blut.

Er verließ die Theresienwiese über die Matthias-Pschorr-Straße und drehte sich noch einmal um.

Die St.-Paul-Kirche ragte über die Dächer der Stadt hinaus, als sei sie einst schon als Fotomotiv gebaut worden.

Er wählte die Nummer, die sie ihm gegeben hatten.

»Ich brauche Bedenkzeit«, sagte er. »Zwei Tage.«

Erster Teil

Die Freunde und die Unbekannte

Im Sommer 2009 stand die Welt vor einem Abgrund. Im vollen Bewusstsein ihres Handelns hatten Banken einander Pakete mit faulen amerikanischen Immobilienkrediten weiterverkauft. Solange die Immobilienpreise in den USA weiter gestiegen waren, war dieses Geschäft risikolos gewesen. Mit jedem weiteren Verkauf der sinnlosen Papiere machten die Banken ein gutes Geschäft. Jeder von ihnen wusste, dass die Blase irgendwann einmal platzen würde, aber jede Bank hoffte, dass ausgerechnet sie zu diesem Zeitpunkt die Papiere verkauft haben würde. Das Ganze glich dem beliebten Kinderspiel »Reise nach Jerusalem«: Zehn Kinder laufen im Kreis um neun Stühle, während Musik spielt. Wenn die Musik stoppt, müssen sich alle setzen. Ein Kind findet keinen Stuhl mehr und hat verloren.

Als die Blase platzte, hatten die Institute das Zweihundertfache des Weltsparaufkommens als Kredite vergeben, und so fanden nur wenige von ihnen einen Platz auf den Stühlen. Die Finanzwelt bebte, als Lehman Brothers Inc. mit einem Schuldenberg von 200 Milliarden Dollar pleiteging. Nun misstraute jede Bank der anderen. Sie liehen sich gegenseitig kein Geld mehr, der internationale Geldverkehr kam zum Erliegen, und die Welt stand plötzlich vor dem Chaos.

Regierungen spendeten Milliardenbeträge, um zu retten, was nicht mehr zu retten war. Ein marodes System.

Während die gleichen Figuren, die die Krise verursacht hatten, im Kanzleramt hofiert wurden und sich dort feixend in Gesprächsrunden fotografieren ließen, die zur Krisenbehebung einberufen waren, traten Staat und Konzerne mit nie erlebter Härte nach unten. *Kaisers Kaffee*, ein zur Tengelmann-Gruppe gehörendes Einzelhandelsunternehmen, kündigte nach 31 Jahren Betriebszugehörigkeit der Kassiererin Barbara E., weil sie angeblich zwei Leergutbons im Wert von 80 Cent und 30 Cent, die ein Kunde vergessen hatte, für sich eingelöst hatte. Nachweisen konnte das Gericht dies der Kassiererin nicht. Die Verdachtskündigung wurde trotzdem von zwei Instanzen der Arbeitsgerichte in Berlin bestätigt.

Der 29-jährige Mehmet Güler, der bei der Mannheimer Gesellschaft für Abfallentsorgung arbeitete, kassierte eine fristlose Kündigung, weil der zweifache Vater ein Kinderbettchen aus dem Container zog, das für die Schrottpresse bestimmt war.

Ein Empfänger von Hartz IV, jener staatlich verordneten Armut, wollte sein Einkommen von 351 Euro im Monat aufbessern und setzte sich hinter Pappschild und Blechdose bettelnd in die Göttinger Innenstadt. Er hatte nicht mit jenem Sachbearbeiter des Sozialamtes der Stadt Göttingen gerechnet, bei dessen Behörde der bettelnde Mann als »Kunde« gemeldet war und der in der Mittagspause an ihm vorbeilief. Der Beamte sah genau hin und verschickte einige Tage später einen Brief an den bettelnden Mann: »In den letzten Tagen habe ich Sie mehrfach gesehen, wie Sie vor dem Rewe-Supermarkt ... gebettelt haben. Zuletzt lagen am 3.1.2009 in der Mittagszeit circa sechs Euro und heute gegen 13 Uhr etwa 1,40 Euro in einer Blechdose.« Der pflichtgetreue Staatsdiener rechnete die Beträge hoch und kündigte an: »Ich beabsichtige daher, ... einen Betrag von 120 Euro als Einkommen durch Betteln anzurechnen.« Künftig werde er nur noch 231 Euro Unterstützung aus Hartz IV monatlich erhalten.

Öffentlich wurden nur jene Schikanen, die bis zum Bundesarbeitsgericht drangen.

Im Sommer 2009 sah es so aus, als wollte die herrschende Klasse testen, wie weit sie es treiben könne, als sollte in einem riesigen gesellschaftlichen Experiment untersucht werden, wie viel Ungerechtigkeit die Gesellschaft ertragen könne. So als sollte in einem riesigen Laboratorium erforscht

werden, was geschehen müsse, damit die Menschen auf die Barrikaden gingen.
Aber es gab keine Barrikaden.
Noch nicht.

★★★

Er hatte noch nicht zugesagt, aber er hatte sich entschieden. Es waren zwei einfache Gründe und ein tieferer komplizierter Grund, die Georg Dengler dazu bewogen, den Fall anzunehmen. Er erklärte sie seinen Freunden abends, als sie gemeinsam im *Basta* saßen, ihrem Stammlokal: Erstens würde er gut bezahlt werden, und zweitens würde sich die Arbeit auf das Studium der Akten beschränken. Vielleicht komme eine Zeugenbefragung oder zwei dazu. Mehr aber wohl nicht. Die Tat lag dreißig Jahre zurück. Viele Zeugen lebten nicht mehr, andere erinnerten sich kaum noch. Die meisten der ermittelnden Polizisten würden nun den Ruhestand genießen oder ebenfalls bereits gestorben sein. Dreißig Jahre ist eine lange Zeit, sagte Dengler.
Über den tieferen Grund, diesen Auftrag anzunehmen, gab Georg Dengler weder sich selbst noch seinen Freunden aufrichtig Rechenschaft. Er spürte nur eine tiefe dunkle Stimmung in seinem Gemüt, die er sich nicht erklären konnte. Ob sie damit zusammenhing, dass das Bundeskriminalamt bei diesem Fall sein Auftraggeber sein würde? Mehr als fünfzehn Jahre war Dengler Zielfahnder beim BKA gewesen, bevor er den Dienst quittiert und sich als Privatermittler in Stuttgart selbstständig gemacht hatte. Seine Kündigung hatte damals etwas von Notwehr an sich. Die Vorgaben für die Ermittler waren immer einseitiger geworden. Manche Ermittlungsstränge durfte er nicht weiter verfolgen, obwohl es wichtige Spuren waren. Er sah sich damals vor die Alternative gestellt: entweder aufrichtig zu bleiben und zu gehen oder sich zu beugen und genauso ein hemmungsloser

Kriecher zu werden wie viele seiner Kollegen. Er wollte sich nicht brechen lassen und ging.
Er hatte diesen Entschluss nie bereut. Und doch ...
Das BKA war für ihn in seinen jungen Jahren eine Art Heimat gewesen. Der Behörde warf er daher nichts vor. Dem damaligen Präsidenten schon. Und nun gab es einen neuen Chef. Seit langer Zeit stand wieder einmal ein Polizist an der Spitze des Amtes und nicht ein Jurist, der von Polizeiarbeit keine Ahnung hatte.
Dieser Präsident hatte ihn um Hilfe gebeten. Er hatte ihn in ein teures Hotel eingeladen und ihm seine Wertschätzung offen gezeigt. Konnte er sich dem entziehen? War er insgeheim nicht doch noch immer ein Polizist?

***

Seine drei besten Freunde saßen mit ihm zusammen am langen Tisch im Hinterzimmer des *Basta*. Mario, Martin und Leopold. Mario war Künstler. Er war der Kreative in der Runde. Mario stand für die Überlegenheit des Gefühls über den Verstand. In seinem Atelier in der Reinsburgstraße schuf er große farbige Bilder, die alle von dem gleichen Sammler gekauft wurden, dessen Namen er vor allen geheim hielt, sogar vor Anna, seiner Frau. Erst vor Kurzem hatten die beiden geheiratet, und seither sprach Mario fast jeden Abend, an dem die Freunde sich trafen, vom romantischen Glück der Ehe. Mit Anna zusammen betrieb er in seiner Wohnung das St. Amour, ein Ein-Tafel-Restaurant. Er kochte leidenschaftlich gern und gut, und so war das St. Amour zu einem Geheimtipp in der Stadt geworden. Vor allem in Künstlerkreisen hatte sich herumgesprochen, dass man nirgendwo so außergewöhnlich und so gut essen konnte wie in Marios Wohnzimmer.
Georg Dengler und Mario kannten sich schon seit ihrer Kindheit. Sie waren in Altglashütten aufgewachsen, einem kleinen Ort im Schwarzwald. Beide waren als Kinder Außen-

seiter im Ort gewesen, beide waren sie vaterlos aufgewachsen, und vielleicht war das der Grund, warum die beiden Einzelgänger letztlich Freunde geworden waren. Dabei hätten sie unterschiedlicher nicht sein können: Dengler war ein Grübler, Mario dagegen war impulsiv. Dengler hatten seine langen Beamtenjahre beim Bundeskriminalamt mehr gefärbt, als er es selbst für möglich hielt. Obwohl er im BKA vieles erlebt hatte, das er nicht billigte, war sein Glauben an die Institutionen des Staates nicht nachhaltig erschüttert. Dengler hielt Staat, Polizei und Justiz für wichtige Einrichtungen, ohne sie war ein zivilisiertes Leben für ihn nicht denkbar. Mario hingegen träumte von einer Revolution der Künstler, von einem Aufstand der Kunst gegen die Macht des Geldes. Ihm war Unordnung bedeutend lieber als Ordnung, Chaos war ihm ein natürlicher Glückszustand, und auferlegte Pflicht hasste er aus tiefer Überzeugung.

Leopold Harder war ein hagerer Mann Ende dreißig. Sein Markenzeichen war die schwarze runde Brille, die ihn schon von Weitem als Intellektuellen verriet. Er war Journalist, arbeitete im Wirtschaftsressort einer der beiden Tageszeitungen der Stadt. Er hatte durch seine Recherchen Georg Dengler bereits in einigen Fällen geholfen. Dengler schätzte die zurückhaltende Gründlichkeit seines Freundes, seinen Sachverstand und die Fähigkeit, komplexe ökonomische Zusammenhänge in einfachen Worten zu erklären. Dengler kannte keinen klügeren Menschen.

Mario und Leopold hatten Dengler geraten, den Auftrag des BKA anzunehmen. Nur Martin Klein schien dazu nichts sagen zu wollen. Er starrte hinüber zur Tür. Eine Frau war eingetreten und hatte sich an die Bar gestellt. Sie sah sich suchend um.

Mario, der Kleins Blick folgte, pfiff durch die Zähne. Die Frau war hochgewachsen, dunkelhaarig, nicht hinreißend schön, aber attraktiv, sie hatte etwas Spanisches, Rassiges an sich – gebräunte Haut, schwarze Augen, eine gute Figur, die durch

das kurze schwarze Kleid, das sie trug, perfekt betont wurde. Am auffälligsten aber war ihre Haltung. Sie zeichnete jene unwiderstehliche Attraktivität aus, die selbstverständliches Selbstbewusstsein bewirkt.
»Kennst du die Frau?«, fragte Mario Martin Klein, der immer noch zur Bar hinüberstarrte.
Klein schüttelte den Kopf.
»Leider nicht.«
»Soll ich sie an den Tisch bitten? Vielleicht trinkt sie ein Glas mit uns?«
»Auf keinen Fall. Was soll *so* eine Frau mit uns anfangen?«
Martin Klein war der Älteste der vier Freunde. Es ärgerte ihn, dass ihm als einzigem der Freunde bereits Haare aus der Nase und den Ohren wuchsen. Jeden Morgen kontrollierte er ihren Wuchs. Früher war er ihnen mit einer Nagelschere zu Leibe gerückt, doch seit er in einem türkischen Film gesehen hatte, wie ein Istanbuler Friseur seinen Kunden diesen lästigen Makel mit einem Feuerzeug abgeflammt hatte, versuchte er dies auch. Daher rührte die kleine Brandblase unterhalb seines rechten Nasenlochs, und diese Blase war der Grund, warum er auf keinen Fall wollte, dass diese schöne Frau an ihren Tisch kam. Eitelkeit war eine seiner kleineren Schwächen.
Klein lebte davon, dass er Horoskope für einige Frauenmagazine verfasste, und auch das wöchentliche Horoskop im »Aktuellen Sonntag« stammte aus seiner Feder. Er verdiente damit nicht schlecht, aber er litt unter seiner Arbeit, weil er Astrologie für einen Schwindel hielt, einen harmlosen zwar, einen Aberglauben, für den aus ihm unerfindlichen Gründen hauptsächlich Frauen anfällig waren. Es grämte ihn zusehends, dass er sich daran beteiligen musste, um über die Runden zu kommen.
»Niemandem leuchtet es ein, warum die Kraft der Sterne erst zum Zeitpunkt der Geburt wirken soll«, erklärte er. »Diese angeblich so mächtigen Kräfte durchdringen die Mauern

und die Isolierung von Krankenhäusern und Kreißsälen, die selbst Handystrahlung absorbieren, aber gegen die dünne Schutzschicht von Mutterleib und Plazenta, die durchlässig ist für Sauerstoff und anderes, da versagen diese kosmischen Energien. Wer glaubt denn so was?«

Klein lebte im ersten Stock des Hauses, in dem sich auch das *Basta* befand. Er hatte Georg Dengler kennengelernt, als dieser vor einigen Jahren in das gleiche Haus einzog. Seitdem waren sie Nachbarn und Freunde.

Klein konnte den Blick nicht von der Frau an der Theke lassen.

Sie hatte sich ein Glas Primitivo bestellt, was ihm gefiel. Offensichtlich besaß sie auch in dieser Frage einen guten Geschmack.

Klein lebte schon lang allein. Früher einmal, und bei diesem Gedanken lächelte er still vor sich hin, hatte er eine nicht unbeträchtliche Wirkung auf Frauen gehabt. Aber er hatte sich damit abgefunden, dass dieses Kapitel für ihn abgeschlossen war. Das war nicht angenehm, aber nicht zu ändern. Die Paarungszeit war für ihn vorbei.

Um so beunruhigender war, dass diese Frau ihn so aufwühlte. Er betastete seine Brandblase unter der Nase. Sie würde sofort sehen, dass er sich die Nasenhaare mit einem Feuerzeug abgeflammt hatte – dass er überhaupt Haare in der Nase hatte. Altwerden ist nichts für Feiglinge, dachte er und bemerkte, dass er dem Gespräch seiner Freunde schon seit einiger Zeit nicht mehr folgte.

»Also, Martin, ich schau mir das jetzt nicht mehr länger an«, sagte Mario und stand auf.

Er ging hinüber zur Bar und sprach die Frau an. Er sagte etwas, was Klein nicht verstand, dann zeigte er mit einer einladenden Geste an den Tisch mit den vier Freunden. Klein verfluchte – und bewunderte ihn. Er hätte es nie gewagt, diese Frau anzusprechen. Selbst wenn er keine Brandblase unter der Nase gehabt hätte.

In diesem Augenblick vibrierte Denglers Handy, das vor ihm auf dem Tisch lag. »Unbekannte Rufnummer«, zeigte das Display an.

Sprechpuppe

Um sechs Uhr klingelte der Wecker. Eben noch war sie im Traum nackt am Rednerpult des Bundestages gestanden und hatte in die grölenden Gesichter ihrer Kollegen gesehen. Es dauerte einen Augenblick, bis sie begriff, dass es nur ein Albtraum gewesen war. Erleichtert tastete sie nach dem Wecker. Dann warf sie sich noch einmal auf den Rücken und starrte die Decke an. Nicht einmal Harald war da. Dann wäre alles leichter. Er könnte ruhig weiterschlafen, aber sie könnte sich noch mal an ihn schmiegen.
Sie lächelte.
Sie hatten sich aneinander gewöhnt. Es war nicht leicht gewesen. Vor allem für sie. Vielleicht würden sie sogar ein Kind bekommen. Sie verhütete nicht mehr, allerdings schliefen sie seit Monaten nicht miteinander. Sie war immer viel zu müde.
Schluss, dachte sie. Schluss mit diesen Gedanken.
Ich bin wieder einmal viel zu spät nach Hause gekommen. Zwei Uhr ist es wohl gewesen.
Sie schloss die Augen. Sie war so müde. Sie wollte weiterschlafen. Unbedingt. Nichts schien in diesem Augenblick wichtiger als Schlaf. Doch dann stieg aus den nebeligen Schichten ihres Unterbewusstseins die Erinnerung herauf, dass in einer halben Stunde eine hellwache Journalistin anrufen würde und sie dem Deutschlandfunk ein Interview zu geben hatte.

Stöhnend setzte sie sich auf. Ihr Kopf schmerzte. Sie hatte zu viel getrunken. Sie hatte sich vorgenommen, keinen Alkohol mehr zu trinken. Nur an den Gläsern zu nippen. Aber das war gar nicht so einfach. Gestern Abend, wo war sie da gewesen? Ihr fiel es wieder ein. In Hannover. Sie hatte auf einer Veranstaltung des Beamtenbundes in Hannover gesprochen. Auf der Rückfahrt nach Berlin hatte sie im Fond ihres Dienst-A8 nicht schlafen können. Das war ungewöhnlich. Seit sie vor vier Jahren Parlamentarische Staatssekretärin geworden war, konnte sie in jeder Situation einnicken, ein Sekundenschläfchen halten, im Auto, im Flugzeug, in nahezu jedem Transportmittel konnte sie schlafen – und sei es nur für einen Augenblick. Sehr erfrischend waren diese kleinen Pausen. Aber gestern hatte es nicht geklappt. Sie hatte gegrübelt. Über die NPD-Verbotssache. Wieder einmal. Es war erschreckend: In vier Monaten war Bundestagswahl, und sie hatte immer noch nichts erreicht.
Vier Jahre, dachte sie. Fast vier Jahre lang war sie nun schon Parlamentarische Staatssekretärin im Innenministerium.
Ich bin alt geworden in dieser Zeit, dachte sie. Und ich habe in meinem Hauptanliegen nichts erreicht.
Es war nicht sicher, ob sie nach der Wahl noch einmal Staatssekretärin werden würde. Im Moment war schwer vorherzusagen, wie die Wahlen ausgehen würden. Selbst wenn die Konservative Partei wieder die Regierung bilden würde, war nicht sicher, ob ihr erneut das Innenministerium zufiel. Wie viel Zeit blieb ihr noch? Zu wenig, um etwas zu bewirken.
Wirklich?
Sie stand auf, streckte die Arme und dehnte sich.
Um was ging es eigentlich bei dem Interview?
Sie schaute in den Papieren nach: Um eine Grundgesetzänderung, mit der man die Piraten vor Somalia besser bekämpfen konnte. Die Journalisten würden sicher wissen, dass dieses Thema der Regierung nur die Gelegenheit bot,

um das Grundgesetz für den Einsatz der Bundeswehr im Inneren aufzulockern. Sie musste sich auf Fragen in dieser Richtung wappnen. Sie würde alles abstreiten, obwohl die Journalisten wussten, dass es genau darum ging, und sie wusste, dass die Journalisten wussten …
Noch unsicher auf den Beinen ging sie ins Bad und stellte die Dusche an. Wie würde ihr Tag weitergehen? Neben dem Telefon lag die Mappe mit ihrem Tagesplan. Das Papier quoll heraus. Neun Uhr: Frühstück mit irgendjemand von ver.di. Da ging es um die geplante Änderung der Beamtenbesoldung. Dann Arbeitsgruppe Innenpolitik der CDU, danach im Kanzleramt die Koalitionsrunde. Anschließend tagte der Innenausschuss. Am Nachmittag Einweihung eines neuen Olympiastützpunktes. Wo nur? In Stralsund? Nein, Stralsund war es nicht, aber doch irgendein Ort im Osten. Im Ablaufplan würde es stehen, der Fahrer würde schon wissen, wo er sie heute hinzufahren hatte.
Das ist wieder einer meiner Horrortermine, dachte sie. Drei Stunden Hinfahrt, drei Stunden Rückfahrt, eine halbe Stunde Grußwort. Am Abend Empfang des Bundesverbandes der Sicherheitsirgendwas. Mit Rede. Vielleicht konnte sie im Auto den Text überfliegen. Notwendig war das aber nicht. Bitter dachte sie, dass sie das immerhin in den vier Jahren gelernt hatte: Fremde Texte mit Überzeugung vorzulesen, so als ob man sie selbst geschrieben und nicht eben zum ersten Mal gesehen habe. Pünktlich würde sie sowieso nicht sein.
Warum das Büro die Termine immer so eng setzte? Hab ich nicht schon hundertmal gesagt, dass sie mich nicht zu Tode hetzen sollen?
Eine Sprechpuppe bin ich, dachte sie plötzlich. Ich rase von Ort zu Ort und lese Reden vor, die ich nicht kenne. Mit Inhalten, die das Büro ausgearbeitet hat.
Vor ein paar Tagen hatte sie zufällig auf dem Ministerstockwerk dem Gespräch zweier Beamter zugehört. Sie standen

beieinander am Kopierer, Akten in der Hand, und hörten sie nicht kommen.

»Die Minister kommen und gehen«, hatte der eine gesagt. »Und die Staatssekretäre auch«, der andere, und dann hatten sie sie erschrocken bemerkt und waren hastig auseinandergegangen.

Sie hatten recht. Was hatte sie schon erreicht? Dabei war sie doch mit einem wichtigen Ziel in dieses Amt eingetreten. Nichts hatte sie erreicht. Wie ein Hamster lief sie im Rad. Auf hohem Niveau, sicher. Die Beamten scharwenzelten um sie herum. Die Interessenverbände sowieso. Frau Staatssekretärin hier, Frau Staatssekretärin dort. Vorgegebene Unterwürfigkeit. Ja, wie ein Hamster. Aber ein Hamster in einem teuren Auto. In besten Kostümen. In erstklassigen Transportmitteln. Gut bezahlt. Mit viel Geld. Manchmal fühlte sie sich richtig mächtig.

Aber doch nur eine Sprechpuppe.

Kein Privatleben.

Keine eigene Meinung.

Keine Aufmerksamkeit.

Kein Freiraum.

Das war ihr Leben.

Selbst der Kontakt mit den Bürgern war schwerer geworden. Eine einfache Abgeordnete konnte man leichter ansprechen als sie. Aber nun, mit all den Insignien der Macht ausgestattet, dem Dienst-Audi, den Referenten, der Begrüßung durch Oberbürgermeister, schien es ihr, als hätten nur noch Verrückte den Mut, mit ihr zu sprechen. Bei einem der letzten Auftritte hatte eine Frau um die vierzig sie bedrängt. Wie die Regierung mit dem Datum 21. 12. 2012 umgehen würde? Ob es Einsatzpläne für diesen Tag gebe? Sie hatte die Frau irritiert angesehen, die so gewisslich auf sie einsprach, als müsse jedermann wissen, was dieses Datum bedeutete. Charlotte wusste es nicht, und die Frau erklärte ihr schließlich, dass an diesem Tag der Kalender der Maya ende. Und damit ende für die Mayas auch die Geschichte der Welt. Selbst seriöse Wissenschaftler beschäftigten sich seit Langem mit den möglichen Folgen. Verheerende Schäden seien zu erwarten, sagte die Frau, und die Regierung müsse doch endlich das Volk aufklären.

Es war der fanatische Glanz in den Augen der Frau, der sie warnte. Auch eine Art unterdrückter Bereitschaft zu Gewalt, die sie mehr ahnte als spürte. Die Maya hätten ihres Wissens weder über eine Schriftsprache noch über das Rad verfügt, sagte sie, da traue sie ihren kalendarischen Fähigkeiten auch nicht allzu sehr. Die Frau holte tief Luft, schrie und fuhr ihr mit langen roten Fingernägeln ins Gesicht. Drei Wochen lang sah man die Schrammen, und sie musste sich den milden Spott ihres Mannes anhören.

Früher, ohne das Amt, war ihr Leben anders gewesen: Als junge Abgeordnete hatte sie den damaligen Innenminister mit ihren Fragen gepeinigt: Warum werden die Neonazis der NPD nicht verboten? Warum unternehmen Sie nichts? Und einmal hatte sie sogar gesagt: Warum decken Sie die braune Soße, Herr Minister? Das hatte ihr einen Ordnungsruf des Präsidenten eingebracht. Aber ihre Hartnäckigkeit damals und die Aufmerksamkeit, die sie dafür in der Presse und bei der jetzigen Kanzlerin fand, hatten sie in dieses Amt gespült.

Aber sie hatte nichts erreicht. Die Neonazis wurden immer dreister. Im Osten kontrollierten sie schon komplette Landstriche. »Befreite Gebiete«, nannten sie es. Bald würde es dort eine Doppelherrschaft geben.

Und sie schwieg.

Das Telefon klingelte.

»Guten Morgen, Frau von Schmoltke, sind Sie bereit für unser Morgeninterview?«, fragte eine frische Frauenstimme. »Wir sind in zwanzig Sekunden auf Sendung.«

»Ich bin bereit«, sagte sie und richtete sich auf.

Anruf vom BKA

»Bundeskriminalamt. Spreche ich mit Georg Dengler?«
»Ja, bitte?«
»Na, Süßer, wie geht es dir?«
»Hallo – wer spricht da? Marlies, bist du das?«
Dengler stand auf und ging hinüber zur Bar. Auf halbem Weg kam ihm Mario mit der gut aussehenden Frau entgegen. Die beiden gingen zu ihrem Tisch, und Dengler sah aus dem Augenwinkel, dass die Frau sich auf seinen Platz setzte.
»Klar. Freut mich, dass du dich noch an mich erinnerst.«
Marlies war zu der Zeit, als Georg Dengler noch Zielfahnder beim Bundeskriminalamt gewesen war, die Sekretärin von Dr. Scheuerle gewesen, dem Leiter der Abteilung Terrorismus und Denglers Chef. Sie waren sich einig gewesen, dass Scheuerle ein großer Idiot war, der alle Beamten terrorisierte, die ihre Arbeit machten, und diese Übereinstimmung hatte ihn, neben einigen Gläsern Weißwein, dazu bewogen, spätabends mit ihr in ihre Wohnung zu gehen. Es war ein dringender Einsatz, der die Liebesnacht verhinderte. Marlies hätte gern einen neuen Versuch unternommen, aber Dengler ließ sich nicht mehr darauf ein.
»Ich bin befördert worden«, sagte Marlies.
»Oh, Gratulation! Das heißt …?«
»Ich arbeite nun im Büro des BKA-Präsidenten. Und der will dich sprechen. Passt es gerade?«
»Nicht ideal, aber es geht schon.«
»Scheint eilig zu sein. Er kam nämlich direkt aus einem Gespräch mit der Staatssekretärin, als er dich sprechen wollte. Ich verbinde … Vielleicht sehen wir uns mal? Tschüss!«
Dengler ging raus ins Freie.
»Schneider hier. Herr Dengler? Ich hoffe, ich störe Sie nicht. Aber ich brauche eine Entscheidung von Ihnen. Sie nehmen unser Angebot an?«

»Ich nehme es an, Herr Dr. Schneider«, sagte Dengler.
»Das freut mich sehr. Können wir uns noch mal sehen? Zeitnah?«
Der Präsident sprach plötzlich sehr schnell. »Können wir uns morgen in Stuttgart treffen?«
Sie verabredeten sich für den nächsten Tag.

Geheimnis

Charlotte Gräfin von Schmoltke stammte aus einer alten schwäbischen Adelsfamilie. Die Familiengeschichte lag wie ein Glorienschein, aber manchmal auch wie ein bedrückender Nebel über ihrem Leben. Der Großvater war Offizier der Wehrmacht gewesen und hatte zur Widerstandsgruppe um General Olbricht gehört. Die Nazis erschossen ihn nach dem misslungenen Attentat zusammen mit Olbricht, Stauffenberg und anderen in der Nacht vom 21. Juli 1944 im Bendlerblock.
Sie kannte ihren Großvater nur von alten Fotografien, aber in diesen Bildern war er stets präsent. Im Wohnzimmer der Familie hing ein Porträt in Öl, das ihn als erwachsenen Mann in Uniform zeigte. Das Bild, bereits sehr nachgedunkelt, die Farben rissig und splitterig, wirkte auf sie wie eine programmatische Schrift, wie ein vorgegebenes Muster, dem sie zu folgen hatte. Seine Überzeugung darf man niemals verraten, schien der mahnende Blick zu sagen. Für das, was man für richtig hält, muss man notfalls auch bereit sein zu sterben, so wurde sie erzogen, das war ihre Überzeugung, und diese Haltung strahlte sie mit einer klaren Selbstverständlichkeit aus.
Über die Triebkräfte ihrer politischen Karriere machte sich

Charlotte keinerlei Illusionen. Sie verdankte alles dem Großvater. Man schmückte sich gerne mit ihrem Namen. Seit sie denken konnte, schon als Kind, stand sie jedes Jahr am 20. Juli, dem Gedenktag des Attentats Stauffenbergs auf Hitler, auf Friedhöfen, an Denkmälern und manchmal auch in Berlin an der Hinrichtungsstätte. Sie hörte den Reden der Politiker zu. Schon als Jugendliche dachte sie manchmal, dass sie die gestanzten Worte alle schon einmal gehört hatte, und sie versuchte die Reden im Geist mitzusprechen, vorherzusehen, welche Worte als Nächstes folgen würden. Es gelang oft. Sie kannte die Gesten, mit denen sie die Kranzschleifen zurechtzupften, und das ernste Mienenspiel bei den kurzen Minuten stillen Gedenkens. Sie kannte das plötzliche Umschalten auf Erleichterung oder geschäftigen Alltagsjargon, wenn die Fernsehkameras ausgeschaltet waren.
Sie war von klein auf gewöhnt, gefilmt zu werden. Aber sie durfte nicht jubelnd rufen: »Guck mal, das da bin ich!«, wenn sie sich auf den Bildern der Tagesschau erkannte. Als Kind immer an der Hand der Großmutter. Sie unterdrückte den Jubel-Impuls. Haltung. Darauf kam es an. Und sie hatte Haltung. Schon als Vierjährige.
Ihre Großmutter hatte sie geprägt. Wenn sie darüber nachdachte, und das tat sie in den letzten Monaten immer öfter, dann war sie von den Großeltern mehr geformt worden als von den Eltern.
Die Großmutter war es, die ihr durch ihr Beispiel Haltung beibrachte. Noch auf dem Sterbebett saß sie kerzengerade, den unbeugsamen Rücken gegen das große Kissen gelehnt. Unantastbar. Unberührbar. Und unerreichbar. Ewiges Vorbild. Die Großmutter war nicht nur Vorbild, sondern auch dauernde Mahnerin: »Sitz aufrecht, Kind!«, war ein Standardsatz. Sie war es auch, die einen Stock zwischen Stuhl und Rücken klemmte, um sie zu zwingen, gerade zu sitzen. Sitz wie eine von Schmoltke. Geh wie eine von Schmoltke. Aufrecht. Geradlinig. In Pose und Charakter.

Ihr entging nicht, dass es zwischen ihrer Großmutter und ihrer Mutter Spannungen gab. Manchmal lagen sie in der Luft wie eine Gewitterwolke, manchmal waren sie kaum zu spüren, aber verschwunden waren sie nie. Es hing wohl zusammen mit etwas, das die Großmutter die *Hippie-Phase* der Mutter nannte. Es klang so, als habe die Mutter einmal Schande über die von Schmoltkes gebracht, als sei sie weggelaufen vor der Pflicht, die Tochter eines Widerstandskämpfers zu sein. Die Mutter beherrschte die typische Schmoltke-Haltung auch, aber sie konnte sie an- und ausschalten wie das elektrische Licht, und unter der anerzogenen Fassade lag eine warme Herzlichkeit, die der adlig-untadeligen Großmutter fehlte.

Trotz dieser Spannungen schien es einen Pakt zwischen den beiden Frauen zu geben. Ihre Mutter schien keine Einwände zu haben, dass die Großmutter sich der Enkelin annahm, als sei es ihr eigenes Kind und als ginge es darum, das Erbe des Großvaters an das kleine Mädchen weiterzugeben.

Sternzeichen

Als Dengler an den Tisch zurückkehrte, saß die junge Frau immer noch an seinem Platz, und der Kellner stellte gerade eine neue Flasche Grauburgunder auf den Tisch.
»Hallo, ich bin die Betty«, sagte sie und streckte Dengler die Hand entgegen. »Betty Gerlach.«
»Erfreut«, sagte Dengler und deutete einen Handkuss an.
Er wunderte sich, dass Martin Klein ihn wütend ansah.
Außerdem hielt Klein auf seltsame Art die rechte Hand vor den Mund. Das sah komisch aus, wie ein Mundschutz gegen die Schweinegrippe, und Dengler überlegte, ob er eine Be-

merkung darüber machen sollte. Als er den Zorn in Kleins Augen sah, verzichtete er darauf.

Mario führte das große Wort.

»Stell dir vor, Betty ist Waage. Ausgeglichen, um Harmonie bemüht. Gerechtigkeitsliebend.«

»Endlich jemand an diesem Tisch, der an Horoskope glaubt«, sagte Dengler zu ihr.

»Und wie«, antwortete sie strahlend. »Vielleicht haltet ihr mich für verrückt, aber bisher haben sie meinem Leben immer im richtigen Augenblick den entscheidenden Hinweis gegeben. Bei allen wichtigen Entscheidungen habe ich meinem Horoskop vertraut, und ich bin nie schlecht damit gefahren.«

Und nach einer kleinen Pause sagte sie: »Was bist du denn für ein Sternzeichen?«

»Widder.«

»Und dein Aszendent?«

»Keine Ahnung. Um ehrlich zu sein, weiß ich gar nicht genau, was ein As...«

»Aszendent!«

»Keine Ahnung, was das genau ist.«

»Wann hast du Geburtstag?«

»Am 23. März.«

»Na, komm schon. Und in welchem Jahr? Und zu welcher Uhrzeit kamst du auf die Welt?«

»Ich bin nicht sehr beschlagen in astrologischen Sachen. Aber wir haben hier am Tisch einen Spezialisten ...«

Da traf ihn unter dem Tisch ein mit voller Wucht ausgeführter Tritt. Dengler sah auf und starrte in Martin Kleins wütende Augen. Die Hand hatte er vom Mund genommen, und die Brandblase funkelte. Klein hob einen Finger vor den Mund und schüttelte fast unmerkbar den Kopf.

Verwirrt wechselte Dengler das Thema.

»Das war gerade meine alte Behörde. Ich hab zugesagt.«

»Es geht um einen alten Fall«, fügte er mit Blick auf Betty

hinzu, die ihn irritiert ansah. »Eine Sache von 1980, in der neue Ermittlungen aufgenommen werden sollen.«
»Bist du etwa Polizist?«, fragte Betty und sah ihn erschrocken an.
»Polizist? Mehr als ein Polizist! Das ist der berühmte Sherlock Holmes«, rief Mario. »Der Sherlock Holmes von Stuttgart. Und mein Name ist«, er stand auf und machte eine Verbeugung, »Dr. Mario Watson.«
Alle lachten. Leo goss Wein nach. Nur Martin verzog keine Miene. Die Hand hatte er nun wieder vor den Mund gelegt.
»Du bist Privatdetektiv?«, sagte Betty, nachdem sie getrunken hatten. »Toll. Ich habe noch nie einen Privatdetektiv kennengelernt. Was macht ihr anderen?«
»Mario ist Künstler«, sagte Georg Dengler. »Er malt. Und er betreibt ein legendäres Ein-Tafel-Restaurant in seinem Wohnzimmer. Leopold und Martin …«, er zögerte, weil ihn Martin schon wieder so merkwürdig ansah, »… schreiben für die Stuttgarter Zeitungen.«
»Eine merkwürdige Mischung seid ihr.«
»Die beste, die man sich vorstellen kann«, sagte Leopold.
»Und was machen Sie?«
»Ich bin in der Modebranche.«
»Catwalk. Ein Model! Hab ich mir schon gedacht.«
Betty lachte laut.
»Nein. Ich entwerfe die Kleider, die die Models vorführen.«
»Das ist ja auch viel besser«, sagte Klein.
Nachdem sich Betty Gerlach wenig später verabschiedet hatte, hob Mario erneut sein Glas: »Lasst uns auf die Bekanntschaft dieser schönen Frau trinken.«
Sie stießen an.
»Ich glaube«, sagte Mario, »einer von uns hat sich heute Abend in sie verliebt.«
»So ein Quatsch«, sagte Martin Klein.

Allein

Natürlich war es undenkbar gewesen, dass sie, die Enkelin des berühmten schwäbischen Widerstandskämpfers, eine Schulklasse wiederholen musste. Eher schicken wir das Kind nach Salem, sagte die Großmutter. Die Mutter schien eine Ehrenrunde im Gymnasium nicht so schlimm zu finden. Charlottes Noten sanken rapide, als die Hormone zu revoltieren begannen, und ihre Leistungen am Uhland-Gymnasium in Tübingen waren so schwach, dass jede andere Schülerin wohl nicht zu retten gewesen wäre.
Der Rektor befürchtete jedoch eine schlechte Presse, und das feine Netz aus verständnisvollen, nachsichtigen Lehrern und teuren Nachhilfelehrern sowie die ständigen Appelle an Haltung und Familienehre bewirkten, dass sie die Versetzung jedes Mal schaffte. Mit Beginn der Oberstufe war die kritische Phase überwunden: Charlotte mauserte sich zu einer guten, teilweise sogar herausragenden Schülerin und bestand das Abitur mit einer Durchschnittsnote, die es ihr erlaubte, sich in Tübingen für Jura einzuschreiben.
Schon ein paar Jahre zuvor hatte ihre Mutter sie beim Hockeyclub und in der Jungen Union angemeldet. Allein im Hockeyspiel riss der unsichtbare Schutzschild des Großvaters. Es war ein robustes Spiel, und manchmal kam es ihr so vor, als sei sie gerade wegen ihres Großvaters bevorzugtes Ziel von Hieben mit dem Ellbogen oder manch übertriebenem *bodycheck* geworden. Trotzdem: Im Spiel spielte ihr Name und ihr Herkommen keine entscheidende Rolle. Da kam es darauf an, dass sie den Ball ins gegnerische Tor brachte oder ihn sich zumindest nicht von einem Gegenspieler abnehmen ließ. Sie liebte dieses Spiel. Sie trainierte. Ausdauertraining. Krafttraining. Lauftraining. Sie wurde eine recht passable Mittelfeldspielerin, und auf wenige Dinge war sie so stolz wie auf ihre Schnelligkeit und die präzisen Ballabgaben.

In der Jungen Union trug sie Großvaters Name von allein nach oben. Sie wurde in den Ortsvorstand berufen, kaum war sie ein halbes Jahr dabei. Sie merkte schnell, dass man sich mit ihr schmückte. Man war dezent: Zu den schlimmen Besäufnissen, den Bordellbesuchen im Stuttgarter Rotlichtviertel nahm man sie nicht mit. Großvater schützte sie davor, aber seine Aura isolierte sie auch, machte sie einsam.

Sie konnte sich inmitten einer überfüllten Vorlesung über Steuerrecht einsam fühlen. Sie fühlte sich mutterseelenallein auf den Kongressen des RCDS, dem sie jetzt angehörte. Sie beteiligte sich nicht an dem Geschacher um Vorstandsposten, und dennoch fielen diese fast zwangsläufig an sie. Sie hatte einen Namen, sie sah nicht schlecht aus, sie wirkte frisch und formulierte klug und geradeaus.

Und trotzdem war sie allein.

Der Präsident

»Sie bekommen von uns einen Dienstausweis auf Ihren Namen ausgestellt. Ich habe ihn dabei. Sie können damit Befragungen durchführen. Sie können sich damit überhaupt bewegen, als gehörten Sie wieder zu uns. Sie werden einen Ansprechpartner in Wiesbaden bekommen, der Sie in jeder Hinsicht unterstützt. Logistisch – was auch immer.«

Der Präsident des Bundeskriminalamtes saß an einem der Fensterplätze im *Cube,* dem neuen schicken Restaurant im Städtischen Museum, und sah Dengler nachdenklich an. Dr. Schneider war eigens noch einmal nach Stuttgart gekommen, um Denglers Zusage persönlich entgegenzunehmen. Dengler war so viel Aufmerksamkeit vom BKA nicht gewöhnt. Sie hatten gut gegessen, dann beide einen doppelten Espresso bestellt. Dengler trank seinen mit einem kräftigen Schuss Milch, der Präsident schaufelte zwei gehäufte Löffel Zucker in seine Tasse.

»Mir liegt viel an Ihrer Meinung zu diesem Fall, und vielleicht finden Sie ja auch etwas Neues, etwas, das man bisher übersehen hat.«

Dr. Michael Schneider hatte sich viel vorgenommen und wollte einiges verändern. Schließlich wusste er aufgrund seiner eigenen Polizeilaufbahn, wo die Beamten der Schuh drückte. Er fühlte sich als einer von ihnen, auch wenn dieses Gefühl der Zugehörigkeit nicht immer von den Untergebenen erwidert wurde. Schneider hatte sich der braunen Vergangenheit des Amtes, die bis in die Sechzigerjahre andauerte, gestellt und dazu eine historische Forschungsreihe in Auftrag gegeben. Er hatte auch für einen neuen Ton in Wiesbaden gesorgt, für mehr Offenheit und Transparenz bei den Entscheidungen, dafür, dass »Ermittlungsreisen« in andere Länder nicht mehr nur von den Vorgesetzten, den Arbeitsgruppenleitern, durchgeführt werden konnten, sondern von tatsächlich ermittelnden Kollegen.

All das hatte ihm im Haus nicht nur Freunde eingebracht, wie Georg Dengler aus den Erzählungen seines ehemaligen Kollegen Jürgen Engel erfahren hatte, der seit vielen Jahren schon in der Identifizierungskommission des BKA arbeitete.

Dr. Schneider hob seine Aktentasche auf und zog ein Blatt Papier heraus. Dann schob er ihm einen Ausweis über den Tisch.

»Ihr neuer Dienstausweis«, sagte er. »Das Foto haben wir von der Meldestelle entliehen. Außerdem habe ich hier für Sie ein abhörsicheres Funktelefon. Bitte quittieren Sie den Empfang.«

Dengler unterschrieb und steckte Ausweis und Handy ein.

»Wir werden Ihnen die Akten der damaligen Sonderkom-

mission schicken, die das LKA in München gebildet hatte. Wenn Sie irgendetwas finden – gehen Sie diesen Spuren nach.«
Er stand auf.
»Das BKA hat eine Reihe von fähigen Beamten verloren – vor meiner Zeit. Sie gehören dazu. Wenn Sie jemals Ihre Entscheidung rückgängig machen wollen, lassen Sie es mich wissen. Aber zunächst arbeiten Sie diesen Fall noch einmal auf. Sie kennen ja Hauptkommissar Engel. Er wird Ihr Verbindungsmann zu mir sein.«
Dengler schmunzelte. Respekt, dachte er. Dr. Schneider wusste von seiner Freundschaft zu Engel und machte sie sich zunutze. Er mochte Leute, die ihre Hausaufgaben gemacht hatten.
»Engel ist noch im Urlaub und wird sich bei Ihnen melden, sobald er zurück ist. Die Presseberichte haben Sie ja. Ich habe Ihnen in diesem Ordner noch einige Dokumente zusammengestellt. Die komplette Akte kommt per Spedition. Bis dahin können Sie sich weiter einlesen.«
Der Präsident zahlte die Rechnung, und dann verabschiedeten sich die Männer mit einem kräftigen Händedruck.

Erste Liebe

Harald war ihr nie aufgefallen, obwohl er auch im RCDS Mitglied war. Er strebte nach keinem Amt, nur selten meldete er sich zu den Trupps, die Plakate klebten oder sie in der Stadt aufstellten.
»Darf … darf ich dich zu einem Glas Champagner einladen?«, fragte er sie eines Tages.
Sie blieb verblüfft stehen.

»Champagner? Denkst du, ich trinke am helllichten Tag Champagner?«
»Na ja, oder was man sonst so – trinkt.«
In deinen Kreisen, dachte sie. Dieser Wicht wollte sagen: Was man sonst so in deinen Kreisen trinkt.
Beinahe wäre sie wütend geworden. Da sah sie, dass er schwitzte. Eine Schweißperle wuchs auf der Oberlippe, und ein feuchter Film bedeckte seine Wangen und seine Stirn.
Er muss all seinen Mut aufgebracht haben, um mich anzusprechen, dachte sie. Und das wiederum fand sie rührend.
Dass dieser unscheinbare Jüngling zwei so widersprüchliche Emotionen innerhalb kürzester Zeit bei ihr ausgelöst hatte, fand Charlotte dann immerhin so beachtenswert, dass sie sagte, auf einen Kaffee käme sie mit.
Als sie schließlich in einem der typischen Tübinger Studentencafés saßen, tat es ihr schon wieder leid. Harald bekam den Mund nicht auf, sodass sie harte Konversationsarbeit betreiben musste, wie die Großmutter es genannt hätte. Sie karikierte einen ihrer Professoren, der schüchterne Junge lachte und taute ein wenig auf. Auch das hatte sie von der Großmutter gelernt. Wenn du schüchterne Männer knacken willst, stell Fragen. Interessiere dich einfach dafür, was sie machen. Dann reden sie von alleine.
Es funktionierte: Harald studierte Medizin und wollte später einmal Gehirnchirurg werden. Tatsächlich sprudelte er über, als er von seinen Plänen und Absichten erzählte. Es interessierte sie nicht, aber sie hörte zu und feuerte ihn hin und wieder mit einer Zwischenfrage an, um über die schreckliche Stille zwischen ihnen hinwegzukommen.
»Mit dir kann man sich sehr gut unterhalten«, sagte er schließlich.
Zu ihrer eigenen Überraschung nickte sie, als er vorschlug, nach Stuttgart zu einer Tanzveranstaltung zu fahren. Er hatte sich den Golf seiner Mutter geliehen. Sie würden in vierzig Minuten dort sein.

Er schleppte sie in ein altmodisches Tanzcafé am Kleinen Schlossplatz.
Die Besucher waren fast alle im Alter ihrer Mutter.
Eine polnische Kapelle spielte einen Stehblues.
»Magst du tanzen?«
Sie nickte.
Auf der Tanzfläche war er ähnlich unbeholfen wie im Gespräch. Er legte den rechten Arm auf ihren Rücken und schaukelte sie nahezu im Stehen auf der Tanzfläche. Sie merkte, wie er die Luft anhielt, als er langsam, Millimeter für Millimeter, die Finger den Rücken entlang Richtung Po schob.
Als er dann seine Brille abnahm, um besser Wange an Wange tanzen zu können, hätte sie am liebsten schreiend die Tanzfläche verlassen. Gleichzeitig rührte sie diese Geste.
Deshalb sagte sie »gern«, als er sie nach Hause brachte und sie fragte, ob er sie wiedersehen dürfe.

***

Ihre Großmutter hielt die Bedeutung der körperlichen Liebe für überbewertet, und sie hatte keine Hemmungen, darüber zu sprechen. Der praktische Ton, den sie dabei anschlug, befremdete Charlotte wegen des leicht tiermedizinischen Klangs, aber gleichzeitig amüsierte er sie auch.
Ob sie schon einen Freund habe, wollte der Vater, der ihre Erziehung den beiden Frauen in der Familie überließ, einmal beim Abendessen wissen. Schließlich komme sie doch jetzt in das Alter, in dem man sich naturgemäß für Jungs interessiere.
Charlotte mochte nicht darüber reden, und es war die Großmutter, die ihr zu Hilfe eilte.
»Also, ich weiß nicht«, sagte sie unvermittelt, »ich finde, das Thema Sex wird völlig überschätzt.«
Schlagartig war es still am Tisch.

»Ich habe eigentlich nicht über Sex gesprochen«, sagte der Vater, aber alle warteten auf weitere Erklärungen der Großmutter.

»Na ja«, fuhr sie unwillig fort. »Wegen dem bisschen Jucken so viel Aufregung. Und das soll angeblich die Weltgeschichte verändert haben?«

Alle lachten, aber vielleicht war es dieser praktische, nüchterne Blick, der Charlotte dazu brachte, eine Einkaufsliste aufzustellen für jene Dinge, die sie für das nächste Treffen mit Harald brauchte.

Kondome, das war klar.

Und Alkohol. Das würde auch nicht schaden. Ihr schwante, dass Harald etwas zum Auflockern brauchen würde.

Also zwei Flaschen Champagner.

Kerzen?

Romantische Stimmung?

Überflüssig. Aber vielleicht brauchte er so was, um in Stimmung zu kommen. Mittlerweile war sie neugierig und fühlte sich, als würde sie zu einer Expedition in ein exotisches Land aufbrechen.

Musik?

Was hörte Harald gern?

Vielleicht etwas Stehbluesartiges?

Was sollte sie anziehen?

Was würde er verführerisch finden?

CDs: Kuschelrock 1-8 und ein tragbarer CD-Spieler.

All das packte sie in ihren großen Rucksack und machte sich auf zu dem großen Fest der Medizinstudenten.

Großmutters Tod

Von der Krankheit ihrer Großmutter erfuhr sie durch einen Anruf ihrer Mutter. Sie hatte beim Dekan angerufen, und der hatte sofort seine Sekretärin in den Vorlesungssaal im Hegel-Bau geschickt.
»Komm sofort nach Hause«, sagte Mutter. »Du musst dich von Großmutter verabschieden.«
Sie war in ihren alten Alfa Spider gestiegen und nach Hause gerast. Die Großmutter lag in ihrem Schlafzimmer, aufgerichtet, ein riesiges Kopfkissen im Rücken. Kerzengerade wie immer.
»Setz dich«, sagte sie.
Charlotte setzte sich auf die Bettkante und nahm Großmutters Hand. Das hatte sie schon früher so gemacht, als sie noch ein Kind gewesen war. Sie merkte erst an dem salzigen Geschmack in ihrem Mund, dass sie weinte.
»Wir haben keine Zeit für Sentimentalitäten«, sagte die Großmutter. »Es geht zu Ende mit mir, und du musst einige Dinge über die Familie erfahren.«
Ihr Atem rasselte. Offensichtlich hatte sie Schmerzen.
»Schick mir nachher den Arzt herein. Aber jetzt hör mir gut zu.«
»Soll ich nicht lieber gleich …«
»Nein, hör zu.«
Sie rang einen Augenblick um Luft.
»Dein Großvater«, sagte sie dann leise, »dein Großvater war kein Held. Er war ein Feigling.«
Charlotte konnte die Schmerzen fast selbst spüren, die ihre Großmutter bei jedem Atemzug quälten.
»Dort drüben in der Mappe sind zwei Briefe. Einen an Olbricht, in dem er schreibt, dass er nur nach einer gelungenen Aktion auf der Seite der Offiziere des 20. Juli steht, und einen Brief an mich, in dem er dies wiederholt. Er hat sein Fähn-

chen nach dem Winde drehen wollen. Es war ein Fehler. Die Nazis haben ihm das nicht angerechnet. Für sie war er ein unsicherer Kandidat. Und deshalb, nicht weil er gegen sie war, haben sie ihn erschossen.«
Sie richtete sich auf.
Sie kämpfte um Luft.
Sie drückte ihre Hand.
»Feigheit lohnt sich nicht. Hörst du, Charlotte, das ist es, was unsere Familie in Wahrheit von ihm lernen kann. Feigheit lohnt sich nicht. Und jetzt schick mir den verdammten Arzt rein.«
Wie betäubt war sie damals in den großen Salon zurückgegangen und hatte sich kaum zu setzen gewagt. Ihr Vater kam zu ihr und legte ihr steif eine Hand auf den Rücken.
»Hat sie es dir gesagt?«
Sie nickte.
Sie erbte die beiden Briefe.
»*Die schwarze Mappe mit den beiden Briefen geht in Charlottes Eigentum über, und ich hoffe, dass meine geliebte Enkelin sie und das Geheimnis bewahren wird.*«
So stand es in Großmutters Testament.

★★★

Sie stürzte sich in das Studium und betäubte sich mit juristischer Dogmatik, Bürgerlichem Gesetzbuch, Handelsgesetzbuch, Zivilprozessordnung, Strafgesetzbuch, Strafprozessordnung, Grundgesetz, mit Verwaltungsgerichtsordnung, mit Rechtsphilosophie, Rechtsgeschichte und Rechtssoziologie.
Sie gab dem Drängen Haralds nach und zog mit ihm zusammen.
An die Zeit bis zu ihrem Examen erinnerte sie sich heute nur noch dunkel. Sie wusste jedoch, dass sie abends, wenn

Harald schon schlief, unzählige Male die beiden Briefe ihres Großvaters las, als suche sie nach einer Erklärung.
Nun war sie die Hüterin des Familiengeheimnisses.

Warum

Am nächsten Morgen setzte Dengler um acht Uhr die Espressokanne auf die Herdplatte, und als die *Caffettiera* leise brodelte und ihm damit verkündete, dass der Kaffee durchgelaufen sei, schüttete sich Dengler eine Tasse ein und goss einen Schuss Milch nach. Er nahm einige leere weiße Blätter, seinen Füller, setzte sich an den Küchentisch.
Noch waren die Unterlagen vom BKA nicht da, und so schlug er erneut den blauen Ordner auf.
Er rekapitulierte: Das Attentat auf das Münchener Oktoberfest am 26. September 1980 war der schwerste Bombenanschlag in der Geschichte Deutschlands nach dem Zweiten Weltkrieg. 13 Menschen starben, mehr als 220 Menschen wurden verletzt, zum Teil schwer, einige wurden verstümmelt, andere waren für den Rest ihres Lebens gezeichnet.
Das waren die Fakten. Merkwürdig daran war unter anderem, dass dieses Massaker trotz seiner Schwere nicht so sehr ins öffentliche Bewusstsein eingegangen war wie andere Attentate, obwohl sich diese nur gegen einzelne Personen gerichtet hatten: die Ermordung Schleyers und Bubacks, die Attentate auf Herrhausen oder Ponto. Über das Münchener Attentat machte der Filmemacher Heinrich Breloer keine mehrteilige Dokumentation. Die Medien riefen diese Bluttat nicht immer wieder ins Gedächtnis, wie sie es mit den Verbrechen der RAF taten.
Dengler wusste nicht, warum das so war, aber es schien

ihm doch auffällig zu sein. Das größte Verbrechen in der Geschichte der Bundesrepublik Deutschland verschwand fast unbemerkt aus der öffentlichen Wahrnehmung und Erinnerung. Sein Füller kreiste über dem leeren Blatt Papier, aber er entschloss sich, diese Frage auf später zu verschieben. Vielleicht war es sein alter Polizeiinstinkt, der sich bei allem und jedem die Frage stellte: Wem nützt es? Wo liegt ein Motiv?

Die Bombe war in einem Papierkorb aus Eisengitter deponiert gewesen, der an einem Verkehrszeichen befestigt war. Standort war die Einmündung der Wirtsbudenstraße, die über die Theresienwiese und in den Bavariaring führt. Alle Augenzeugen berichteten von einer hohen Stichflamme, die senkrecht in die Luft gestiegen war, gefolgt von einer schweren Explosion. Die Detonation war so schwer, dass sie die ganze Festwiese zum Beben brachte, noch in einem Umkreis von mehreren hundert Metern klirrten die Fensterscheiben. Die Druckwelle riss die Außendekoration der umliegenden Bierzelte ab.

Er las noch einmal die Zeugenaussagen, vielleicht konnte er sie jetzt – am frühen Morgen – besser ertragen als neulich nachts in München.

»*Danach war es zunächst totenstill. Dann laute Schreie. Mein Bruder Albert ist sofort hingelaufen. Er ist Sanitäter und wollte helfen. Er kam jedoch zurück, weinte und schrie:* ›*Was soll ich tun?*‹«

»*Wir sahen nur zerstörte Körper*«, sagte eine Frau.

Bericht der *Welt am Sonntag*, die die Fruchthändlerin Josephine F. zitiert: »*Ich hatte gerade eine Kokosnuss in der Hand. Plötzlich sah ich rechts vor mir eine Stichflamme, dann spürte ich einen unheimlichen Druck. Die Nuss flog mir aus der Hand, der Mann vor dem Laden war wie von Geisterhand verschwunden. Vor mir stand die Schale mit Hartgeld. Durch den Sog prasselte es an mir vorbei in die Luft. Hinter mir wurde die Kassette wie mit übermächtiger Gewalt aus dem Rekorder gezogen. Ich dachte, es sei ein Traum. Dann aber hörte ich Schreie, Wimmern.*«

Dengler las von einem Mann, der auf einen Polizisten losstürmte und versuchte, ihm die Dienstwaffe zu entreißen. »Gebt mir eine Waffe«, schrie er, »erschießt mich, betet ein ›Vaterunser‹.« Seine kleine Tochter lag tot vor ihm.

Eine Imbissverkäuferin erzählte: »*Ich schnitt neue Fischbrötchen auf. Plötzlich war alles sehr hell. Ich wurde in die Ecke geschleudert, über mir schlugen Eisenstücke ins Holz.*« Vor ihrer Bude lag ein totes Kind, »*der ganze Körper zerfetzt, der Bauch offen. Neben dem toten Kind lag ein Mann, dem beide Beine abgerissen waren.*«

Ein Losverkäufer: »*Ich sah den Blitz, und plötzlich lag die lange Schlange von Menschen vor meinem Losstand wie umgemäht überall zerstreut auf der Erde.*«

Die Besitzerin einer Brotzeitstube: »*Ich habe bloß geschrien, ich hab gedacht, ich hab keinen Kopf mehr. Die Leute lagen da alle rum, zerfetzt, mit abgerissenen Armen und Beinen.*«

Aus dem Bericht der Sonderkommission: »*Die Bombe zerriss den Papierkorb in ungezählte, scharfkantige Metallsplitter, die die Wirkung der Bombe vervielfältigten.*«

Die Bild-Zeitung schrieb: »*Die mörderische Ladung der Bombe aus Nägeln, Schrauben, Muttern und scharfkantigen Metallstücken flog 40 Meter.*«

»*Ich stolperte in ein Meer sich krümmender Leiber. Ich fiel über abgetrennte Oberschenkel, Beine und Hände. Ich sah einen Mann, dem das Blut in einem Strahl aus dem rechten Fußstumpf schoss*«, erzählte ein Pressefotograf.

»*Meine Hand, meine Hand – es ist ein Loch*«, schrie ein Mann.

Eine Viertelstunde nach dem Attentat waren bereits 25 Mediziner vor Ort, 43 Ambulanzwagen trafen ein sowie spezielle Operationsbusse.

In siebzehn Kliniken in München und Umgebung kämpften Ärzte und Krankenschwestern um das Leben der Opfer.

»*Meine Patienten hatten Splitterverletzungen, sie waren taub geworden und hatten versengte Haare. Niemand wusste, was passiert war. Wir tippten auf eine explodierende Gasflasche*«, erklärte ein

Arzt. »*Unregelmäßige Metallfetzen – Splitter der Rohrbombe und des Papierkorbs – verursachten bei den meisten Patienten schwere und komplizierte offene Verletzungen vor allem an den Beinen*«, sagte ein anderer.
»Einer unserer Patienten hatte einen fast kompletten Oberschenkelabriss. Wir hofften, dass wir das Bein retten konnten. Bei anderen Opfern stellten wir offene Unterschenkelfrakturen fest, einer hatte eine schwere Schädelverletzung.«
Die *Welt* schrieb, wie sich tausende Schaulustige derweil längs des Wiesn-Eingangs drängten. Die Polizei hatte sehr schnell den Tatort abgesperrt, aber doch Mühe, die Gaffer zurückzudrängen. Sie mussten Schäferhunde einsetzen.
Scheinwerferwagen leuchteten die Szene in helles Flutlicht. Wie ein Schreckensmal stand die große Straßenuhr mitten in dieser Szene. Das Glas war zersplittert. Die Zeiger waren auf 22.19 Uhr stehen geblieben.
Der Schuldige an dem Massaker war schnell identifiziert. Ein gewisser Gundolf Köhler war bei dem Attentat getötet worden. Köhler war angeblich Mitglied in der rechtsextremen Wehrsportgruppe Hoffmann. Man schrieb ihm die Tat zu. Und schloss die Akten.
Dengler klappte den Ordner zu. Eine Bombe, die ein Inferno unter völlig unbeteiligten Personen anrichtete, ein Blutbad an harmlosen Männern, Frauen und Kindern, die zufällig am 26. September am Hauptausgang des Oktoberfestes gewesen waren.
Ohne Motiv?
Er erinnerte sich an seinen Lehrer auf der Polizeischule und seinen späteren direkten Vorgesetzten beim BKA. »Es gibt kein Verbrechen ohne Motiv«, hatte ihn Dr. Schweikert gelehrt.
Deshalb war »Warum?« das erste Wort, das er auf das leere Blatt schrieb.

Am Sauknochen nagen

Die Partei vermittelte ihr den ersten Job. Das Staatsministerium hatte immer Bedarf an konservativen Juristen mit Prädikatsexamen. Ein Jahr lang arbeitete sie in der Grundsatzabteilung, schrieb Stellungnahmen zu Fragen der Landesverfassung.
Dann wurde sie zum Staatsminister gerufen.
»Mädle, du musst in die Politik«, sagte er.
Sie wollte ihm sagen, dass sie davon nichts verstand und sich in ihrer Familie noch nie jemand um ein Wahlmandat bemüht habe. Alle seien immer nur Staatsdiener gewesen, Beamte und Offiziere.
Er ließ keine Einwände gelten.
»Es ist nicht schwer«, sagte er. »Du musst nur am Sauknochen nagen.«
Sauknochen?
Sie hatte keine Ahnung, wovon er sprach.
»Komm einfach mit«, sagte er.
In den nächsten Monaten nahm er sie an den Samstagen und Sonntagen mit. Sie saß in unzähligen Festzelten bei Vereins-, Stadt- und Dorffesten und nagte tatsächlich an ebenso unzähligen gebratenen Schweinshaxen. Sie hörte dem Staatsminister Wochenende für Wochenende zu, und irgendwann hielt sie selbst ihre erste Rede in einem Festzelt, in dem, so schätzte sie, außer den Kleinkindern niemand mehr nüchtern war.
Der Staatsminister strahlte. Er beschaffte ihr auch den Wahlkreis in der Nähe von Tübingen.

Martin Klein

Um elf Uhr stand Dengler vom Tisch auf. Für einen Augenblick glaubte er das Geschrei und das Wimmern der Verwundeten zu hören, gespenstisch übertönt von dem Kreischen der Leute auf der Achter- und der Geisterbahn.
Er rieb sich die Augen. Doch er sah immer noch die silberne Flamme vor sich, die meterhoch in den Münchener Abendhimmel schoss.
Schluss, dachte er. Ich muss professionelle Distanz bewahren zu den Fällen, die ich bearbeite. Das war auch einer der Lehrsätze, die Dr. Schweikert ihm beigebracht hatte. Aber Distanz zu den Opfern zu halten, war ihm schon immer schwergefallen.
Damals wie heute.
Er ging aus seinem Büro in den Flur. Ein paar Meter weiter war die Tür zu Martin Kleins Wohnung. Ein paar Fetzen Musik drangen nach draußen, eine Trompete, die nach Miles Davis klang. Er klopfte, und nachdem er Kleins geknurrtes »Herein« hörte, trat er ein.
Kleins Wohnzimmer war ein heller, modern und geschmackvoll eingerichteter Raum. Zwei Couches und ein Sessel standen an der linken Seite, zwischen ihnen ein kleiner Tisch mit einer Vase voller Sommerblumen. Klein saß an einem dunklen Holztisch vor dem Fenster. Er hatte seinen Laptop an und starrte auf den Bildschirm.
Dengler trat hinter ihn und legte seinem Freund einen Arm auf die Schulter.
»Wie wird denn mein Horoskop für die kommende Woche?«
Zu seiner Überraschung deckte Klein den Bildschirm mit dem Arm ab.
»Martin, ich lese es doch sowieso in der Zeitung.«
Klein brummte etwas und nahm den Arm weg. Dengler

suchte die Rubrik »Widder«: »*Widder: Sie lieben das Risiko und die Gefahr. Im vorliegenden Fall sollten Sie aber behutsam vorgehen, da die Widerstände größer sind, als Sie ursprünglich dachten. In der Liebe lohnt sich das Warten.*«
Dengler lachte: »Ich weiß nicht, wie du das machst. Irgendwie stimmt das für mich immer, was du für den Widder schreibst.«
»Na ja«, sagte Klein und drehte sich grinsend zu Dengler um. »Um ehrlich zu sein, das Gleiche habe ich vor drei Jahren schon einmal geschrieben. Heute fiel mir zum Widder nichts ein, und so habe ich eine alte Worddatei wieder hochgeladen und den Text nur leicht verändert.«
»Trotzdem passt es.«
»Es passt immer. Das ist ja die Kunst bei meinem Beruf. Trübe Gedanken hat jeder einmal. Und neue Herausforderungen stellen sich wohl den meisten in der heutigen Zeit. Lies mal die Waage.«
»Bitte?«
»Lies mal die Waage. *Der* Text ist wirklich neu.«
Klein lehnte sich etwas zurück, sodass Dengler besser auf den Bildschirm blicken konnte.
»*Sie stehen vor einer entscheidenden Wendung in Ihrem Leben. Endlich ist Ihnen der Partner Ihres Lebens begegnet. Vielleicht haben Sie ihn noch nicht erkannt. Gehen Sie noch einmal an einen Ort, an dem Sie neulich inspirierende Stunden verbracht haben.*«
Dengler lachte. »Was soll denn das sein? Ein Ort, an dem Sie ...«
Plötzlich hielt er inne.
»Martin, du hast das für diese Frau geschrieben, die neulich bei uns am Tisch saß. Gib es zu.«
»Betty heißt sie. Sie hat einen Namen, Georg: Betty. Klingt dieser Name nicht wie Musik: Betty?«
»Du missbrauchst dein Horoskop, um dich mit einer Frau zu treffen?«
Klein sprang wütend auf.

»Georg, was heißt hier ›du missbrauchst‹? Zum ersten Mal, seit ich diese Dinger schreibe, hat ein Horoskop einen Sinn. Einen guten Zweck. Ich würde sie gern wiedersehen. Und sag selbst: Ist sie nicht wunderschön?«
»Ja, aber ...«
»Hast du ihre Augen gesehen? Erinnerst du dich an ihre Augen? Dunkelbraun. Wach. Intelligent. Und sehr sinnlich.«
Klein lief im Zimmer auf und ab. Dengler dachte, dass er nun nichts Falsches sagen dürfe.
»Und diese offene Art, Georg. Wie sie auf die Menschen zugeht.«
»Martin. Hör mal ...«
»Von der Figur will ich gar nicht erst reden. Es ist einfach die perfekte Frau. Hast du bemerkt, wie sie ...«
»Martin! Verdammt noch mal. Hör mir mal zu.«
Klein blieb abrupt stehen.
»Ich weiß, dass ich zu alt für sie bin. Meinst du, ich hätte darüber nicht schon tausendmal nachgedacht?«
»Martin, um Gottes willen, komm zur Vernunft. Du kennst diese Frau doch überhaupt nicht.«
»Vernunft, Vernunft, immer nur die Vernunft. Ich bin Krebs, was soll da die Vernunft ...«
»Martin, nein, jetzt fängst du noch an, an das Zeug zu glauben.«
»Wird die Vernunft nicht überschätzt? Sind rationale Entscheidungen oft nicht einfach falsch? Denk nur an die Finanzkrise, die durch Bündel von rationalen Entscheidungen herbeigeführt wurde. Und jetzt?«
»Martin, ich will doch nur sagen ...«
»Hören wir nicht alle zu wenig auf unsere inneren Stimmen?«
»Du hörst innere Stimmen?«
»Georg, hören wir nicht alle zu wenig auf die Stimme unseres Herzens?«
Er legte die Hand aufs Herz.

Dengler schwieg.
»Georg, hören wir nicht alle zu viel auf unseren Kopf und zu wenig auf unseren Bauch?«
Er legte die Hand auf den Bauch.
»Wenn das so ist, solltest du abnehmen.«
»Ich weiß«, sagte Klein und blinzelte listig hinter seinen Brillengläsern hervor. »Ab morgen gehen wir beide joggen. Schadet dir auch nicht.«
»Um Himmels willen«, sagte Dengler.

Feigheit zahlt sich nicht aus

»Feigheit zahlt sich nicht aus.« Seit Anfang des Jahres dachte Charlotte immer öfter an den Ausspruch der Großmutter.
War sie nicht auch feige? War nicht ihre ganze Familie feige, wenn sie die Vergangenheit immer weiter verklärte? Aber war es nicht wichtiger, in der Gegenwart die richtige Position einzunehmen?
Vier Jahre Staatssekretärin. Vier Jahre habe ich mich für wichtig gehalten und war es nicht. Vier Jahre lang habe ich gedacht, ich würde die Gesellschaft gestalten und habe doch nur laut vom Blatt abgelesen, was die Bürokratie mir aufgeschrieben hat. Vier Jahre lang benutzte ich die schnellsten Transportmittel und kam doch nicht vom Fleck. Vier Jahre lebte ich kaum und alterte um acht.
Ich kann zynisch werden. Ich kann dem Alkohol verfallen oder dem Kokain, wie so viele hier. Ich kann mir eine Depression einfangen, falls ich sie nicht schon habe.
Ich kann aber auch den Namen von Schmoltke reinwaschen. Ich kann etwas tun, etwas Bleibendes für die Demokratie, und die bekämpfen, die meinen Großvater ermordet haben.

Die alles und jeden vernichten wollen, was nicht so ist wie sie.
Vor ihr lag die Studie: »Verfassungsfeind NPD, Dokumente eines Kampfes gegen die Demokratie«.
Wie sollte sie sich verhalten?
Plötzlich musste sie nicht länger überlegen. Sie nahm den Hörer ab und bat Frau Montag, einen Termin mit dem Präsidenten des Verfassungsschutzes zu vereinbaren. Schnellstmöglich.

Hochgefühl

Es war eine Zufriedenheit mit sich selbst, die sie schon lange nicht mehr erlebt hatte. Mehr noch: Der Entschluss, endlich diese Sache anzugehen, wirkte auf sie wie eine Befreiung.
Sie hatte einen Plan, und sicherheitshalber ließ sie ihn vom Innenminister absegnen.
»Versuch dein Glück, Charlotte«, sagte er. »Meinen Segen hast du.«
Sie sagte Termine ab. Es bereitete ihr ein fast kindliches Vergnügen, alle repräsentativen Termine unter den Ministerialdirektoren aufzuteilen, die ihre Reden zuvor wahrscheinlich konzipiert hatten. Nun müssen sie das Zeug endlich einmal selbst vorlesen.
Sie reckte das Kinn und setzte sich aufrecht im Fond des gepanzerten Audi, der sie nach Köln brachte. Zugegeben, etwas Unmut hatte die Weigerung des Präsidenten des Verfassungsschutzes ausgelöst, sie im Ministerium aufzusuchen. Dringende Operationen, die seine Anwesenheit im Kölner Lagezentrum erforderlich machten, hatte er gesagt. Ein Termin sei erst in drei Monaten möglich.

Sie hatte ihm kein Wort geglaubt. Nun gut. Wenn der Prophet nicht zum Berg kommt ... Es ging ihr nicht um Statusfragen. Sie wollte jetzt endlich in dieser Sache vorankommen.

Der Fahrer war gesprächig. Er sei in Koblenz geboren, ein »echtes Schengelsche«, sagte er, was Charlotte nicht verstand. Dann schwärmte er von seiner Heimatstadt, der Altstadt, der Kneipendichte. Da komme Berlin nicht mit. Ja, und das Deutsche Eck, man sei schnell an der Mosel, da gäbe es Wein, wunderbar, den besten Riesling. Doch, doch, den müssen Sie mal probieren, sagte er, als er ihr skeptisches Gesicht im Rückspiegel sah. Und als dem Mann nichts mehr zu erzählen einfiel, stellte er das Radio an, einen Schlagersender, den sie nicht ausstehen konnte. Aber heute summten sie beide mit.

Sie dachte an etwas anderes, bereitete sich im Geist auf das kommende Gespräch vor. Das würde nicht einfach werden. Am 20. Januar 2001 hatte die damalige rot-grüne Bundesregierung unter Kanzler Gerhard Schröder beim Bundesverfassungsgericht den Antrag eingereicht, die Verfassungswidrigkeit der NPD festzustellen, um damit ein Verbot der Partei zu erreichen.

Das Verfahren wurde ein Fiasko. In der mündlichen Anhörung vor dem Gericht erklärt der damalige Innenminister Schily, es habe keine Steuerung der NPD durch Mitarbeiter des Verfassungsschutzes gegeben. Dann flog aber auf, dass der nordrhein-westfälische Landesverband der NPD nahezu komplett von V-Leuten des Verfassungsschutzes gesteuert wurde. Nicht nur der Vorsitzende und sein Stellvertreter, sondern auch der Chefredakteur der Parteizeitung »Deutsche Zukunft« waren Agenten des Geheimdienstes. Mehr noch: Die Zitate, die die Bundesregierung ins Feld führte, um die Verfassungswidrigkeit der NPD zu beweisen, waren im Wesentlichen von Verfassungsschutzmitarbeitern geschrieben worden.

Deshalb war es nicht verwunderlich, dass das höchste deutsche Gericht am 18. März 2003 entschied, das NPD-Verbotsverfahren nicht weiterzuführen. Das entscheidende Verfahrenshindernis sei, und dieses Wort ließ sie erschauern, die »fehlende Staatsferne« der NPD.
Seither hatte die NPD quasi einen Freibrief. Wer immer von der Regierung ein Verbot der Nazi-Partei verlangte, dem wurde von hohen Politikern geantwortet, die Aussichten eines neuen Verfahrens beurteile man skeptisch.

★★★

Am Eingang wurde sie von einem Beamten empfangen, der sie zu den Aufzügen brachte. Sie war nicht das erste Mal in der Zentrale des deutschen Inlandgeheimdienstes, aber nie hatte sie sich mit dem Gebäude anfreunden können. Wie eine Trutzburg wirkte der in den Siebzigerjahren errichtete graue Bau auf sie. Sie roch sofort den typischen Verwaltungsgeruch, den eigentümlichen Mix von Reinigungsmitteln und Behördenmief. Lange dunkle Gänge bestimmten das Innere dieses Baus, und Charlotte hoffte, dass die Gedanken der hier Beschäftigten heller sein mögen als ihre Arbeitsumgebung.
Der Chef des Verfassungsschutzes empfing sie in seinem Büro im obersten Stockwerk. Er stand vor seinem Fenster, das einen großartigen Blick über Köln bot.
Sie versuchte sofort, energisch aufzutreten.
»Die Bundesregierung will noch vor den Wahlen ein neues Verbot der NPD in die Wege leiten. Sie müssen dazu alle V-Männer abziehen. Wir wollen dem Bundesverfassungsgericht nicht noch einmal eine solche Steilvorlage bieten. Was glauben Sie, bis wann können Sie Ihre Leute abgezogen haben?«
Der Chef des Geheimdienstes war ein kleiner Mann. Grauhaarig, mit gepflegtem Schnauzbart. Er sah Charlotte nachsichtig an.

»Gar nicht, Frau Staatssekretärin.«
»Bitte?«
»Wir können unsere Leute nicht aus der NPD abziehen.«
»Ich habe die ausdrückliche Unterstützung des Ministers, und der Minister hat die Rückendeckung durch die Kanzlerin.«
»Frau Staatssekretärin, ich weiß, wie sehr Ihnen diese Sache am Herzen liegt. Aber selbst, wenn wir wollten – wir können nicht. Und wir dürfen nicht.«
»Dies ist eine Weisung.«
»Frau Staatssekretärin: Wenn wir unsere Leute aus der NPD abziehen, sind diese sofort enttarnt. Sie hätten die Rache der Nazis zu fürchten. Wir haben eine Fürsorgepflicht gegenüber unseren Leuten. Eine gesetzliche Fürsorgepflicht. Die kann ich nicht verletzen. Ich würde mich strafbar machen.«
Charlottes Zuversicht sank.
»Und zweitens haben wir hier alle den Eid auf die Verfassung abgelegt. Wir können die V-Leute nicht aus der NPD abziehen. Wir würden damit unseren verfassungsmäßigen Auftrag verletzen.«
Der Präsident lehnte sich in seinem Stuhl zurück und betrachtete sie, als sei sie ein seltenes Insekt.
Es verging eine Weile, in der niemand sprach und in der aller Mut aus ihr wich und alle Zuversicht.
Haltung, dachte sie. Ich muss vor diesem Zwerg Haltung bewahren, darf mir nichts anmerken lassen. Haltung bewahren, auch in der Niederlage.
Sie fühlte sich gedemütigt. Und alleingelassen.
Sie zeigen der Sprechpuppe die Grenzen auf, dachte sie. Und so sieht er mich wahrscheinlich: als eine Sprechpuppe, die sich in einem Gelände verirrt hat, das sie nichts angeht.
»Minister kommen und gehen«, hörte sie den Beamten auf dem Gang neulich sagen. »Und Staatssekretäre auch.«
»Und die Bürokratie bleibt«, sagte Charlotte laut.
Der Chef des Verfassungsschutzes hob eine Braue.
Sie winkte ab und erhob sich.

»Verstehen Sie mich nicht falsch. Wir sind dran an dem Thema. Sie können uns vertrauen. Wir haben diese Burschen im Griff. Aber wir können die Beobachtung nicht einstellen.«
Charlotte streckte sich.
Hob das Kinn.
Dann ging sie.

G 96338225

Drei Tage später lieferte die Spedition Schenker zwei versiegelte silbrig metallene Kisten. Drei verschwitzte Männer schleppten sie in Denglers Büro im ersten Stock. Er quittierte den Empfang, und die Männer verabschiedeten sich.
Die Siegel waren unversehrt. Er brach sie mit einem Küchenmesser auf. In den Kisten waren Papiermappen. 102 Aktenbände, wie der beiliegende Lieferschein aussagte. Sie enthielten die Kopien der Ermittlungsakten. Dengler sortierte sie nach Zeugenaussagen, Spurenanalysen und Technischen Gutachten.
Die Bombe, so lautete der zusammenfassende Bericht, lag in einem aus Blechboden und Metallgitter gefertigten Papierkorb, der in der westlichen Hälfte der Wirtsbudenstraße an einem Verkehrsschild befestigt war. Die Explosion zerriss den Papierkorb in unzählige scharfkantige Splitter, die die verheerende Wirkung der Bombe vervielfältigten.
14 Meter vom Zentrum der Explosion entfernt lag der Torso der am schwersten verstümmelten Leiche. Beide Unterarme und das linke Bein waren abgerissen. Der Brustraum aufgerissen, das Gesicht zerstört. Bis auf einige wenige Stoffreste hatte die Druckwelle dem Mann die Kleider vom Leib gerissen.

Dengler las den Obduktionsbericht und die Dossiers der Sprengstoffexperten. Dieser Mann musste zum Zeitpunkt der Explosion unmittelbar vor dem Papierkorb gestanden haben. Wahrscheinlich griff er gerade in den Papierkorb oder umfasste ihn, sodass ihm die Hände abgerissen wurden. Er musste sich vornübergebeugt haben, denn die Beuge zwischen Nabel und Scham war nahezu unversehrt. Kopf und Gesicht jedoch wurden von der Explosion und den Splittern aufgerissen und zerstört. Das linke Bein, zur Balance nahe am Papierkorb stehend, wurde abgerissen. Rücken und Gesäß, der Bombe abgewandt, blieben unverletzt.

Die Polizei nahm aufgrund dieser Beschreibung an, dass es sich bei dieser Leiche um den Attentäter handeln müsse.

Etwa sechs Meter südlich des Explosionsortes wurde ein Bundespersonalausweis aufgefunden, ausgestellt auf die Personalien Gundolf Köhler, geboren 27.8.1959 in Schwenningen, wohnhaft in Donaueschingen, mit der Nummer G 96338225.

In Wiesbaden

Charlotte von Schmoltke war unsäglich müde, als sie wieder im Wagen saß. Am liebsten wäre sie in dem weichen Leder der Rückbank weggedämmert. Der Fahrer schien ein untrügliches Gespür für die Stimmung seines Fahrgastes zu haben, denn diesmal schwieg er und ließ auch das Radio ausgeschaltet.

Also doch nur eine Sprechpuppe, dachte sie. Mehr bin ich nicht in diesem Betrieb. Der Zug rast auf vorgegebenen Schienen, und der Schaffner sollte sich nicht einbilden, die Richtung bestimmen zu können.

Ich muss zurücktreten, dachte sie. Es hat keinen Sinn, weiterzumachen.
Oder sie musste sich anpassen. Wie der Großvater.
Liegt die Feigheit vielleicht doch in den Genen meiner Familie? Es sind ja nur ein paar Monate bis zur Bundestagswahl. Einfach Zähne zusammenbeißen und durchhalten. Ist das nicht vielleicht auch Tapferkeit?
Niemand erwartet von mir, dass ich etwas Besonderes tue. Alle erwarten nur, dass ich weitermache wie bisher. Alle wissen, dass ich mich fügen werde.
Nicht schmeichelhaft. Zum ersten Mal verstand sie ihren Großvater. Sie stellte sich vor, dass er sich so ähnlich gefühlt haben muss, als die Verschwörer des 20. Juli ihn um Hilfe baten. Er hatte sie verweigert, obwohl er wusste, dass der Krieg bereits verloren war und Nicht-Handeln größeres Elend für alle Deutschen bedeutete.
Aber es hat sich für ihn nicht ausgezahlt. Sie haben ihn trotzdem umgebracht, dachte sie.
Die Schmoltkes sind Feiglinge, dachte sie. Der Großvater, ich – wir alle. Nur die Großmutter nicht. Sie spürte, wie ihre Unterlippe zitterte.
Es ist genug.
An der Raststätte Brohltal bat sie den Fahrer anzuhalten. Der A8 rollte vor dem Glasgebäude mit der Schrägverglasung aus, und sie stieg aus. Sie nahm den schwarzen Lederkoffer aus dem Kofferraum und suchte dann die Toiletten auf. Sie wählte das Behinderten-WC. Dort war sie allein. Der Raum war doppelt so groß wie die normalen Kabinen auf der Damentoilette. Außerdem war sie auch als Wickelstube für Eltern mit Babys ausgewiesen. Sie betrachtete ihr Gesicht im Spiegel. Es gefiel ihr nicht. Es sah verzerrt aus. Und sehr müde.
Sie setzte sich auf die Toilette.
Plötzlich musste sie weinen. Lange und hemmungslos. Niemand würde sie hören.
Dann wusch sie ihr Gesicht und schminkte sich sorgfältig.

Rasch ging sie zurück zum Wagen.

»Stellen Sie ruhig etwas Musik an«, sagte sie zum Fahrer.

Was der Typ sich einbildete. Auch wenn er der Chef des Verfassungsschutzes war, so war er doch nur ein Beamter. Ein leitender Beamte zwar, aber doch jemand, der die Weisungen der Politik umzusetzen hatte. Der Primat der Politik, heißt es, und nicht der Primat von Vollzugsbeamten.

Was nimmt der sich eigentlich raus? Was glaubt der eigentlich, wer er ist? Ich bin gewählt und nicht er.

Ihr Kampfgeist erwachte wieder.

Legt sich mit einer von Schmoltke an. Von wegen Feiglinge!

Plötzlich stand die Idee in ihrem Kopf.

Klar und einfach.

Wenn die eine Behörde sich weigerte, würde sie sich an die andere wenden. An eine Behörde, die, wie sie weiß, in Konkurrenz zum Verfassungsschutz steht und die den Kollegen gern mal eins auswischen würde.

Sie zog ihr Handy aus der Hosentasche und wählte die Nummer des Bundeskriminalamtes.

»Von Schmoltke hier. Bitte geben Sie mir den Präsidenten, Herrn Dr. Schneider.«

»Änderung der Reiseroute«, sagte sie zu ihrem Fahrer, als das Gespräch beendet war. »Fahren Sie mich bitte nach Wiesbaden zum Bundeskriminalamt.«

***

»Sie erwarten von mir, dass ich gegen das Bundesamt für Verfassungsschutz ermittle?«

»Nicht ermitteln. Aber irgendjemand muss doch mal rausfinden, was deren V-Männer in der NPD eigentlich treiben. Wir haben keine Chance, diese Partei zu verbieten, solange jede Aussage, die wir als Beweis für die Verfassungsfeindlichkeit anführen, vielleicht von Bundesbeamten geschrieben wurde.«

Dr. Schneider lächelte und zog die rechte Augenbraue leicht hoch.

»Nach unseren Informationen«, sagte er, und sein Ton klang spitz, »steht jeder siebte hauptberufliche NPD-Funktionär auf der Kölner Gehaltsliste.«

»Was ist denn da falsch gelaufen? Es kann doch nicht sein, dass die Regierung nicht weiß, was die unteren Behörden alles treiben?«

Dr. Schneider nickte und wirkte dabei zufrieden. Er ordnete zwei Kugelschreiber auf dem Tisch vor sich neu und richtete sie exakt an der Tischkante aus.

»Vielleicht ist da etwas aus dem Ruder gelaufen«, sagte er.

»Aus dem Ruder gelaufen?«

»Sie sind im Bilde über die Operation, die der Verfassungsschutz unmittelbar nach der Wende im Osten durchführte?«

Charlotte hatte keine Ahnung. Sie schüttelte sachte den Kopf, eine Bewegung, die sowohl Nein, als auch »Ich erinnere mich im Augenblick nicht« ausdrücken konnte.

»Erzählen Sie!«

»Unmittelbar nach der Wende, eigentlich schon davor, als klar war, dass die DDR uns, also der Bundesrepublik, beitreten würde, lief eine der erfolgreichsten Operationen des Verfassungsschutzes an. Es war offensichtlich, dass es im Osten keine blühenden Industrielandschaften geben würde, wie es die Politik den Leuten versprochen hatte. Es würde Enttäuschungen geben. Es würde Unruhe geben. Und die gab es ja auch. Es gab in Leipzig die neuen Montagsdemonstrationen. Die Kirchen regten sich wieder auf. Es braute sich was zusammen, und die Geheimdienste wussten nicht, was. Die Leute dort drüben waren naiv, aber auch gefährlich. Sie hatten schon einmal eine Regierung gestürzt.«

»Und?«

»Nun ja, es wurde befürchtet, dass die Jugend aus dem Osten politisch nach links tendiert. Dass uns im Osten so etwas be-

vorsteht wie 1968 in Westdeutschland, nur schlimmer, weil eine solche Bewegung größer sein würde und alle möglichen Schichten einbeziehen würde. Außerdem gab es die Exkommunisten, die der enttäuschten Jugend einen organisatorischen Rahmen bieten konnten.«
»Ich verstehe nicht ...«
»Es ist ziemlich einfach, Frau Staatssekretärin. Ziel der damaligen Operation war es, die Jugend vor einer möglichen linksradikalen Infektion zu bewahren. Das ist gelungen. Die Aktion war erfolgreich. Sehr erfolgreich.«
»Sie wollen mir doch damit nicht sagen, dass ...«
»Doch, genau das will ich. Das Gegengift wurde verabreicht. Niemand mag die braune Suppe. Natürlich nicht. Ich bitte Sie! Aber damals wurde sie als Medizin verstanden. Es kommt auf die Dosierung an, wie bei jeder Medizin. Es gab Restposten nationalistischen Gedankengutes in der DDR. Nicht einmal allzu knapp. Es gab die westdeutschen Nazis, die im Osten warben. All das wurde nun professionell unterstützt, finanziert, ausgerichtet, geplant. Ich war bei dieser Operation nicht dabei. Ich bin Polizist. Ich war immer Polizist. Wir mögen Geheimdienste nicht sehr. Wir arbeiten mit ihnen zusammen, natürlich ... Aber glauben Sie, dass der Aufbau einer straff geführten Kaderpartei mit den rechten Wirrköpfen aus Ost und West möglich gewesen wäre? Haben Sie eine Ahnung, was das alles gekostet hat?«
»Und nun?«
»Ich weiß es nicht. Vielleicht ist die Operation aus dem Ruder gelaufen. Vielleicht haben unsere Kölner Freunde aber auch Gefallen daran gefunden, eine eigene Partei zu haben. Ich weiß es wirklich nicht.«
Charlotte starrte den Präsidenten an. Der ordnete erneut die Kugelschreiber auf seinem Schreibtisch.
»Ich wundere mich ohnehin, dass die Politik gegenüber den braunen Umtrieben in eine Schockstarre gefallen ist.«
Er beugte sich vor: »Wir registrieren mittlerweile alle

26 Minuten eine rechtsradikale Straftat. Täglich werden drei gewalttätige Angriffe von Rechtsradikalen durchgeführt. Im letzten Jahr gab es fünf Morde durch Rechtsradikale – Tendenz stark zunehmend. Aber im politischen Bereich geschieht nichts, Frau Staatssekretärin, außer Achselzucken.«
»Warum klären Sie die Hintergründe nicht auf?«
Dr. Schneider lachte lustlos auf.
»Wenn wir in diesem Zusammenhang beginnen würden, Ermittlungen gegen den Verfassungsschutz zu führen – die wüssten das noch eher als wir.«
Charlotte stand auf.
»Sie wollen mir also nicht helfen. Ich brauche Material. Ich brauche etwas, um zum Minister gehen zu können oder ins Parlament oder an die Öffentlichkeit«, sagte sie.
»Vielleicht gibt es eine Möglichkeit«, erwiderte Dr. Schneider nachdenklich.
Sie setzte sich wieder.
»Wir könnten schon etwas tun, aber das geht nicht offiziell, verstehen Sie.«
Charlotte nickte.
»Wir hatten hier mal einen tüchtigen Beamten. Einen der besten. Er arbeitet jetzt als freier Ermittler. Ich werde ihn auf das Thema ansetzen.«
»Einen einzelnen Mann?«
»Einen guten Mann.«
»Wie heißt er?«
»Sie werden ihn nicht kennen: Georg Dengler.«

Waage

Dengler las bis zum Nachmittag.
Schlussvermerk der Sonderkommission Theresienwiese: »Nach dem jetzt vorliegenden abschließenden Ermittlungsergebnis ist festzustellen, dass Gundolf Köhler als Alleintäter gehandelt hat.«
Es gab noch einen zweiten Abschlussbericht der Generalbundesanwaltschaft, die den Fall später an sich gezogen hatte: »Für die Tatbeteiligung Dritter sprechen nur einige unterschiedliche Beweiserkenntnisse, die einen abschließenden Nachweis der Tatbeteiligung jedoch nicht zulassen.«
Ein Einzeltäter legt eine Bombe und richtet ein verheerendes Massaker an. Der Fall ist geklärt. Warum soll er, der Privatermittler Georg Dengler, jetzt noch einmal diesen Schlamm aufwühlen?
Das Telefon klingelte.
»Georg, hier ist Mario. Hast du in der Zeitung das Horoskop von Martin gelesen?«
»Nein. Martin hat mir einen Entwurf gezeigt.«
»Lies es! Du kippst aus den Latschen.«
»Na, dann verrat es mir. Ich muss sonst runter an den Briefkasten gehen.«
»Mach dich auf den Weg. Es lohnt sich.«
Dengler stand auf. Eine Unterbrechung des Aktenstudiums würde ihm guttun. Er streckte sich und gähnte.
Er verließ sein Büro, durchquerte den Flur und klopfte an Martin Kleins Tür. Niemand antwortete. Dann musste er doch einen Stock tiefer gehen und die Sonntagszeitung aus dem Briefkasten fischen.
Als er vor dem Briefkasten stand, merkte er, dass er den Schlüssel vergessen hatte. Er griff mit zwei Fingern in den Schlitz des Briefkastens und bekam die Zeitung zu fassen. Doch sobald er sie hochhob, entglitt sie ihm. Er fluchte und

versuchte es erneut. Diesmal gelang es ihm, die Zeitung einen Zentimeter zu heben, dann flutschte sie erneut zurück.
Er rüttelte an der Tür.
Zog daran.
Das dünne Blech verbog sich leicht. Er wurde wütend.
Er schlug mit der Faust auf das Schloss. Nun hatte der Briefkasten eine Delle. Aber die Tür blieb verschlossen.
Dann eben nicht.
Dann gehe ich eben einen Kaffee trinken.
Er trat durch die Haustür ins Freie. Mit zwei Schritten war er am Eingang des *Basta*. Der kahlköpfige Kellner begrüßte ihn mit einem Kopfnicken.
In dem Lokal saß nur eine Frau. Sie las in der Sonntagszeitung. Es dauerte einen Moment, bis Dengler sie erkannte. Es war Betty aus der Modebranche, Martin Kleins Angebetete.
»Darf ich mich zu dir setzen?«
»Aber ja«, sagte sie und machte eine einladende Geste mit der Hand.
»Ich würde gern mal einen Blick in die Sonntagszeitung werfen«, sagte Dengler.
Sie schob die Zeitung über den Tisch.
Der Kellner stellte ein Tablett mit einem doppelten Espresso und einem Kännchen warmer Milch neben ihm ab.
Georg blätterte durch die Sonntagszeitung, fand aber das Horoskop nicht. Nun wendete er langsam Blatt für Blatt. Nichts. Er fing noch einmal von vorne an.
»Suchst du was Bestimmtes?«, fragte Betty
»In dieser Woche haben sie offenbar kein Horoskop gedruckt.«
»Doch, doch. Ich hab's rausgenommen.«
Sie hob ihre Handtasche auf den Schoß, öffnete sie, zog eine mehrfach gefaltete Zeitungsseite heraus und legte sie vor ihn hin.
»Die haben die besten Horoskope«, sagte Betty.

»Hm.«

Dengler sah sein Horoskop sofort.

Widder: Sie lieben das Risiko und die Gefahr. Im vorliegenden Fall sollten Sie aber behutsam vorgehen, da die Widerstände größer sind, als Sie ursprünglich dachten. In der Liebe lohnt sich das Warten.

»Na ja, in gewisser Weise passt das. Warten gehört zu mir«, sagte er und dachte dabei an Olga.

Er wartete jetzt schon viel zu lang auf sie.

Aber das konnte Mario nicht gemeint haben. Er sah Betty an.

Eine schöne Frau.

Eine sehr schöne Frau.

»Du bist Waage, nicht wahr?«

Sie nickte.

»*Waage: Sie stehen vor einer entscheidenden Wendung in Ihrem Leben. Endlich ist Ihnen der Partner Ihres Lebens begegnet. Vielleicht haben Sie ihn noch nicht erkannt. Gehen Sie noch einmal an einen Ort, an dem Sie neulich inspirierende Stunden verbracht haben.*«

»Tja, da bin ich nun.«

Sie sah ihn an und lächelte.

Mein Gott, dachte Dengler, was hat Martin da nur angestellt.

Klein hatte tatsächlich das Horoskop genutzt, um diese Frau ins *Basta* zu locken. So hartnäckig kannte er seinen Freund nicht. Es musste ihm ernst sein.

Sie lächelte ihn erneut an.

Sie denkt, ich bin's.

Sie denkt, ich bin die große Liebe ihres Lebens.

Erschrocken stand er auf.

»Heute Abend sind wir alle wieder hier«, sagte er. »Vielleicht hast du auch Lust …«

»Gern«, sagte sie und steckte die Zeitungsseite zurück in ihre Handtasche.

New York, 28. Februar 2009

Es war dieses traumartig-unfassbare Licht, das ihm an New York gefiel, ein Licht, wie er es aus keiner anderen Stadt der Welt kannte. Es war hell, trotzdem weich und gleißend, wie er es in Deutschland nie gesehen hatte, selbst in Rom nicht, wo er zwei Jahre lang Attaché an der Deutschen Botschaft gewesen war. Der Wind, der im Winter eiskalt war, klärte nun den Himmel, reinigte ihn und hob die absonderlichsten Gegenstände in die Höhe. Von seinem Hotelzimmer aus hatte er gestern lange einer Plastiktüte nachgeschaut, die hoch über den Schluchten von Manhattan schwebte in einem zärtlichen Tanz, um dann einem unsichtbaren Sog zu folgen, der sie in Richtung Central Park trieb. Lange hatte er am Fenster gestanden und ihr zugesehen und war sich dabei vorgekommen, als bestaune er eine traumhafte Filmsequenz oder eine in *slow motion* getanzte Aufführung von Pina Bausch. Doch wer hätte diesen wunderbaren Tanz durch die Lüfte inszenieren können?
Am Tag seines Todes war Klaus Nauber heiter gestimmt. Nachdenklich, aber heiter. Es war ein besonderer Tag für ihn. Heute Abend würde er zum ersten Mal im Harvard Club speisen. Oft schon war er in New York gewesen, aber noch nie hatte man ihn in diesen Club eingeladen.
Roger, sein alter Freund aus Brüsseler Tagen, hatte es möglich gemacht. Er hatte in Harvard studiert und durfte daher als Ehemaliger auch Gäste mitbringen, die keine Club-Mitglieder waren.
Klaus Nauber hätte gern seinen Sohn dabeigehabt. Er hätte ihm gern gezeigt, wie sehr er geschätzt wird, hier in New York und überall auf der Welt. Aber sein Sohn begleitete ihn nicht auf seinen Reisen. Schon lange nicht mehr. Er ging seine eigenen Wege. Das war nun nicht weiter schlimm. Söhne müssen ihre eigenen Wege gehen, irgendwann einmal. Aber

dass sein Sohn bis heute immer nur die Gegenposition zu ihm einnahm, schmerzte ihn. Irgendwann musste das doch aufhören. Nun betrieb er in Tübingen einen, wie er es nannte, »Antimilitaristischen Informationsdienst«. Das hört man nicht gern über seinen Sohn, wenn man selbst eine erfolgreiche Soldatenlaufbahn absolviert hatte und sich Generalleutnant a. D. nennen konnte.

Die beiden Offiziere des Militärischen Abschirmdienstes, die ihn darüber informierten, waren sehr verständnisvoll gewesen. Er hatte ihnen nicht viel über seinen Sohn berichten können. Er wusste einfach nicht mehr, was dieser tat und dachte. Jedenfalls tat und dachte er nicht so, wie er sich das gewünscht und wie er ihn erzogen hatte. Gegen den Zeitgeist hilft oft die beste Erziehung nichts, hatte einer der beiden Herren gesagt. Wohl wahr. Nauber hatte sogar versucht, seinem Sohn zu erklären, dass er sich nie von seinem Einfluss würde frei machen können, wenn er immer das Gegenteil von ihm machte.

»Du bist dann an mich gefesselt – und gerade das willst du doch nicht«, hatte er gesagt.

Aber sein Sohn hatte gelacht.

»Ich kämpfe nicht für eine friedliche Welt, weil ich gegen dich bin, sondern weil es notwendig ist.«

Was sollte man darauf antworten?

Nauber spürte, wie seine Laune schlechter wurde, aber er wollte sich diesen Tag nicht durch düstere Gedanken vermiesen lassen.

Er sah durchs Fenster, suchte den Himmel ab, aber er sah die Plastiktüte nicht mehr.

Ich ziehe den blauen Anzug an, dachte er. Dazu ein frisch gestärktes weißes Hemd und die grün-weiß gestreifte Krawatte.

Nauber war ein kleiner Mann, und wie viele kleine Männer wurde er von einem unbändigen Ehrgeiz angetrieben, dem Napoleon-Syndrom, wie seine Frau noch während der Scheidungsverhandlung gesagt hatte. Er wollte es allen beweisen, und er hatte es allen bewiesen.

Es war erhebend, ein Glücksmoment ohnegleichen, wenn er einen Appell abnahm und irgendein Oberst, ein Klotz von einem Kerl, ihm Meldung zu machen hatte.

»Ich melde, Herr Generalleutnant: Brigade soundso angetreten zum Ehrenappell blah, blah.«

Und er hatte ruhig geantwortet: »Ich danke Ihnen, Herr Oberst. Lassen Sie die Männer wegtreten.«

Nun ja, das war vorbei. Er war nun außer Dienst. Aber sein Rat war immer noch gefragt. Er war immer noch wichtig.

1961 war er in den Dienst der Bundeswehr eingetreten und wurde Leutnant der Artillerie. Vielleicht war auch Glück dabei, dass er zum Generalstabslehrgang an der Führungsakademie der Bundeswehr in Hamburg ausgesucht wurde. Aber allein seinem Ehrgeiz und seiner Intelligenz verdankte er es, dass er als Lehrgangsbester mit dem General-Heusinger-Preis ausgezeichnet wurde. Von da an ging es steil bergauf. Er war Batteriechef bei der 135. in Lahnstein, G3-Offizier bei der Panzerbrigade 15 in Koblenz, wechselte als Leiter der Artillerieschule nach Idar-Oberstein, wurde Kommandeur der Panzerbrigade 30 in Ellwangen und schließlich Brigadegeneral mit einer Verwendung im Bonner Verteidigungsministerium. Dann erfolgte seine Kommandierung zur NATO nach Brüssel, wo er im *Allied Clandestine Committee* arbeitete. Nach der Wende wurde er Heeresinspekteur und leitete den Umbau der Bundeswehr ein, indem er sie in Hauptverteidigungskräfte und in Krisenreaktionskräfte unterteilte. Dann wurde er erneut zur NATO berufen und Mitglied im Militärausschuss. Gern wäre er noch Generalinspekteur geworden, aber, nun gut, Nauber schüttelte sich, man konnte nicht alles haben.

★★★

Nebenan lag der New York Yachtclub. Roger hatte ihm auf dem Weg zum Club die Fensterbrüstungen gezeigt, die mittelalterlichen Schiffshecks nachgebildet waren. Dann gingen sie in die Blue Bar. Dort nahmen sie als Aperitif einen Manhattan an der Bar.
»Hier gehen die Filmleute hin«, sagte Roger.
Er reckte den Hals.
»Vielleicht ist Woody Allen heute auch hier.«
Nauber mochte Woody Allen nicht. Er hatte auch keine Lust, ihn zu sehen. Bei ihrer Scheidung hatte seine Frau nicht nur die Hälfte des Hauses bekommen, sondern sie hatten auch die ehemaligen kulturellen Gemeinsamkeiten geteilt. Seit seiner Scheidung hatte er keinen Woody-Allen-Film mehr gesehen. Dieser Regisseur gehört eindeutig in das Refugium seiner Frau. Dafür hatte sie ihm alle CDs von der Big Band der Bundeswehr überlassen.
Nauber war überrascht, dass Roger den neuen amerikanischen Präsidenten unterstützte.
»Unter Bush wären wir abgestiegen. In die zweite Liga. Aber der Nigger wird es entweder richten und wir sind für die nächsten hundert Jahre wieder die Stärksten, oder er wird so eine Art Gorbatschow sein, der den Abstieg der USA moderiert«, sagte er.
Eine erstaunliche Haltung für einen amerikanischen General.
»Aber Klaus«, sagte Roger, als er Naubers Irritation spürte, »die Dinge, die wir damals gemacht haben, wären heute nicht mehr möglich.«
Da hat er recht, dachte Nauber. Es war eine gute Zeit, damals in Paris und Brüssel. Trotz der vielen Grauzonen, in denen sie umhergeirrt waren.
Es war lange her.
Um acht gingen sie hinüber in den Club. Im Vorraum stand ein Schwarzer in Livree.
Er kannte Roger.

»Schön, dass Sie uns wieder besuchen, General.«
»Guten Abend, darf ich Ihnen meinen Freund vorstellen, Klaus Nauber, ein deutscher General.«
»Oh, die Deutschen sind bekannt für ihre Generäle.«
Sie lachten alle drei.
Die große Halle war dreistöckig mit einer großen Galerie. Tische und Stühle waren aus dunklem Holz gefertigt, die berühmten Harvardstühle. Nauber fuhr mit der Hand über das schwarz-braune Holz. Betrachtete auf der Querlehne das Emblem in Gold. Über der Tür hing der ausgestopfte Kopf eines riesigen Warzenschweins. Daneben der einer Antilope. Im dritten Stock sogar ein Elefantenkopf.
Kühl war es hier drin. Und ruhig.
Das Essen war großartig. Riesige Steaks. Berge von Salat. Die Kellner alt und unfreundlich, wie man es in den USA eigentlich nicht kannte. »Hier gibt niemand Trinkgeld, weil jede Rechnung vom Club abgebucht wird«, erklärte Roger ihm. Hier kam man ohne Bargeld aus und ohne Kreditkarte. Wie im Film.
Beim Kaffee lauschten sie noch eine Weile dem hauseigenen Jazztrio. Jeder hing den eigenen Gedanken nach. Dann unterschrieb Roger die Rechnung, und sie gingen.
Es war ein milder Februarabend in New York. Sie standen unter dem Eingangsportal, und Nauber reckte sich. Er überlegte, ob er noch zum Times Square laufen oder gleich ein Taxi nehmen sollte.
Er hörte den Schuss nicht.
Niemand hörte einen Knall.
Niemand sah ein Mündungsfeuer.
Er brach einfach zusammen.
Roger reagierte schnell, wollte ihn halten, aber er griff ins Leere. Nauber lag bäuchlings auf der Straße.
Jetzt bekommt dieser Deutsche ausgerechnet einen Herzinfarkt, wenn ich dabei bin, dachte Roger. Er bedauerte die Einladung.

Einer der Kellner hatte bereits ein Telefon am Ohr und rief die Ambulanz. Der Krankenwagen hatte es nicht leicht, die verstopfte 77th Street hochzufahren. Erst als die Sanitäter Nauber umdrehten, entdeckten sie das Einschussloch direkt über dem Herzen.

Kein Mord ohne Motiv

Dengler ließ Betty Gerlach zurück und ging wieder an den Schreibtisch.
Sieh an: Martin Klein hatte sich verliebt. In eine schöne Frau, kein Zweifel. Aber sie war doch zu jung für ihn. Als Betty neulich abends mit ihnen am Tisch saß, hatte Martin es nicht gewagt, ein Wort mit ihr zu wechseln. Stattdessen hatte er die Hand vor den Mund gehalten, damit sie seine dämliche Brandblase nicht sah. Nun kommunizierte er über die Horoskope mit ihr, die er für das Sonntagsblatt schrieb. Eine kühne Strategie, zweifelsohne, aber auch ein bisschen umständlich. Nun ja, heute Abend würden alle zusammen an einem Tisch sitzen. Und die Brandblase war hoffentlich verheilt.
Dengler griff zu einem der Ordner, die auf seinem Schreibtisch lagen. Schlussvermerk: »*Nach den ärztlichen Attesten erlitten 68 der 211 Personen schwere Verletzungen. Bei 11 von ihnen mussten Amputationen – hauptsächlich an den unteren Gliedmaßen – vorgenommen werden. Bei 14 Personen lagen erhebliche Organverletzungen vor; sie machten in drei Fällen Organentnahmen erforderlich. 20 Personen wurden am Trommelfell verletzt, drei trugen entstellende Brandverletzungen und drei weitere sonstige Brandverletzungen davon. 68 Personen erlitten mittlere und 75 leichte Verletzungen.*«

Er merkte, wie ihm diese schrecklichen Zahlen und Fakten aufs Gemüt schlugen. Wer war der Kerl, der für all das verantwortlich war? Wer war der Attentäter? Wer war Gundolf Köhler?

Dengler schlug das Logbuch der Sonderkommission auf.

Am Samstagmorgen, dem Tag nach dem Attentat, gab der Leiter der Sonderkommission Theresienwiese dem »Lagezentrum Bayern« im Bayerischen Innenministerium telefonisch die Daten des aufgefundenen Personalausweises durch. Sie landeten dort bei Dr. Hans Langemann, dem Leiter der Abteilung Staatsschutz.

Dengler las:

9.22 Uhr Von: Lagezentrum Bayern Information weitergegeben. Anordnung: Ermitteln, was hinter dem verdächtigen Köhler steckt.

9.35 Uhr Von: Dr. Langemann Dr. Langemann veranlasst NADIS-Überprüfung des Köhler beim Bayerischen Landesamt für Verfassungsschutz.

Das NADIS-System kannte Dengler noch aus seiner Dienstzeit beim Bundeskriminalamt. Es war das Computersystem des Verfassungsschutzes, an das auch die anderen Geheimdienste angeschlossen waren. Er hatte die Abfragemöglichkeiten des Systems oft benutzt.

10.03 Uhr Von: NADIS Der verdächtige Köhler ist Mitglied der Wehrsportgruppe Hoffmann (WSG).

Gundolf Köhler war nach Auskunft des Verfassungsschutzes Mitglied in einer rechtsradikalen Organisation. In den Akten fand Dengler eine weitere Information des Verfassungsschutzes.

11.50 Uhr Von: Bayerisches Landesamt für Verfassungsschutz
vs – vertraulich
Aus dem 1977 bei Karlheinz Hoffmann (WSG-Leiter) sichergestellten Material ergibt sich, dass Köhler im Februar 1976 mit Hoffmann im Briefwechsel stand und seine Absicht bekundete, in Donaueschingen eine Ortsgruppe der WSG aufzubauen. Köhler war

laut vertraulicher Mitteilung 1977 und 1979 in der WSG-Kartei als aktiver Anhänger erfasst, nach einer Notiz des Hoffmann auf der Karteikarte hat er 1979 an zwei Übungen teilgenommen.

Dengler lehnte sich zurück. Musste er weiterlesen? Ein rechtsradikaler Einzeltäter hatte die Bombe gelegt und sich dabei selbst in die Luft gesprengt. So legte es die oberflächliche Lektüre der Akten nahe, so stand es sowohl im Bericht der Sonderkommission als auch in dem des Generalbundesanwalts.

Warum sollte er sich noch einmal mit dieser alten Geschichte beschäftigen?

Was erwartete das BKA von ihm?

Warum hatte er sich überhaupt auf diesen Job eingelassen? Er hatte seinen Job als Zielfahnder gemocht. Ganz in eine andere Biografie einzutauchen, das war etwas gewesen, das ihm lag. Aber seine damaligen Vorgesetzten hatten ihn bedrängt, immer nur in eine Richtung zu ermitteln, obwohl die Spuren und Befunde in eine andere zeigten. Immer nur in Richtung Rote Armee Fraktion, immer nur in Richtung Terroristen, obwohl …

Später hatte sich meist herausgestellt, dass er recht gehabt hatte. Auf dem Feld des Terrorismus tummelten sich viele Schatten, kreuzten sich viele Interessen – und nicht alle waren leicht zu durchschauen.

Und nun wieder Terrorismus. Diesmal von rechts. Hatte er den Auftrag angenommen, weil er noch einige Rechnungen zu begleichen hatte? Oder war es doch alte Verbundenheit mit dem BKA? Vielleicht auch der Traum vom aufrechten Bullen, der Traum vom Polizisten, der sich für Recht und, noch wichtiger, für Gerechtigkeit einsetzt. Wollte er das wieder sein? Hatte er den Auftrag angenommen, weil er endlich wieder einen BKA-Dienstausweis in seiner Tasche haben wollte?

Er wusste es nicht.

Vielleicht würde er auch seine eigenen Beweggründe durch

diesen Fall herausfinden. Durch diesen merkwürdigen archäologischen Fall. Durch dieses Massaker ohne Motiv. Sein Instinkt sagte ihm, dass er noch nicht aufgeben sollte.
Dengler nahm sich noch einmal die Mappen mit den ersten Vernehmungen vor.

Schmoltkes Rückkehr

Auf der Rückfahrt war sie zufrieden. Immer noch müde, aber zufrieden.
Sie hatte etwas angestoßen. Sie hatte nicht resigniert. Nicht klein beigegeben.
Die Büroleiterin rief sie an. Es gäbe einen Terminstau. Da sie in den letzten Tagen keine Termine mehr wahrgenommen habe, habe sich einiges angesammelt. Jetzt müsse sie den Minister vertreten bei der Preisvergabe von »Jugend forscht« und beim Medienpreis des Beamtenbundes. Außerdem habe sie noch ...
»Sagen Sie alles zu«, sagte Charlotte.
Dann lehnte sie sich zurück und schlief ein.

Die Akte Becker

Die präzisesten Aussagen stammten von einem Mann namens Elmar Becker. Fünfmal war er von der Sonderkommission vernommen worden. Er war vor der Zündung der Bombe am Tatort gewesen, kaum mehr als zehn Meter vom eisernen Papierkorb entfernt, und ihm war dieser Köhler aufgefallen. Die Druckwelle der Explosion hatte ihn einige Meter nach hinten geworfen, aber sonst blieb er wie durch ein Wunder unverletzt. Sanitäter brachten ihn ins Krankenhaus Dachau, aber es gab bei ihm nur einige Schürfwunden und Prellungen zu verarzten, mehr nicht. Noch in der Nacht meldete er sich bei der Polizei. Die erste Vernehmung erfolgte Stunden später in seiner Wohnung. Zwei Tage später, als das Fernsehen Fotos von Gundolf Köhler brachte, meldete er sich erneut bei der SoKo des Landeskriminalamtes. Dengler las das Protokoll der ersten Vernehmung.

```
Landeskriminalamt München
Sonderkommission Theresienwiese
```

Vernehmung eines Zeugen
```
Es erscheint unaufgefordert am 27. September
1980, morgens um 4 Uhr
Becker, Elmar
geb. am: 24. April 1948
Wohnhaft München, Schwanthalerstraße
ausgewiesen durch den Personalausweis
Nr. 6204589547
Frage: Wo hielten Sie sich vor der Explosion
auf?
Antwort: Ich stand am Brausebad, dem gelb
getünchten Steinbau, gegenüber dem Bavaria-
ring, links neben den vier Säulen.
Frage: In welcher Richtung ging Ihr Blick?
Antwort: In Richtung Theresienwiese.
Frage: Und dort sahen Sie diese Person zum
ersten Mal? (dem Zeugen wird das Bild des
Gundolf Köhler vorgelegt)
Antwort: Ja. Das ist der Wuschelkopf. So habe
ich ihn für mich genannt. Er stand mit zwei
```

weiteren jungen Männern zusammen, die mir
den Rücken zuwandten. Die Gesichter dieser
beiden jungen Männer konnte ich nicht erkennen. Aber diesen jungen Mann habe ich genau
gesehen.
Frage: Können Sie die beiden anderen Männer
beschreiben?
Antwort: Ich sah sie nur ungenau. Sie trugen
beide Parkas, dunkelgrün wohl, und hatten
Stiftköpfe, also kurz geschorene Haare.
Frage: Wie weit stand diese Gruppe von Ihnen
entfernt?
Antwort: Etwa zehn Meter.
Frage: Hatte der Mann, den Sie als »Wuschelkopf« bezeichneten, Gepäckstücke bei sich?
Antwort: Ja, er hatte eine weiße Plastiktüte und einen Koffer dabei. Die Plastiktüte
schien sehr schwer zu sein.
Frage: Hatten die anderen beiden Männer Gepäckstücke bei sich?
Antwort: Nein.
Frage: Die drei Männer unterhielten sich.
Konnten Sie von dem Gespräch etwas verstehen?
Antwort: Nein. Aber die unterhielten sich
sehr hektisch miteinander. Das schloss ich
aus der Art, wie sie gestikulierten.
Frage: Um wie viel Uhr war das?
Antwort: Etwa halb zehn. Eine halbe Stunde
vor der Explosion.
Frage: Kamen Sie noch näher an die Gruppe
heran?
Antwort: Ja. Ich ging dann in südliche Richtung zum Wiesn-Eingang. Als ich die südliche
Kante der Brausebadinsel passierte, kam ich

in einer Entfernung von etwa fünf Metern an
der Dreiergruppe vorbei.

Dengler stutzte: Unmittelbar vor dem Attentat spricht der
mutmaßliche Terrorist mit zwei anderen Männern! Wieso
kam die SoKo dann zu dem Ergebnis, es handele sich bei
Köhler um einen Einzeltäter?
Er las weiter.

Frage: Wieso konnten Sie sich an den Mann,
den Sie als »Wuschelkopf« bezeichnen, so
genau erinnern?
Antwort: Er sah sehr gut aus.
Frage: Sind Sie homosexuell?
Antwort: Ja.
Frage: Können Sie sich deshalb an den jungen
Mann so gut erinnern?
Antwort: Ich schaue mir junge Männer ebenso
genau an, wie sich andere Männer junge Frauen
anschauen.
Frage: Und der »Wuschelkopf« hat Ihnen gefallen?
Antwort: Ja.

Dengler leuchtete diese Aussage sofort ein. Aber warum war
nie nach den anderen Männern gesucht worden?
Er blätterte in den Akten. Aber er fand keine Notiz dazu,
keine Suchaktion nach den Männern, keinen Aufruf an die
Öffentlichkeit. Nichts.

Frage: Würden Sie uns Ihre Beobachtungen unmittelbar vor der Explosion schildern?
Antwort: Unmittelbar vor der Explosion sah
ich den »Wuschelkopf« wieder. Ich habe gesehen, wie er auf den Papierkorb zuging. Er hat

in jeder Hand etwas getragen. Links eine Art
Koffer, kleiner, vielleicht ein Werkzeugkoffer, und in der rechten Hand eine weiße Tüte,
die sehr viel schwerer gewirkt hat. Dann hat
er sich gebückt und etwas abgestellt.
Frage: Haben Sie gesehen, was er abgestellt
hat?
Antwort: Ja. Den Koffer. Dann ging er weiter
auf den Papierkorb zu.
Frage: Haben Sie gesehen, wie der Mann den
Papierkorb erreicht hat und was er dort tat?
Antwort: Nein. Dann verstellten mir die
Leute, die die Wiesn verlassen wollten, den
Blick. Ich habe dann die Stichflamme gesehen.
Da habe ich mich instinktiv fallen lassen.
Das hat mir wahrscheinlich das Leben gerettet.

Dengler suchte den Aktenband mit der Asservatenliste. Von einem Koffer war nirgends die Rede. Auch Reste, Fetzen oder Teile des Koffers wurden offenbar nicht gefunden.
Wer hatte den Koffer kurz vor der Explosion in Sicherheit gebracht?
Einer der beiden anderen Männer?
Er musste mit diesem Becker reden.

Zusammensein am Abend

Es war längst Abend, als Dengler die Ordner wieder zur Seite legte.
Er ließ sich treiben, studierte die Gutachten der Sprengstoff-

experten. Schritt für Schritt vollzog er die Arbeit der Sonderkommission nach, sah vor seinem geistigen Auge die Männer und Frauen der Sonderkommission ausschwärmen, mit Informationen bestückt zurückkommen, Berichte schreiben, sah die Auswerter einzelne Spuren notieren, Kollegen einteilen, die diesen Spuren folgten. Fast kam es ihm so vor, als säße er wieder in seinem alten Büro in Wiesbaden.
Dengler, der Grübler – so hatten ihn seine Kollegen genannt. Er war immer eher ein Einzelgänger gewesen. Mit dem »Teamarbeiter«, den die damalige Leitung des BKA aus ihm machen wollte, konnte er sich nie anfreunden. Er hatte das Material immer in sich aufgenommen, alles gelesen, mit allen geredet, ohne vorher eine Hypothese aufzustellen, ohne vorher ein Vorurteil abzugeben. Das Material zeigte ihm dann häufig ein Muster, eine Struktur, die er weiter verfolgen konnte.
In diesem Fall schien ihm alles eindeutig und merkwürdig zugleich. Der Bombenleger war schnell gefunden, aber Dengler verstand nicht, warum die Aussagen des wichtigsten Augenzeugen in den Schlussberichten nicht berücksichtigt wurden.
Dengler rieb sich die Augen. Das Aktenstudium hatte ihn müde gemacht. Er ging ins Bad und wusch sich das Gesicht mit kaltem Wasser ab.
War der Abschlussbericht frisiert worden?
Warum sollten sowohl die Sonderkommission als auch der Generalbundesanwalt das tun?
Auch dafür gab es kein Motiv.
Oder doch?
Ein solches Attentat erforderte eine umfangreiche Vorbereitung. Unterschiedliche Kenntnisse mussten zusammengeführt werden: Sprengstoffkenntnisse, Erfahrungen mit Zündern, Logistik, Finanzierung, Montage, Transport. Allein für die Beschaffung des Sprengstoffs waren in der Regel viele Personen nötig. Hinzu kam: Sprengstoff, in diesem Fall

handelte es sich um TNT, war nicht billig. Köhler war ein Student. Wie war er an das Geld gekommen, woher hatte er die Beziehungen? Dengler kramte in seinem Erinnerungsschatz, aber es fiel ihm kein Fall ein, in dem ein Einzeltäter eine solche Operation hatte durchführen können.
Und noch etwas war ihm aufgefallen: Es fehlte ein Bekennerschreiben. Ein Einzeltäter hätte sich doch sicher erklären wollen. Warum nicht dieser Gundolf Köhler?
Es waren noch einige Fragen offen. Vielleicht würden die noch ungelesenen Akten sie beantworten.
Dengler sah auf die Uhr. Halb neun. Bestimmt saßen seine Freunde bereits unten im *Basta*. Er ging noch einmal zurück an seinen Schreibtisch und überprüfte seine E-Mails.
Keine Nachricht von Olga.
Er zog das Handy aus der Tasche.
Keine SMS von Olga.
Seit einer Woche war sie verreist, und sie fehlte ihm.

★★★

Als er die Tür zum *Basta* aufstieß, klang ihm schon Marios Lachen entgegen. Seine Freunde saßen an dem langen Tisch an der Wand. Martin Klein saß unter dem großen Spiegel, Leo ihm gegenüber und Mario am Kopfende. Er setzte sich zu ihnen. Eine Flasche Brunello stand auf dem Tisch. Leopold bestellte ein weiteres Glas und schenkte ihm ein.
»Du siehst müde aus«, sagte Leo, »der Abend ist doch noch jung.«
»Aktenstudien machen nicht gerade fit.«
»Um was geht es eigentlich genau?«
»Ich wühle mich durch die Ermittlungsakten zu dem Attentat auf das Münchener Oktoberfest 1980.«
»Oh, das war vor meiner Zeit. Meine Eltern saßen damals geschockt vor dem Fernseher, aber mehr weiß ich nicht mehr darüber.«

»Ich schon«, sagte Martin Klein. »Ich studierte damals noch. Die Bombe platzte mitten in den Bundestagswahlkampf hinein. Franz Josef Strauß, der sehr rechtslastige bayerische Ministerpräsident, wollte Kanzler werden. Er nutzte das Attentat sofort als Argument gegen die Linke und für schärfere Gesetze. Dann stellte sich heraus, dass es ein Neonazi war, der die verheerende Bombe gelegt hatte.«

»Hallo«, sagte eine Frauenstimme, »darf ich mich zu euch setzen?«

»Natürlich«, sagte Klein und rückte zur Seite.

»Das Drama nimmt seinen natürlichen Verlauf«, murmelte Mario leise.

»Danke«, sagte Betty und setzte sich neben Dengler. »Ich wollte euer Gespräch nicht stören.«

»Kein Problem. Wir haben über Georgs neuen Fall geredet. Er untersucht das Attentat auf das Münchener Oktoberfest von vor fast dreißig Jahren«, sagte Martin Klein und überspielte damit schnell die Enttäuschung, dass Betty sich nicht neben ihn gesetzt hatte.

»Da war ich noch viel zu jung.«

»Das denk ich mir«, sagte Klein eifrig.

Betty lachte Dengler an: »Was für ein interessanter Job das ist.«

Sie flirtet mit mir, dachte er, sie wird doch nicht wirklich glauben, dass ich der Mann bin, den ihr Kleins Horoskop versprochen hat.

Er sah zu Klein hinüber, direkt in dessen missmutiges Gesicht.

Mario schien die Lage begriffen zu haben.

»Wann kommt eigentlich deine Freundin zurück?«, fragte er Dengler laut über den Tisch hinweg.

»Oh, ich hoffe, dass Olga in ein paar Tagen wieder da ist.«

Betty lehnte sich etwas in ihrem Stuhl zurück.

Dengler beugte sich zu Leopold Harder: »Leo, könntest du mir Material aus eurem Archiv zusammenstellen. Martin

hat mich auf eine Idee gebracht: Ich möchte wissen, wie die politischen Verhältnisse waren in der Zeit um diesen 26. September 1980.«
Leopold Harder nickte.
»Hier kommt ein frisches Glas für die Lady«, rief Mario und goss Brunello nach.
Betty stand auf und setzte sich neben ihn.

Die große Lage

Seit dem Gespräch mit dem BKA-Präsidenten fiel ihr das morgendliche Aufstehen leichter. Sie war fröhlicher. Sie begrüßte den Fahrer mit Handschlag, statt sich mit einem Stapel Akten mürrisch in den Fond zu werfen. Die Beamten an der Pforte des Ministeriums, die sich beim Eintreffen von Minister und Staatssekretären zu erheben haben, bat sie, dies bei ihr nicht mehr zu tun.
Die Männer, zwei davon kurz vor der Altersgrenze zur Pension, dankten ihr mit einem freundlichen Blick.
Sie hatte etwas in Bewegung gesetzt.
Jeden Montagmorgen traf sich der Minister mit den beiden parlamentarischen und den zwei beamteten Staatssekretären im 4. Stock zur Leitungsrunde. Die Leiterin des Ministerbüros trug die Termine vor, und dann wurde entschieden, wer zu welchem Termin ging.
Die Entscheidung fiel meistens nach demselben Muster: Wie hoch war die öffentliche Wirkung? Hoch? Dann ging der Minister selbst. Weniger hoch? Dann war sie an der Reihe.
Wie wichtig ist der Verband? Wichtig? Auch dann nahm der Minister den Termin wahr, bei weniger wichtigen Verbänden

war es ihr Auftritt. Sie hatte in den letzten drei Jahren Hunderte von weniger wichtigen Verbänden kennengelernt.
Routine. Endlose Routine.
War Sitzungswoche, tagte dienstagmorgens die Arbeitsgruppe Innenpolitik der Unionsfraktionen, anschließend die Koalitionsrunde mit den Kollegen der SPD. Mittwochs tagte der Innenausschuss, bei dem sie den Abgeordneten Rede und Antwort zu stehen hatte. Und einmal in der Woche traf sich die Runde der Parlamentarischen Staatssekretäre aller Ministerien im Kanzleramt.
Dazu kamen all die Akten, Akten, Akten, die sie mit lila Tinte abzeichnen musste. Unmöglich, sich jeden Vorgang zu merken.
Jeden Morgen erhielt sie den Bericht aus dem Lagezentrum zur Inneren Sicherheit. Immer wieder einmal brannte ein Auto in Berlin, vor allem aber listete der Bericht die Schlägereien, die Körperverletzungen, die versuchten Morde der Neonazis auf.
Kühl und sachlich.

***

An diesem Montagmorgen sagte der Minister, dass sie ihn bei der »Großen Lage« vertreten müsse. Er habe einen Wahlkampfauftritt.
Sie mochte diese Besprechung nicht. Mehrmals war sie da gewesen. Großer Auftritt von Huber, dem beamteten Staatssekretär, der grauen Eminenz des Ministeriums, wie ihn die Presse nannte.
Es geht nicht anders, sagte der Minister, der ihre Abneigung kannte.
Sie braute sich einen grünen Tee zur Stärkung. Danach ging es besser. Sie wird sich doch nicht von einem nicht gewählten Beamten einschüchtern lassen.
So fand sie sich am nächsten Tag um neun Uhr in dem fens-

terlosen, abhörsicheren Raum des Lagezentrums ein, wo die Sitzung immer stattfand.

Sie mochte Huber nicht – den schmallippigen Franken, der im Gegensatz zu den anderen Bewohnern dieses Landstriches völlig ohne Humor war. Früher war er Abteilungsleiter der einflussreichen Abteilung ÖS (Öffentliche Sicherheit) gewesen, bevor er ins Kanzleramt, dann zum BND und nun zurück ins Ministerium wechselte. Alles an ihm wirkte zugeknöpft und hochgeschlossen. Er war lang und dünn, trug stets graue Anzüge. Seine Augen erinnerten Charlotte an einen Habicht, wahrscheinlich hatten sie noch nie Mitgefühl ausgedrückt oder Anteilnahme. Man konnte es sich jedenfalls nicht vorstellen. Ihre Sekretärin hatte ihr unter dem Siegel der Verschwiegenheit anvertraut, dass die weiblichen Angestellten es vermieden, mit Dr. Huber zusammen den Aufzug zu benutzen. Und sie hätten Gründe, sagte sie, denn ihr sei es auch einmal passiert, und dann lachte sie bitter: Huber sei ein widerlicher Tittengrapscher.

Sein engster Vertrauter war der jetzige Abteilungsleiter ÖS, Ministerialdirigent Dr. Schönleber, den Charlotte schon allein wegen seines übertriebenen Parfümgebrauchs abstoßend fand.

Beide, Huber und Schönleber, hatten sich einen Ruf als harte Hunde erarbeitet, beide wirkten auf Charlotte wie von einer ihr unbekannten Energie getrieben, keiner guten Energie. Etwas Böses ging von ihnen aus, aber Charlotte verstand nie genau, was der eigentliche Grund ihrer Humorlosigkeit und Kälte war. Sie hoffte nur, dass sie die beiden niemals zum Feind haben würde.

Dr. Huber erhob sich: »Die jetzige wirtschaftliche Krise, Frau Kollegin, meine Herren, wird einerseits als historisch verzeichnet, andererseits wird sie in der öffentlichen Darstellung der Bundesregierung weiterhin als bloße zyklische Krise dargestellt, die schon bald, etwa im Laufe des Jahres 2010 oder spätestens 2011, wieder überwunden sein wird. Diese Darstellung ist verständlich, weil auf einem anderen Wege die erheblichen finanziellen Mittel für die staatlichen Konjunkturprogramme nicht begründet werden könnten.

Sehr viel wahrscheinlicher – auf jeden Fall möglich – ist jedoch, dass die Kettenreaktionen der Weltwirtschaftskrise nicht vor einem Stillstand stehen, sondern gerade erst begonnen haben. Wir wissen nicht, wann die Blase der amerikanisch-asiatischen Defizitwirtschaft platzt und welche Folgen sie für die Weltwirtschaft haben wird. Das Bundesministerium für Finanzen erwägt eine Anhebung der Mehrwertsteuer auf etwa 25 Prozent einige Monate nach den nächsten Bundestagswahlen. Dies wird erheblichen öffentlichen Protest hervorrufen, und die linken Agitatoren werden behaupten, dass die Folgen der Bankenkrise nun direkt vom kleinen Mann bezahlt werden müssen. Wir rechnen außerdem im Gefolge der Krise mit einem weiteren drastischen Anstieg der Arbeitslosigkeit, und wir wissen, dass dieser Anstieg von den sozialen Netzen nicht mehr aufgefangen wird. Das Bundesministerium für Arbeit und Soziales arbeitet bereits an Plänen für eine soziale Notstandsverwaltung, die alles bisher Bekannte in den Schatten stellen wird.«

Charlotte war nicht klar, auf was das Ganze hinauslaufen sollte. Aber sie mochte den Ton in Hubers Stimme nicht, der jetzt noch schärfer wurde.

»Wie wird in einem solchen Szenario die öffentliche Ordnung beibehalten? Das ist die Frage, die sich unserem Ministerium stellt. Welche Gefahren gehen von einer Lazarusschicht aus, die mit öffentlichen Suppenküchen vor dem Verhungern gerettet wird? Welche Einsatzkräfte brauchen wir, um diese Schicht in Schach zu halten? Ferner: Wie wird sich die Mittelschicht verhalten, die jetzt noch mit einigen Ersparnissen oder Erbschaften hofft, durchzukommen. Die Erfahrung lehrt, dass aus dieser Schicht die neuen Anführer einer möglichen Revolte hervorgehen. Deshalb ist die Überwachung der E-Mail- sowie der gesamten Internet-Kommunikation so wichtig. In der nächsten Legislaturperiode müssen wir an diesen Punkt größere Fortschritte machen. Wir alle, Sie und ich, wir alle hoffen, dass es nicht zum Äußersten kommt. Aber damit es nicht dazu kommt, müssen wir mit unseren Planungen auf den äußersten Fall vorbereitet sein.

Sehen Sie: Wir haben bereits jetzt, im Mai 2009, so viel Streiktage wie im ganzen Jahr 2008 zusammengenommen, nämlich über 420 000. Im letzten Jahr aber waren bereits mehr Personen in Streiks verwickelt als im Katastrophenjahr 1968. Neu und besorgniserregend sind zwei weitere Umstände: Es sind die Belegschaften großer Firmen betroffen, aber auch Sektoren, die noch nie in Arbeitskämpfe einbezogen waren und eigentlich als immunisiert galten. Als Beispiel lassen Sie mich anführen, dass in diesem Augenblick, während wir uns hier über die Innere Sicherheit unseres Landes beraten, 150 000 Erzieherinnen streiken.«

Er schaute empört in die Runde.

»Erzieherinnen«, rief er, »Erzieherinnen, von denen man doch bisher angenommen hat, dass ihnen die anvertrauten Kinder wichtiger seien als irgendwelcher Tariffirlefanz.«

Dann rasselte er die neusten Daten herunter: Opel, Porsche ...

Charlotte meldete sich.

»Herr Kollege, halten Sie Ihre Sorge nicht für übertrieben? Porsche liegt ja nun in der Nähe meines Wahlkreises. Die Arbeiter fordern eine Kapitalerhöhung durch die Eigentümerfamilien. Braver und harmloser geht es nun wirklich nicht. Ich kann mir auch nicht vorstellen, dass die Kindermädchen eine Gefahr für die Innere Sicherheit ...«

»Es ist genau diese Verharmlosung, entschuldigen Sie dieses Wort, Frau Kollegin, vor der ich seit Jahren warne. Wenn erst einmal Unruhe da ist, kann sich der Inhalt schnell ändern. Die französischen Belegschaften sperren ihre Chefs ein und lassen sie nicht eher laufen, bis ihre Bedingungen erfüllt sind. Neuerdings drohen sie mit der Sprengung von Fabriken, wenn Entlassungen nicht rückgängig gemacht werden. Der Funke kann auch nach Deutschland überspringen, und dann haben wir eine revolutionäre Situation. Da war 68 nichts dagegen. 1968 waren es nur ein paar tausend Studenten. Und was haben die nicht alles angestellt. Wenn ein neues 68 aus der Mitte der Gesellschaft droht, muss der Staat gerüstet sein, muss die Polizei gerüstet sein, müssen die Institutionen gerüstet sein. Diesmal wird es kein Spaziergang werden wie damals. Das Thema Einsatz der Bundeswehr im Inneren muss ...«

»Entschuldigen Sie, Herr Kollege, wenn ich Sie unterbreche, ich habe Informationen aus dem BKA, dass derzeit alle 26 Minuten eine rechtsradikale Straftat verübt wird. Alle 26 Minuten! Ist dies nicht eine größere Herausforderung für die öffentliche Sicherheit als – Erzieherinnen?«

Schönleber wandte sich Charlotte zu und zog dabei eine Parfümwolke hinter sich her, die ihren unangenehmen Duft fast im ganzen Raum verteilte. Irgendjemand musste husten.

»Wir haben die Meldekriterien geändert, Frau Staatssekretärin«, sagte er. »Jetzt müssen Straftaten mit rechtsradikalem Hintergrund früher gemeldet werden. Wenn so ein Brandenburger Volldepp den Hitlergruß zeigt, schwupp, schon haben wir eine Meldung. So sind diese Zahlen zu erklären.«

»Aber, Herr Ministerialdirigent, nach den Gesetzen der allgemeinen Logik bedeutet das doch nur, dass die Statistik vorher falsch war. Ein Hitlergruß ist eine Straftat. Auch in Brandenburg, wenn ich mich nicht irre. Oder?«

Schönleber schien überrascht und sah sich, nach Unterstützung suchend, rechts und links um. Seine beiden Nebensitzer zuckten zurück.

Huber half ihm: »Frau Kollegin, wir verstehen alle, dass Sie

persönlich auf diesem Gebiet sensibel reagieren. Wir kennen den Hintergrund, äh, den familiären Hintergrund, und lassen Sie sich versichern, dass niemand hier im Haus ...«
»Alle 26 Minuten, Herr Kollege, eine Straftat, und wir unterhalten uns über die Gefahr, die von Kindergärtnerinnen für die Innere Sicherheit ausgeht.«
Schweigen.
Die Stimmung war verdorben.
Dr. Huber trug noch einige Zahlen vor, dann löste sich die Große Lage erstaunlich rasch auf.

Partnertausch

Der kahlköpfige Kellner brachte eine neue Flasche Brunello. Betty tuschelte mit Mario, Leo unterhielt sich mit Martin Klein, der immer wieder einmal schlecht gelaunt zu Mario und Betty hinüberschaute.
Dengler dachte an Olga.
Wie schön es wäre, wenn sie jetzt hier mit ihnen am Tisch sitzen würde. Aber sie war überstürzt nach Rumänien abgereist, weil ihre Mutter einen Schlaganfall erlitten hatte, und es war offen, wann sie zurückkommen würde.
Kurz vor ihrer Abreise hatte es eine kleine Irritation zwischen ihnen gegeben, und Dengler wusste immer noch nicht genau, wie er diese einschätzen sollte. Im Grunde hatte er ihr ein Freude machen wollen, ein Abschiedsgeschenk hatte es werden sollen für ihre bevorstehende Reise.
»Zieh dich hübsch an«, hatte er zu ihr gesagt, »heute Abend gehen wir zum Partnertausch.«
Sie sah ihn erstaunt an.
»Partnertausch?«

»Ja, ich finde, wir müssen auch mal was Neues erleben.«
»Du machst einen Witz, oder?«
»Nein, mach dich schick. Wir gehen um halb acht.«
»Sexy, meinst du?«
»Gern sexy.«
Sie sah ihn an, als könne sie ihm nicht trauen.
»Hauptsache aber, wir kommen pünktlich los.«
»Dann geh ich mal nach oben und zieh mich um.«
Unsicher ging sie zur Tür.
Sie drehte sich noch einmal um und sagte: »Also o. k. Bin gleich wieder da.«
Ihr Liebesleben hatte in der letzten Zeit etwas gelitten. Das war wahr. Dengler hatte einige Aufträge für eine große Versicherung übernommen und oft bis tief in die Nacht an den Fällen gearbeitet. Wenn er dann spät nach Hause gekommen war, hatte er meist gleich seine Wohnung aufgesucht und sich nicht mehr bei Olga gemeldet, die einen Stock höher wohnte. Er war einfach viel zu müde gewesen.
Aber lag es wirklich daran, dass er zu viel arbeitete? Plötzlich merkte er, dass er in Zeitungen Artikel mit guten Ratschlägen und Titeln wie »Lässt die Lust im Alter nach?« und »Wie Partnerschaft gelingt – Spielregeln der Liebe« las, und er merkte, dass die Buchhandlungen überquollen von Titeln wie »Lob des Sexismus: Frauen verstehen, verführen und behalten« oder »Der perfekte Liebhaber: Sextechniken, die sie verrückt machen«.
Sollte es normal sein, dass das Begehren wich, wenn man einige Zeit zusammen war? Dieser Gedanke war nicht gerade beruhigend. Olga und er waren doch das ideale Paar, alle ihre Freunde sagten das. Und sie selbst fanden es auch.
»Wie gefalle ich dir?«
Plötzlich stand sie an der Tür.
Sie sah hinreißend aus. Kurzer schwarzer Rock, eine blaue Bluse, die ihre Kurven betonte, indem sie sie nur andeutete.

Sie zog den Rock ein kleines Stück nach oben. Schwarze Strumpfbänder wurden sichtbar.

»Mehr ist da nicht drunter«, sagte sie.

»Mehr ist da nicht drunter?«, fragte er.

Sein Mund wurde trocken.

Sie sah auf die Uhr.

»Los! Wir kommen zu spät.«

Er stand auf, und einige Minuten später verließen sie das Haus. Untergehakt gingen sie die Wagnerstraße hinunter, rechts an der Kanalstraße vorbei, überquerten erst die Charlottenstraße, dann die Konrad-Adenauer-Straße und liefen durch den Park.

Sie kamen schließlich an der Oper vorbei und gingen auf das Gebäude des Stuttgarter Schauspiels zu. Das Foyer war erleuchtet. Man sah die Besucher mit ihren Sektgläsern und Programmheften bereits aus der Ferne. An der Außenwand war auf grünem Grund hell erleuchtet ein Schild angebracht.

Premiere: Partnertausch. Das neue Stück von Doris Dörrie.

Olga blieb stehen, las es und lachte laut auf.

»Da hast du mich aber an der Nase herumgeführt.«

Dengler wollte auch lachen, aber es kam nur ein kratziges Geräusch aus seiner Kehle, das eher wie ein Husten klang.

Beinahe hätten sie das letzte Klingeln versäumt.

Sie verbrachten einen aufregenden Abend, aber immer noch fragte sich Dengler, was gewesen wäre, wenn er Olga nicht ins Theater geführt hätte, sondern …

Auch in dieser Nacht schliefen sie nicht miteinander.

München. Elmar Becker

Der Brunello hinterließ keine Kopfschmerzen. Noch in der Nacht, kurz bevor er ins Bett ging, hatte er zwei Aspirin in einem Glas Wasser aufgelöst und getrunken. Ein alter Trick von ihm, noch aus BKA-Zeiten erprobt.

Am Morgen war ihm das Aufstehen trotzdem schwergefallen. Er hatte wieder den alten Traum geträumt, den schrecklichen Traum, den Traum, der ihm damals klargemacht hatte, dass er das BKA verlassen musste. Er lag gefesselt auf einer Pritsche in einer Zelle, die seinem alten Fahnder-Büro verdächtig ähnlich sah. Gleißendes Licht blendete. Auf der Tür saß eine riesige Fledermaus und sah ihm zu. Er versuchte sich zu bewegen, aber die Fesseln ließen es nicht zu. Dann wurde die Tür aufgestoßen, und die gesamte Führungsriege des BKA trat ein.

»Dengler, Sie haben heute noch nicht gelogen!«, schrie der Präsident.

»Dengler, Sie haben heute noch nicht gelogen!«, schrie der Abteilungsleiter.

»Dengler, Sie haben heute noch nicht gelogen!«, riefen sie im Chor und tanzten um die Pritsche.

Schweißgebadet wachte er auf und brauchte einige Minuten, bis er begriff, dass er kein Zielfahnder mehr war.

Dengler sah auf die Uhr. Fünf Uhr am Morgen, seine übliche Zeit für Albträume. Er stand auf und ging ins Bad.

Kurze Zeit später saß er an seinem Schreibtisch. Willkürlich zog er eine der Mappen mit den Zeugenaussagen heraus. Er blätterte sie langsam durch, überflog den Text und las hin und wieder einige Passagen.

Überall Blut, Schmerz, Leid. Aus all diesen Aussagen klang der Schrecken eines hinterhältigen Anschlags. Er las eine Stunde in den Dokumenten des Grauens, bis er auf die Aussage der Monika Bandlinger stieß.

```
Landeskriminalamt München
Sonderkommission Theresienwiese
```

Vernehmung eines Zeugen
```
Es erscheint auf Vorladung
Bandlinger, Monika
geb. am 12. November 1962
Wohnhaft München, Sedanstraße 11
ausgewiesen durch den Personalausweis
Nr. 3250947609
Frage: Wo waren Sie zum Zeitpunkt der Explo-
sion?
Antwort: Ich stand mit einer Freundin am Aus-
gang, auf dem Weg zum Bavariaring. Wie alle
anderen liefen wir nach der Explosion in
diese Richtung.
Frage: Was sahen Sie, als Sie am Tatort ein-
trafen?
Antwort: Ich weiß noch, dass meine Freundin
sagte: Was liegt denn da? Ich dachte erst,
es sei Abfall. Aber dann bemerkten wir, dass
es ein Toter war. Meiner Freundin wurde ganz
schlecht. Sie wandte sich ab.
```

Der Lage nach muss es sich um den zerrissenen Leichnam von Gundolf Köhler gehandelt haben, dachte Dengler. Ein schlimmer Anblick.

```
Und da waren zwei Männer: ein älterer, cirka
35 Jahre alt, und ein jüngerer, der war 25,
26, groß, hatte blonde, kurze Haare, und hat
immer wieder geschrien: ›Ich wollt's nicht!
Ich kann nichts dafür! Bringt mich um! Ich
kann nichts dafür! – Ich wollt's nicht.‹
```

Dengler schlug den Abschlussbericht der SoKo auf. Kein Wort über diese Zeugin. Warum nicht? Ihre Aussage war doch ein weiterer Hinweis, dass es sich bei Gundolf Köhler nicht um einen Einzeltäter gehandelt haben konnte.
Vielleicht, so dachte er, hatte dieser Unbekannte die Bombe gezündet. Zu früh gezündet. Deshalb der Ruf: Ich wollt's nicht.
Je mehr er sich mit den Hintergründen des Bombenattentats auf das Münchener Oktoberfest befasste, desto mehr Fragen tauchten auf.
Er musste nach dieser Zeugin suchen.
Er sah auf die Uhr. Es war bereits kurz nach sieben. Er musste sich beeilen. Sein Zug nach München ging in vierzig Minuten.

***

Es war merkwürdig, den Ausweis zu zücken und zu sagen: »Dengler, Bundeskriminalamt.« Es war so wie früher. Wieder öffneten sich alle Türen. Auch die des Kreisverwaltungsreferats in München.
»Dengler, Bundeskriminalamt. Ich möchte den Leiter des Kreisverwaltungsreferats sprechen.«
Der Mann an der Pforte warf nur einen kurzen Blick auf den Ausweis.
»Einen Augenblick, bitte.«
Ein kurzes Telefonat, ein ebenso kurzes »Bitte, ich bringe Sie hin«, und schon saß er dem Chef des Kreisverwaltungsreferates gegenüber, der in diesem Fall eine Frau war. Eine Frau, blond, etwa Mitte vierzig, mit einem Händedruck wie ein Arbeiter vom Tiefbau.
»Grillinger«, stellte sie sich vor. »Beate Grillinger.«
»Ich brauche Ihre Hilfe«, sagte Dengler und rieb sich die rechte Hand.
»Ich suche einen Mann«, sagte er.

»Ich auch«, sagte die Frau und lachte, als sie Denglers verblüfftes Gesicht sah.

Sie war eine kräftig gebaute blonde Frau, die man sich ebenso gut in einem Dirndl als Bedienung auf dem Oktoberfest vorstellen konnte, in jeder Hand vier Maß Bier. Tatsächlich trug sie aber ein dunkelblaues Kostüm und eine Perlenkette. Dengler gefiel ihr offener Blick und dass sie gern lachte.

»Wen suchen's denn?«, fragte sie und zog die Tastatur ihres Computers zu sich heran.

»Ich suche einen Elmar Becker. 1980 hat er in der Schwanthalerstraße gewohnt. Danach verliert sich seine Spur.«

Er schob ihr einen Zettel hinüber, auf der er die Daten des Mannes aus den Vernehmungsakten abgeschrieben hatte.

»Aha.« Die Frau tippte den Namen und das Geburtsdatum in atemberaubender Geschwindigkeit in den Rechner. Es sah aus, als würden ihre Finger in kleinen Wirbeln über die Tastatur tanzen.

»Das haben wir gleich«, sagte sie und lachte. »Wir kennen hier jeden.«

Plötzlich wurde ihr Gesicht ernst.

»Oh«, sagte sie. »Der lebt nicht mehr. Gestorben 1982. Am 3. Mai 1982.«

Zwei Jahre nach dem Attentat.

»Wissen Sie, ob er in einem Krankenhaus oder zu Hause gestorben ist? War er krank?«

»Also hören Sie: Alles wissen wir nicht.«

»Können Sie mir bitte die letzten gemeldeten Wohnorte ausdrucken?«

»Sicher doch.«

Kurz danach ratterte der Drucker.

»Würden Sie bitte auch nach einer gewissen Monika Bandlinger schauen. Ihr Aufenthalt 1980 war ... Moment, hier bitte.«

Dengler gab ihr die Daten der Zeugin.

»Das hamma gleich.«

Dengler bewunderte das Stakkato ihrer kräftigen Finger auf den Tasten.

»Da ist sie ja«, sagte Beate Grillinger. »Aber – suchen Sie nur Tote, Herr Dengler? Interessieren Sie sich nicht für die Lebenden?«

Zweiter Teil

Münchener Ermittlungen

Dengler ließ sich mit dem Taxi bis zum Stachus fahren. Er ging auf der Sonnenstraße einen halben Kilometer südwärts, bevor er dann links in die Schwanthalerstraße einbog. Vier Zeitungsboxen standen auf dem Bürgersteig. Wer wollte, konnte die *Abendzeitung*, die *Süddeutsche* oder *Welt*, *Bild* oder *tz* aus einer der blechernen Boxen kaufen, die den Bürgersteig versperrten. Ihm gefiel diese Straße. Der arabische Imbiss Aladin stand neben dem T-Mobile-Shop, ein Secondhand-An- und Verkauf neben dem Money Gram, Bargeldtransfer in alle Welt. Erotic World lockte mit über 6000 Videoprogrammen, während gegenüber dem Deutschen Theater Aldi-Süd verkündete: »Wieder Preise gesenkt«. Lichtreklamen schrieben »Spielcasino« oder »Zimmer frei« in Rot und Blau an die Fassade. Und davor schlenderte eine afrikanische Schönheit mit klickenden Absätzen und einem Kind an der Hand. Ein Spielparadies und eine Pilsbar verkündeten, sie hätten bis um fünf Uhr geöffnet. Daneben hatte eine Fluggesellschaft Räume angemietet, deren Namen Dengler noch nie gehört hatte.

Obwohl diese Straße, wie Dengler im Internet recherchiert hatte, den Namen des Erbauers der weltberühmten Bavaria-Statue trug, wirkte München hier wie Berlin. Ludwig Michael von Schwanthaler war Hofbildhauer bei Ludwig I. und Professor der Akademie der bildenden Künste in München gewesen.

Elmar Beckers Adresse führte ihn zu einem großen Wohnblock mit angegrautem, ehemals gelbem Verputz. Nur die ersten beiden Balkone der insgesamt sieben Stockwerke waren mit Blumenschmuck verziert, dies aber so üppig, als wollten sie sich für die anderen schmucklosen Brüstungen entschuldigen.

Der Hausmeister, ein hochgewachsener Türke mit randloser Brille namens Özlan Basher, wohnte im ersten Stock des angrenzenden Blocks.

Er starrte auf Denglers Ausweis, ohne auch nur eine Miene zu verziehen.

»Ich habe nichts verbrochen«, sagte er in einwandfreiem Deutsch mit einem deutlich bayerischen Einschlag.

»Das will ich hoffen«, sagte Dengler. »Es geht auch nicht um Sie. Es geht um einen Mann, der 1980 hier gewohnt hat.«

»1980 war ich noch in Rosenheim. Da ging ich noch auf die Hauptschule.«

»Wer war dann hier Hausmeister?«

»Alois. Alois war damals hier Hausmeister. Mein Vorgänger. Wohnt aber nicht mehr hier.«

»Wissen Sie den Nachnamen von Alois? Und wissen Sie, wo er jetzt wohnt?«

Der Mann schwieg. Dengler hob den BKA-Ausweis noch ein Stück höher, sodass ihn Özlan Basher direkt vor den Augen hatte.

»Biermichel heißt er. Wohnt in dem Altenheim auf der anderen Seite der Isar. Hat zwei Kinder. Sohn und Tochter. Wissen Sie, warum deutsche Kinder ihre Eltern hassen, wenn sie alt sind? Alle Deutschen stecken die alten Eltern in Altersheime. Nur weg mit ihnen.«

Dengler dachte an seine Mutter. Er hatte sie schon lange nicht mehr besucht. Viel zu lange.

»Sie haben sicher die Adresse des Altenheims?«

»Sicher.« Der Mann nickte. »Ich besuche Alois hin und wieder. Du kommst öfter zu Besuch als meine Kinder, sagt er dann immer.«

Er griff in die Hosentasche und holte einen Stift heraus. Dengler reichte ihm sein Notizbuch, und Basher schrieb mit schneller Geste: St.-Jakob-Heim, Steinstraße 21.

★★★

Dieser merkwürdige Geruch. Dieser eigenartige Mix von scharf riechendem Desinfektionsmittel, abgestandenem Essen, ungelüfteten Räumen.

»Den Herrn Biermichel wollen's sprechen«, sagte die Schwester am Empfang, nachdem Dengler sich ausgewiesen hatte. »Im ersten Stock. Station D. Es bringt Sie jemand hin. Einen Augenblick.«

Sie telefonierte, und kurze Zeit später erschien ein junger Mann in weißen Jeans und blauen Crocs. Ganz offensichtlich ein Zivi.

»Sie wollen auf die Station D?«

Dengler nickt und folgte dem Mann.

Um einen großen Tisch saßen fünf alte Männer und starrten vor sich hin. Am kleineren Nachbartisch saßen drei Frauen. In dem Eck neben dem Fenster stand ein Fernseher. RTL wiederholte ein Formel-1-Rennen vom letzten Wochenende. Auf dem Bildschirm zogen die buntfarbenen Boliden ihre Runden, aber niemand von den Alten nahm davon Notiz. Ein Geräusch wie von aufgescheuchten Hornissen, dachte Dengler, die in den Fernseher eingesperrt wurden.

Der Geruch hatte sich geändert. Schweiß mischte sich nun dazu und Urin. Es herrschte eine dampfige, trübe Atmosphäre. Dengler hätte gern ein Fenster geöffnet, aber er sah, dass an ihnen die Griffe entfernt worden waren.

»Herr Biermichel, wir ha'm Besuch«, rief der junge Mann laut.

Einer der Alten hob den Kopf. Biermichel musste einmal ein stattlicher Mann gewesen sein, dachte Dengler. Sein Kopf, quadratisch und früher sicher beeindruckend, hob sich, und Dengler sah in wässrige Augen.

»Mein Name ist Georg Dengler, Herr Biermichel. Ich wollte mich mit Ihnen über einen Mieter aus der Schwanthalerstraße unterhalten. Über Elmar Becker. Erinnern Sie sich noch an Herrn Becker? Es ist wichtig.«

»Sie müssen lauter reden, sonst versteht er Sie nicht«, sagte der Zivi, drehte sich in Biermichels Richtung und schrie: »Der Besuch kommt wegen Elmar Becker. Den müssten Sie kennen …!«

»Schon gut.« Dengler legte dem Zivi eine Hand auf den Arm. »Lassen Sie mich nur mit ihm reden.«

Er zog sich einen Stuhl heran und setzte sich neben Biermichel.

»Wollen wir ein bisschen draußen spazieren gehen?«

Biermichel überlegte einen Augenblick und nickte dann.

»Ich leg ihm dann besser eine frische Windel an«, sagte der Zivi. »Wegen dem Geruch.«

»Es geht schon so«, sagte Dengler und bot dem alten Mann seinen Arm an, auf den er sich abstützen konnte.

Als sie die Preysingstraße hinunter in Richtung Ludwigsbrücke gingen, verzichtete Biermichel auf Denglers Stützhilfe. Er ging zunehmend sicherer. Er schlurfte auch nicht mehr, wie noch Minuten zuvor.

»Mein ganzes Leben lang hab ich in die Sozialkasse einbezahlt«, sagte er, und Dengler war sich nicht sicher, ob er mehr zu sich oder ihm sprach. »Und nun sperren sie mich ins Armenhaus.«

Aber dann sagte er laut und klar: »Der Becker ist ja schon tot.«

»Genau darüber wollt ich mit Ihnen reden. War er denn krank?«

»Karten ha'm wir immer zusammen gespielt. Schafskopf. Der Elmar, der Roland, der Sepp und ich.«

Er blieb stehen und starrte Dengler an: »Der Becker war ja vom anderen Ufer, verstehst?«

»Er war homosexuell. Ich weiß. Und wer war Roland?«

»Roland war sein Freund. Die war'n ja ein Paar. Aber der Elmar hat's immer noch mit anderen getrieben. Die Warmen, die nehmen's mit der Treue nicht so genau wie unsereins.«

»Haben Sie eine Adresse von Roland? Wie heißt er mit Nachnamen?«

»Freilich, der besucht mich doch immer wieder. Kommt öfter vorbei als meine Tochter. Tischer heißt er. Roland Tischer. Besucht mich oft. Die Adresse hab ich an meinem Bett. Auch eine Nummer für sein kleines Handy. Ich kann ihn immer anrufen, hat er gesagt.«
»Wissen Sie, an was Elmar Becker gestorben ist?«
»Der war ja immer gesund. Aber dann ist es mit ihm bergab gegangen. Das Herz war's bei ihm. Das hat dann nicht mehr mitgemacht.«
»Wann ging das los?«
»Nach diesem …«
Biermichel blieb stehen.
»Kehren wir um. Ich bin ein alter Mann.«
Sie machten sich auf den Rückweg.
»Der Becker war immer gesund. Aber dann – in nur zwei Jahren war's vorbei. Er war im Krankenhaus. Und in der Reha. Wurde auch immer komischer.«
»Wann wurde er krank? Erinnern Sie sich noch?«
»Ja freilich. Das war nach diesem Attentat. Danach ging's bergab.«

★★★

»Er war die große Liebe meines Lebens«, sagte Roland Tischer. »Ein Hurensohn, das war er auch. Er holte sich immer Stricher vom Bahnhof, wenn ich nicht da war. Ich wusste es, aber ich liebte ihn. Er war Freund, Vater, Liebhaber. Ich verdanke ihm viel. Eigentlich alles.«
Es war Abend geworden.
Roland Tischer arbeitete in einer großen Steuerberatungskanzlei und war dort für die Datenverarbeitung zuständig.
»Ohne Elmar hätte ich mein Abitur nicht nachgemacht und auch den Steuerfachwirt nicht.«
»Er wurde nach dem Attentat krank?«
»Ein paar Wochen später ging es los. Vielleicht die Auf-

regung. Er war ja ein wichtiger Zeuge. Wurde fünf- oder sechsmal vernommen. Er hat sich über die Polizei wahnsinnig aufgeregt.«

»Warum?«

»Ich weiß es leider nicht mehr so genau. Ist schon zu lange her. Aber er hat einfach gesehen, dass da nicht nur einer am Werk gewesen war. Davon ist er nie abgerückt. Ich hab's doch gesehen. Mit eigenen Augen, hat er immer gesagt. Darüber konnte man mit ihm nicht in Ruhe reden. Da war er empfindlich. Und dann kam diese Herzsache.«

Dengler saß auf einer breiten Ledercouch und hörte dem Mann zu. Seine Gedanken schweiften jedoch immer wieder ab. Er dachte an den früheren Fall einer Bundestagsabgeordneten, die umgebracht worden war, weil sich ein Konzern die öffentliche Wasserversorgung aneignen wollte. Der Killer benutzte ein Mittel, das den Tod wie einen Herzanfall aussehen ließ. Dieser Killer starb damals in Denglers Büro. Er wurde ermordet. Der Anschlag galt damals eigentlich ihm. Aber 1980 – da war dieser Killer noch gar nicht im Geschäft.

Aber vielleicht ein anderer?

»Wir haben alles versucht«, sagte Roland Tischer. »Aber die besten Ärzte waren ratlos. Die Aufregung vielleicht. Es war der größte Verlust meines Lebens. Habe danach herumgehurt ohne Ende. Aber dann besann ich mich auf ihn. Und heute bin ich seriös.«

Er versuchte zu lachen.

Es klang bitter.

✱✱✱

»Ich bin sehr erstaunt, dass die Polizei sich dafür noch interessiert«, sagte Horst Bandlinger, nachdem er Dengler an den Esstisch im Wohnzimmer gebeten hatte. »Meine Frau hat diesen Mann gehört. Aber niemand hat sich um ihre Aussage

gekümmert. Wir hatten den Eindruck, dass ihre Beobachtungen der Polizei nicht ins Konzept gepasst haben. Sie wurde immer wieder verhört, und immer hat man sie gefragt, ob sie sich vielleicht getäuscht habe. Wie viele Maß sie auf der Wiesn getrunken habe und so weiter. Ob das Geschrei und Gestöhne der Verletzten nicht so laut gewesen sei, dass man einzelne Stimmen gar nicht deutlich verstehen konnte. Aber wenn da einer laut schreit: ›Ich wollt's nicht! Ich kann nichts dafür! Bringt mich um! Ich kann nichts dafür! – Ich wollt's nicht!‹ – das hört man doch. Das vergisst man doch nicht, oder?«
»Sicher nicht.«
»Sie hat sich dann dieser Gruppe angeschlossen. Dieser Gruppe um den Rechtsanwalt Klampf, Sie wissen schon.«
»Nein.«
»Eine Gruppe von Opfern und Hinterbliebenen glaubt, dass die Behörden nicht die Wahrheit sagen. Oder zumindest nicht die ganze Wahrheit. Sie bemühen sich um die Wiederaufnahme des Verfahrens.«
»Wo finde ich diesen Anwalt?«
Bandlinger gab ihm die Adresse. Dengler notierte sie.
»Wie ist Ihre Frau gestorben?«
»Das Herz. Niemand wusste es. Aber sie hatte wohl ein schwaches Herz.«

Task Force Berlin 1

Die Klimaanlage im Konferenzsaal 2 des Bundesamtes für Verfassungsschutz pumpte eiskalte Luft in den Raum. Die sechs Männer und eine Frau, die um den Tisch saßen, froren. Doch erst als der Präsident sein Jackett von der Stuhllehne zog und wieder anzog, machten es die anderen ihm nach. Nur die Frau schien der Kälte zu trotzen.

Draußen war es heiß.

Die Runde war zu einer Sondersitzung einberufen worden.

»Diesmal geht es um eine heikle Sache. Es gibt eine Verschwörung gegen unser Amt. Verwickelt sind die Staatssekretärin von Schmoltke und die Spitze des Bundeskriminalamtes. Sie wollen unsere Operationen im rechtsradikalen Bereich unterbinden. Wahrscheinlich unter dem Vorwand, ein neues NPD-Verbotsverfahren beim Bundesverfassungsgericht einzureichen.«

»Das hatten wir doch schon einmal«, sagte einer der Männer in der Runde.

»Ja, aber diesmal ist das BKA mit von der Partie. Ihr Vorgehen ist dilettantisch wie üblich. Aber ich will alles wissen, was sie planen, was sie herausfinden, welche Aktionen sie einleiten. Alles will ich wissen, und zwar immer sofort.«

Es herrschte Stille am Tisch.

Hans Leitner wischte sich unter der Tischplatte die Hände an den Hosenbeinen ab, wie er es immer tat, wenn er nervös war. Er senkte den Blick.

Nicht atmen, dachte er. Hoffentlich guckt sich der Chef nicht mich für diese Aufgabe aus.

Irgendjemand aus der Runde würde mit der Leitung dieser Aufgabe betraut werden. Und dieser Job war eine Portion Vitamine für die Karriere. Für einen Jüngeren. Man wird nah am Präsidenten dran sein und auf ihn einwirken können, man wird sich von seiner besten Seite zeigen können, man wird eng zusammenarbeiten, jede Unterstützung bekommen.

Aber Hans Leitner würde in exakt sieben Monaten und 13 Tagen in den Ruhestand verabschiedet werden. Er wollte kein neues Projekt mehr. Vor allem keines, das so gefährlich werden konnte wie dieses.

Natürlich wäre das nicht die erste Politikerüberwachung des

Amtes. Trotzdem, wenn es aufflog, würden Köpfe rollen. Die Wahrscheinlichkeit war gering, aber trotzdem: Ein Restrisiko gab es, und Leitner wollte es vermeiden.
Das wäre was für die Kleine, dachte er und überlegte, ob er sie vorschlagen sollte.
Er blinzelte hinüber zur Kollegin Gisela Kleine. Er sah, wie sich ihre Schultern beim Atmen hoben und senkten. Auch sie schaute nicht auf, so wie die anderen Kollegen am Tisch. Er hoffte, dass der Kelch an ihm vorüberginge, aber die Kleine hoffte, dass sie den Job bekam.
Kann man ihr nicht verübeln, dachte Leitner. In ihrem Alter ist man noch ehrgeizig.
»Hans, ich glaube, da musst du wieder einmal ran.«
Leitner sah, wie sich die Schulterblätter von Gisela Kleine senkten. Er konnte ihre Enttäuschung buchstäblich fühlen.
»Nun, ich ... du weißt doch, dass ...«
»Hans, ich weiß, dass du die Tage zählst. Aber diese Operation wird nicht viel Zeit in Anspruch nehmen. Drei, vier Monate. Nur Überwachung. Informationsbeschaffung. Nichts Operatives.«
»Das sagt sich am Anfang immer leicht.«
Alle lachten. Außer Gisela Kleine.
»Gut, Hans, ich verspreche: dein letzter Job im Amt.«
Leitner sagte nichts.
»Gut. Dann ist es also beschlossen und verkündet. Die Task Force heißt Berlin 1. Hans übernimmt die Leitung. Sie sind ein Team. Frau Kleine, Sie übernehmen die Überwachung der Schmoltke. Das Dossier bekommen Sie elektronisch. Klink, Sie gucken, was das BKA plant. Und Edgar Fiedler ist für die elektronische Überwachung zuständig. Hans, bei jeder Änderung bitte sofortige Benachrichtigung. Kleiner Dienstweg. Die Operation hat den Status 1b.«

Ein neues Horoskop

Ein alter Esel, dachte Martin Klein. Ich bin ein alter Esel und sollte nicht mehr aufs Eis gehen.

Er stand von seinem Schreibtisch auf und sah hinunter auf die Wagnerstraße, wo der Trödler gerade ein paar Tische mit alten Lampen aufstellte. Seit er Betty das erste Mal gesehen hatte, dachte er nur an sie. Fünfmal hatte sie ihn angeschaut. Zweimal bei der Begrüßung. Einmal, als er ihr nachschenkte, zweimal als er einen von Marios Monologen unterbrach. Jedes Mal hatte ihr Blick ihn in seinem Innersten getroffen. Jedes Mal fühlte er sich von ihr ertappt, so als könne sie auf dem Grund seiner Seele lesen, dass er sich in sie verliebt hatte.

Klein setzte sich wieder. Seit zwei Stunden war sein Horoskop überfällig. Noch nie hatte er zu spät geliefert. Im Grunde war das Horoskop fertig. Für alle Tierkreiszeichen waren ihm befriedigende Texte gelungen, außer für eines: die Waage.

Bettys Sternzeichen.

Er wäre gerne zu Dengler rübergegangen und hätte ein paar Worte mit seinem Freund gewechselt. Aber Dengler war in München. Klein musste jetzt etwas über die Waage schreiben. Aber was?

Ich wollte mich nicht verlieben, dachte er. Es ist kein angenehmes Gefühl. Er fühlte sich wie frei in der Luft hängend. Voll Unsicherheit und Ungewissheit. Er schwitzte. Er war ruhelos und deprimiert. Er konnte an nichts anderes denken.

Im Grunde hatte er doch mit der Liebe abgeschlossen. Er hatte die große Liebe seines Lebens gelebt. Als diese zu Ende gegangen war, hatte er für sich dieses Kapitel beendet. Er hatte sich nie vorstellen können, dass er jemals wieder Sehnsucht verspüren würde.

Er ging zum Bücherregal und zog Platons Symposion her-

aus. Klein blätterte in dem Buch, bis er die Geschichte fand: Wie Eros in die Welt kam. Am Anfang war der Mensch wie eine Kugel, rund, vierbeinig und doppelgesichtig. Er war komplett. Deshalb wurden diese vollständigen Menschen gegenüber den Göttern übermütig und dachten, sie seien selbst wie Götter. Da wurde Zeus wütend und schnitt die Kugelmenschen kurzerhand in zwei Teile. Seither suchen die Menschen ihre andere Hälfte. Sehnsucht quält sie, bis sie sich gefunden haben und wieder vollständig sind.
Vielleicht war ich zu lang allein, dachte Klein, zu lang unvollständig, und er schob das Buch mit einem tiefen Seufzer zurück. Er wanderte mit den Augen die Buchrücken entlang und wählte einen Band von Heine. Er schlug auf:
Was Prügel sind, das weiß man schon; was aber die Liebe ist, das hat noch keiner herausgebracht.
Typisch, dass ihm ausgerechnet diese Zeilen gleich ins Auge sprangen.
Dann sollte ich vielleicht besser gar nicht erst versuchen, das alles zu verstehen.
Die Bilder von dem Abend im *Basta* gingen ihm im Kopf rum: Sie hatte erst mit Dengler gesprochen, dann den ganzen Abend mit Mario.
Warum immer nur Mario? Der ist doch gar nicht an ihr interessiert. Mario mit seiner großen Klappe.
Aber vielleicht war sie ja ins *Basta* gekommen wegen des letzten Horoskops. Bei diesem Gedanken besserte sich seine Stimmung. Das immerhin könnte geklappt haben. Hier würde sie den Mann ihres Lebens kennenlernen, hatte er geschrieben. Und sie hatte geglaubt, das sei Mario. Klein lächelte grimmig.
Vielleicht sollte ich sie einfach vergessen. Einen Schlussstrich ziehen. Im selben Augenblick, in dem er dies dachte, wusste er, dass er dazu nicht in der Lage war.
So schnell würde er nicht aufgeben.
Er würde kämpfen.

Entschlossen klappte er den Laptop auf.
Er überlegte kurz und schrieb dann: *Waage: Sie waren Ihrer großen Liebe sehr nahe. Aber es sind nicht die Lauten, die zu wahrer Liebe fähig sind. Achten Sie auf die Stillen.*
Zufrieden speicherte er den Text ab und schickte ihn an die Redaktion.

Plymouth, 7. Juni 2009

Die Army vergisst mich nicht.
Ein verdammt gutes Gefühl ist das, wenn einen die Army nicht vergisst. Er würde ihnen auch die Hölle heißmachen, wenn sie ihn vergessen hätten. Mike Denver hatte sein ganzes Leben in der Army gedient. War hin und her gezogen. Durch die ganze Welt. Jetzt ist es nicht immer leicht, im Hinterland von Plymouth zu sitzen, allein, Tag für Tag mit derselben Frau. Früher konnte er Mary leichter entgehen. Einsatz hier und Einsatz dort. Dringend. Geheim. Und mancher seiner Einsätze war nur ein Besuch im Puff.
Aber Neuengland kann auch im Sommer die Hölle sein. Es stehen in diesem Jahr mehr Häuser zur Versteigerung, als noch bewohnt sind. Er scheint der Einzige zu sein, der in diesem Paradies von Rhododendron und kurz geschorenem Rasen in der Lage gewesen ist, sein Haus zu bezahlen. Sogar der Schnösel von nebenan, so ein hoher linksliberaler Zeitungskerl vom *Boston Globe*, der immer nur kurz mit dem Kopf nickte und nie richtig grüßte, hat nun ein Schild von *Christies* im Rasen stecken.
Jetzt hatte ihn die Army wieder eingeladen. Besichtigungstour. Zu einem gottverdammten Architekturdenkmal. Irgendwo draußen bei Chicago. Mary hatte sich gefreut.

»Das Farnsworth House, stell dir das mal vor, Mike, sie haben uns ins Farnsworth House eingeladen.«
»Nie gehört, Mary. Wer sind diese Farnsworth? Hoffentlich haben sie einen guten Whiskey im Haus.«
»Aber Mike, das ist ein berühmtes Haus. Mies van der Rohe hat es gebaut ...«
»Mies – was für ein komischer Name. War das ein Nigger?«
»Ein Deutscher, Darling, es war ein Deutscher. Es muss herrlich dort sein. Ich habe neulich etwas im Fernsehen gesehen. Luxuriös und so modern.«
Er hörte ihr nicht zu.
Die Army vergisst einen nicht, das war alles, was ihn interessierte. Aber müssen sie ihren pensionierten Generälen jetzt auch noch Weiterbildung befehlen? Kultur? Langeweile hatte er hier in Neu England schon genug.
Er machte Mary deutlich, dass er nur ihr zuliebe mitfliegen würde. Das musste sie kapieren. Dann würde sie weniger maulen können, wenn er wieder mal mit George und Harry und zwei Gallonen Whiskey raus zum Fischen fuhr. Zum Fischen, ha.
Einen Tag und eine Nacht spendierte die Army in Chicago. Wenn es nach ihm ginge, würden sie ganz in die Stadt am großen See ziehen. Die Winter in Plymouth sind nichts für Feiglinge. Aber Mary wollte nach Florida. Wenn wir älter sind, gehen wir nach Key West, sagte sie immer. Wann hatte sie sich zum letzten Mal im Spiegel angeguckt? Wir sind alt, Mary, wir sind alt, und wir kommen hier auch nicht mehr weg. Häuser gibt's fast umsonst. Wer würde uns einen soliden Preis für unser Haus bezahlen? Er dachte das alles nur, was sollte er mit ihr reden.
Sie flogen von Boston nach Chicago, und auf dem O'Hare Airport wurden sie von einer Stretchlimousine abgeholt und Downtown in ihr Hotel kutschiert. Am Abend gab es einen kleinen Empfang. Er kannte nur wenige von den Veteranen, die sich da versammelt hatten. Es waren durchweg höhere

Offiziere und nur zwei Generäle, wie er schnell herausfand. Ein Major in Uniform hielt eine kurze Rede, und eine junge Frau gab eine Einführung in das Werk dieses Mies van der Rohe.

Schien tatsächlich ein berühmter Bursche gewesen zu sein. In Chicago war ein Lehrstuhl nach ihm benannt worden, und den hatte jetzt wieder ein Deutscher inne. Na, die hatten ja auch genug zu bauen nach dem letzten Krieg, kannten sich darin wohl aus.

Nach der Veranstaltung ging er mit Mary und zwei anderen Ehepaaren in *Miller's Pub* in der *South Wabash*. Er trank zwei Martinis, die letzten seines Lebens.

Hans Leitner

Hans Leitner war hochgewachsen, eher mager als schmal. Das Haar war dünn. Er trug stets braune Anzüge mit beigefarbenen Hemden. Die meiste Zeit seines nun zu Ende gehenden Berufslebens hatte er beim Verfassungsschutz zugebracht. Einige Jahre hatte er beim BND gedient, aber das war lange her.

Er freute sich auf den Ruhestand. Else, seine Frau, und er hatten sich vor einigen Wochen einen großen Campingbus gekauft. Damit würden sie Europa durchkreuzen. Lappland, Schweden, Dänemark, dann bis hinunter nach Sizilien ging die erste Tour. Die zweite würde sie durch Spanien bis Portugal bringen und im Jahr darauf würden sie der Donau entlang bis zum Delta am Schwarzen Meer fahren. Sie hatten das alles schon genau geplant. Sie freuten sich beide auf die gemeinsame Zeit.

Ihm kam der neue Auftrag nicht gelegen.

Auch das Team war nicht einfach. Gisela Kleine war ehrgeizig. Wenn es jemals eine Frau schaffen sollte, Chefin des Verfassungsschutzes zu werden, dann sie. Er durfte keinen Fehler machen. Die Kleine würde ihn sofort ans Messer liefern.

Er musste wachsam sein.

Gerhard Klink war Ende fünfzig und der Älteste in der Gruppe. Er war 15 Jahre Ermittler beim BKA gewesen, bevor er zum Verfassungsschutz gewechselt war. Er würde die Informationen über das Vorgehen des BKA liefern. Seine alten Kontakte würden sehr hilfreich sein. Klink würde keinen Karrieresprung mehr machen.

Der machte einfach seinen Job.

Trotzdem konnte Leitner sich vorstellen, dass Klink dem Präsidenten jedes Wort berichten würde, das in der Task Force Berlin 1 fallen würde. Wenn sie einen Maulwurf in der Gruppe hatten, dann war es Klink.

Er würde ihn im Auge behalten.

Der Harmloseste war Edgar Fiedler. Einer der besten Computertechniker des Hauses. Angeblich war er früher einmal Gründungsmitglied des Chaos-Computer-Clubs Hamburg gewesen, bevor der Dienst ihn abgeworben hatte. Er durchstieg jede Firewall, als sei sie Luft. Guter Mann. Ganz auf seine merkwürdige Welt aus Bits und Bytes konzentriert. Ein bisschen weltfremd, aber einer der Besten, die das Amt hatte.

Ein tolles Team.

Ein beschissenes Team.

Das zerstörte Gesicht

Die Nacht verbrachte Georg Dengler in einem kleinen Hotel am Rand der Theresienwiese. Das breite Doppelbett stand in einem Erker, und wenn er aus dem Fenster schaute, sah er die Theresienwiese dunkel und geheimnisvoll vor sich liegen.
Es war ein merkwürdiger Auftrag, den er für das BKA angenommen hatte. Auf der einen Seite schien ihm der Sachverhalt immer klarer. Die Ermittlungen waren handwerklich nicht sauber geführt worden. Die Einzeltäterthese war nicht haltbar.
Aber hätte es einen großen Unterschied gemacht, wenn die Bundesanwaltschaft und die Sonderkommission anerkannt hätten, was ihm offensichtlich erschien: Die Bombe auf das Oktoberfest wurde von mehreren Personen gelegt. Vielleicht wurde nur schlampig gearbeitet?
Er hoffte, dass der Rechtsanwalt ihm morgen mehr sagen konnte.

***

»Wir haben kein großes Vertrauen in die offiziellen Ermittlungen«, sagte Eberhard Klampf. »Wir waren einmal eine Gruppe von zwanzig Angehörigen. Jetzt sind es nur noch vier. Aber alle wollen immer noch wissen, was damals wirklich geschah. Die Ungewissheit ist eine offene Wunde, die nie heilen wird, solange die Frage nicht geklärt ist, was an diesem Abend wirklich geschah.«
Dengler war erstaunt, dass der Anwalt noch so jung wirkte. Er musste Ende fünfzig sein, kurzes, graues Haar, aber seine Augen wirkten interessiert, lebhaft und musterten Dengler freundlich.
»Wir freuen uns, dass das BKA sich der Sache wieder annimmt. Vielleicht hilft es uns bei dem Wiederaufnahmeantrag.«

»Auf was stützen Sie den Antrag? Gibt es neue Erkenntnisse?«

»Es gibt neue Methoden. In den Asservaten liegt noch immer ein Finger. Er wurde jemandem abgerissen, aber wir wissen bis heute nicht, wem. Wir wollen jetzt erreichen, dass die DNA festgestellt und abgeglichen wird. Wir vermuteten, dass dieser Finger einem weiteren Attentäter gehört.«

»Der sich ohne Finger aus dem Staub gemacht hat?«

»Möglicherweise. Irgendjemandem gehört er.«

»Offenbar glauben Sie die offizielle These vom Einzeltäter nicht?«

»Nein. Sie etwa?«

»Nein. Ich auch nicht.«

Klampf lächelte.

»Sie sind der erste Polizist, der dies zugibt. Nach dreißig Jahren. Kommen Sie mit. Ich stelle Ihnen meine Klienten vor.«

Er erhob sich, und Dengler folgte ihm.

Sie gingen über einen Flur und betraten ein Besprechungszimmer.

Eine Frau stand an einem Fenster. Dengler konnte sie nur von hinten sehen. Sie trug schulterlange dunkelblonde Haare.

Ein kräftiger Mann, etwa im Alter Klampfs, saß am Tisch und rührte in einer Tasse Kaffee.

»Das ist Herr Dengler vom Bundeskriminalamt, und er hat eben seine Zweifel an den offiziellen Ermittlungen eingeräumt.«

Die Frau drehte sich um, und Dengler starrte in ein verwüstetes, von unzähligen weißen dünnen Operationsnarben durchzogenes Gesicht.

Nur die Augen selbst waren unzerstört und sahen Dengler mit unerschütterlicher Ruhe an.

»Das haben diese Kerle aus mir gemacht, und ich möchte gern wissen, wer es war und warum es geschah.«

Sie stützte sich mit der Hand ab und setzte sich.

»Frau Gisela Hermann, Herr Alexander Merkle«, so stellte Klampf die Anwesenden vor.

»Will das BKA die Wiederaufnahme des Verfahrens behindern?«, stieß Alexander Merkle hervor. »Oder warum sind Sie hier?«

Der Mann war misstrauisch. Kein Zweifel.

»Nein. Ich bin beauftragt, den Fall ... das Attentat noch einmal neu ... zu prüfen, ich meine zu untersuchen.«

»Wir haben jedes Vertrauen in den Staat verloren.«

»Das ist ein großer Fehler, Herr Merkle. Denn wer sonst soll für Gerechtigkeit sorgen?«

Merkle zog die Luft ein, als wolle er etwas antworten, schwieg dann aber.

»Er tut es aber nicht, Herr Dengler. Seit nun fast dreißig Jahren. Er tut es nicht. An was sollen wir noch glauben?«

»Ich versichere Ihnen ...«, Dengler sah in das zerstörte Gesicht der Frau und dachte an das zerstörte Leben, das ein solches Gesicht hervorbringen musste.

»Ich kann Ihnen nur versprechen, dass ich mich anstrengen ..., dass ich mich bemühen werde«, sagte er leise.

Die Frau nickte.

Alexander Merkle erhob sich schnell.

»Ich glaube Ihnen kein Wort«, sagte er kalt und verließ das Zimmer, schlug die Tür hinter sich zu.

»Die Nerven liegen bei uns allen immer noch blank«, sagte Klampf. »Aber morgen werde ich unseren Antrag einreichen. Wir sind zuversichtlich. Merkle nicht. Er hat den Kampf aufgegeben. Steckt immer noch voller Wut, aber es ist eine Kälte hinzugekommen, die ... vielleicht nicht so gut ist. Aber wer will ihm einen Vorwurf machen?«

Dengler stand auf und gab dem Anwalt die Hand. Er mochte diesen Mann.

Die Vertreibung aus der Küche

Am frühen Abend war Dengler zurück in Stuttgart. Es regnete, als er ankam. Vor dem Crêpes-Stand am Hauptbahnhof stand wie immer eine lange Schlange. Es waren die besten in der Stadt. Dengler fuhr mit der U-Bahn bis zum Charlottenplatz und ließ sich mit einem Pulk junger Menschen aus den Katakomben des öffentlichen Nahverkehrs treiben. Sein Handy meldete ihm, dass eine neue Nachricht eingegangen war.
»Hallo, Georg, hier spricht Olga. Ich muss noch bleiben. Hier geht alles drunter und drüber. Und leider ist dieser Winkel Rumäniens ein einziges Funkloch. Ich küsse dich.«
Er ging an einem der modernen Friseurläden vorbei und betrachtete die Frauen, die dort nebeneinander aufgereiht saßen, einige mit geheimnisvollen Aluminiumstreifen im Haar, andere betrachteten ihr Haar im Spiegel, eine wendete unaufhörlich den Kopf dabei, sodass die Haare flogen, und wiederum andere ließen sich gerade ihre Haare von jungen Männern waschen und hielten dabei die Augen geschlossen.
Immer noch war es hell in der Stadt. Es regnete leicht. Dengler war zu Hause.

***

Leopold Harder erwartete ihn unten im Lokal.
»Ich habe mir die alten Presseberichte angesehen«, sagte er und schwenkte eine Aktenmappe in der Luft. »Das ist sehr interessant.«
»Lass uns nach oben gehen.«
Kurze Zeit später saßen sie in seiner Küche. Dengler öffnete die obere Schranktür, hinter der er immer einen Vorrat an Rotwein aufbewahrte. Er wählte einen italienischen Barolo,

den ihm Olga geschenkt hatte, und öffnete ihn. Er nahm zwei Gläser, füllte sie und stellte sie sorgsam auf den Tisch.
»Er braucht noch etwas Luft.«
»Kann er haben«, sagte Harder und rieb sich die Beine.
»Du hast ja völlig nasse Hosen.«
»Seit drei Tagen regnet es ununterbrochen.«
»Zieh lieber die Schuhe aus.«
»Besser nicht. Hab keine Socken an. Sollte doch Sommer werden, oder?«
»Zieh sie aus. Ich hole dir ein paar Socken von mir.«
Dengler stand auf und ging ins Schlafzimmer. Er kramte in der Kommode und fand schließlich die dicken Socken aus schwarzer Wolle, die seine Mutter ihm vor langer Zeit gestrickt hatte.
Leopold zog die Schuhe aus und die Socken an. Er streckte die Füße aus.
»Was macht eigentlich der VfB?«, fragte er in der Art, die nicht unbedingt eine Antwort verlangte.
»Wird nicht leicht werden ohne Gomez.«
»Mal sehen, wie sich Freiburg schlagen wird, wenn die wieder erstklassig spielen.«
»Ich hoffe, die schaffen das und bleiben ein paar Jahre dabei.«
»Immer noch dein Club, he?«
»Lass uns trinken. Jetzt hat er genug Luft.«
Sie tranken.
»Es geht doch nichts über einen guten italienischen Rotwein«, sagte Harder und hob das Glas gegen das Licht. »Mir schmeckt er besser als ein Franzose.«
»Mmh.«
»Einen Bordeaux von 1940 kannst du heute noch trinken. Die Italiener sind da ungeduldiger. Sie keltern die Flaschen auf den Punkt. Den Barolo sollte man nicht zu lange liegen lassen.«
Sie tranken ihre Gläser aus, und Dengler füllte sie erneut.

»Italienische Winzer sind ungeduldiger«, wiederholte Harder, »Franzosen sind traditioneller.«
Sie tranken.
»Schmeckt wie roter, geriebener, süßlicher Paprika«, sagte Harder und trank das Glas aus.
»Ja. Nicht schlecht. Hat mir Olga geschenkt.«
Dengler füllte nach.
»Ich hätte Lust, mich heute zu betrinken«, sagte Harder.
»Ich auch.«
»Es lebe der Barolo-Rausch.«
Sie tranken. Dengler schenkte nach.
»Wann kommt Olga zurück?«
»Ich weiß nicht.«
Dengler trank sein Glas leer.
»Ich hatte schon befürchtet, ihr heiratet bald.«
»Danach sieht es gerade nicht aus.«
»Das freut mich für dich. Denn weißt du, wie verheiratete Männer werden?«
»Nein.«
»Die gehen irgendwie aus dem Leim. Man sieht es ihnen an, als hätten sie eine Krankheit. Der Bauch, das Gesicht, alles wird irgendwie ... umfänglicher.«
»Mmh.«
»Behäbiger. Langsamer. Der ganze Bewegungsablauf. Verstehst du, was ich meine?«
Sie griffen zu den Gläsern.
»Außerdem sind sie nach zwei, drei Jahren so geil, dass es nicht zum Aushalten ist.«
»Geil?«
»Ja. Samenstau wie ein Maschinenbaustudent.«
Sie lachten und tranken.
»Ich habe noch zwei Flaschen Brunello.«
»Das ist eine gute Nachricht«, sagte Harder und nahm den Faden wieder auf.
»Und dann fangen sie an, irgendetwas allein zu machen. Sie

wollen ihre Ruhe, ihr eigenes Zimmer, ihren eigenen Urlaub – und sind gleichzeitig so spitz wie …«
»Nachbars Lumpi?«
»Genau.«
Sie stießen lachend an.
»Und dann hängt die Frau ihm morgens die Klamotten hin. Weil er ja in ihren Augen keinen Geschmack hat. Anzug und Hemd auf dem Bügel. Krawatte über den Anzug gelegt. Und der Idiot zieht das dann auch brav an.«
Dengler schmunzelte.
»Und du meinst, ich war kurz davor, so zu werden«.
Er stand auf und öffnete eine Flasche Brunello.
»Dem gönnen wir aber jetzt keine Luft«, sagte Harder.
Sie tranken.
»Nicht schlecht, Herr Specht«, sagte Harder.
»Und du hast die Ehe immer gemieden?«
»Ja. Ich mag die Frauen, aber die Ehe …«
Seine Aussprache wurde blumiger.
»Weißt du, Georg, was das Schlimmste ist?«
»Nö.«
Er goss sich noch einmal nach.
»Die Vertreibung aus der Küche, Georg, das ist das Schlimmste. Wenn man sich das Essen nicht mehr selbst zubereiten kann … Ich meine Essen, nicht irgendwelchen Schlamm oder Spiegeleier, ich meine richtiges, gut schmeckendes, gesundes … Wo ist eigentlich die Flasche?«
»Hier«, sagte Dengler und füllte beide Gläser.
»Die Vertreibung aus der Küche ist gleichzusetzen mit der Vertreibung aus …«
»… dem Paradies.«
»Genau. Männer, die nicht kochen können. Was sind das für arme kastrierte Tröpfe.«
»Na, übertreib mal nicht.«
»Weißt du, was das Einzige ist, das er in der Küche noch machen kann – in dieser Phase ehelichen Glücks?«

»Keine Ahnung.«
»Den Mülleimer runtertragen.«
Sie lachten.
Sie tranken.
»Genau. Aber eines Tages, Georg, eines Tages …«
Er hob sein Glas.
»… eines Tages, Georg, ist es so weit. Die Tür der Kneipe öffnet sich, und da steht ein Mann. Seit vier Jahren war er nicht mehr da. Er sieht entsetzlich aus. Fahl. Blass. Alle Männer in der Kneipe drehen sich um und sehen ihn an. Alle wissen Bescheid. Keiner sagt etwas. Wir räumen einen Platz an der Theke. Der Wirt zapft ein Pils und gibt es ihm wortlos. Wir nehmen ihn in die Mitte. Wir laden ihn zu einer Runde Tischfußball ein, obwohl er wegen mangelnder Übung lausig schlecht geworden ist. Wir wollen nicht wissen, ob seine Frau ihn verlassen, betrogen, rausgeworfen hat. Wir reden nicht darüber. Unser Freund ist wieder zurück. Die harte Arbeit der Resozialisierung beginnt.«
Dengler stand auf und ging zum Fenster. Nach einer Weile stellte sich Leopold Harder neben ihn. Sie standen nebeneinander und blickten hinunter auf die Stadt, auf die wenigen Menschen, die mit Regenschirmen und aufgestellten Kragen übers Pflaster eilten, den Kopf gesenkt, als hätten sie etwas verloren. Der Regen fiel nun dichter. Sie konnten die Pfützen vor dem *Basta* sehen.
»Du kannst heute Nacht auf der Couch schlafen«, sagte Dengler.
Er vermisste Olga.

Farnsworth House, 8. Juni 2009

Trotz der Martinis stand Mike Denver am Morgen um sechs Uhr auf. Vom Hotelzimmer aus hatte er einen guten Blick auf den Chicago River. Dieses weiche Grün des Flusses, niemals hatte er ein ähnliches Grün gesehen, dieses sanfte, dieses milchige Grün – auf der ganzen Welt hatte nur dieser Fluss eine solche Farbe.
Mike Denver mochte Chicago. Die Stadt erinnerte ihn an Paris. Er hatte eine gute Zeit in Paris bei der NATO gehabt. Es waren andere Zeiten gewesen, andere Zeiten als heute, sicher, aber trotzdem gute Zeiten. Das Ufer der Seine: Wie gerne war er dort morgens gejoggt. Das ging jetzt nicht mehr, wegen des Knies. Aber so schönes grünes Wasser hatte die Seine nicht gehabt.
Gegenüber sah er die beiden Maiskolben nachgebildeten Türme des Marina Centers. Das hatte Paris auch nicht: die verrückten Häuser von Chicago. Trotzdem wäre er jetzt gern auch in Paris gewesen. Allein. Ohne Mary, von der immer noch leise Schnarchtöne aus dem Schlafraum zu ihm herüberdrangen. Er verzog die Mundwinkel und ging ins Bad.
Auf der Fahrt im Bus gab es weitere Informationen über diesen Mies van der Rohe von einer jungen brünetten Frau, die vorne neben dem Fahrer saß und das Leben dieses Architekten erzählte. Er hatte das moderne Bauen in Deutschland erfunden und einer Gruppe angehört, die sich *Bauhaus* nannte. Die Nazis hatten ihn scheinbar nicht gemocht, obwohl dieser Mies sich ihnen anpasste. Die Brünette erzählte, dass er 1933 in die Reichskulturkammer eintrat und 1934 einen Aufruf von Kulturschaffenden zugunsten Adolf Hitlers unterschrieb. Nach einer Reise in die USA zog er 1938 nach Chicago und wurde 1944 Bürger des Landes. Einige der Wolkenkratzer und Wohnhäuser, an denen er in Chicago schon zigmal vorbeigefahren war, stammten von ihm. Dunkle

Glasfassaden. Ihm war nicht klar, was daran bedeutend sein sollte.

Das Farnsworth House baute er 1950/51 für die Chicagoer Zahnärztin Edith Farnsworth. Die Reiseführerin erzählte, dass er sich in die Planung ziemlich reingekniet habe, aber der Zahnärztin habe das Haus trotzdem nicht gefallen. *»Ich wollte etwas ›Bedeutungsvolles‹ haben, und alles was ich bekam, war diese glatte, oberflächliche Sophisterei«*, habe sie gesagt, erzählte die Brünette.

Denver wusste nicht, warum sie nun schon seit mehr als einer Stunde in einem Bus durch das Flachland von Illinois fuhren, um ein Haus zu besichtigen, das nicht einmal der Besitzerin gefallen hatte.

Mary war ihm etwas schuldig.

Er knurrte etwas Unfreundliches, damit sie auch genau verstand, dass er ihr zuliebe ein Opfer brachte, und sah zufrieden, wie seine Frau enttäuscht die Lippen zusammenzog.

Endlich waren sie da.

Das Haus lag auf einer Wiese, eingegrenzt durch den Fox River und einen kleinen Wald, der wiederum von einer Brücke und der Uferstraße eingefasst wurde.

Erstaunlicherweise gefiel ihm der Bau. Es war ein Bungalow, viel Glas, auf Stelzen gebaut. In Neuengland gab es so etwas nicht.

»Ist es nicht herrlich?«, fragte Mary.

Mitten auf dem Fox River ankerte ein Boot mit einem Angler.

Viel Ahnung vom Angeln kann der nicht haben, dachte Denver. Mitten in der Strömung zu sitzen. Da wird nur der allerdümmste Fisch anbeißen.

Die Außenwände waren vollkommen aus Glas. So ermögliche das Haus in jeder Situation den direkten Kontakt mit der umgebenden Natur, sagte die Brünette. »Das Haus, so habe Mies van der Rohe einmal gesagt, bestände praktisch aus Nichts.«

Endlich hat er's kapiert, dachte Denver, als er sah, wie der Angler den Anker hochzog und den Motor anwarf.

An der reduzierten Gestaltung des Hauses ließe sich gut der Grundsatz des Architekten studieren, dass weniger manchmal mehr sein könne, erklärte die Führerin.

Das Boot des Anglers fuhr nun schnell auf das Ufer zu. Auch kein guter Platz, dachte Denver. Ich würde die andere Flussseite wählen, da ist die Strömung geringer.

Der Innenraum sei etwa 140 Quadratmeter groß und bis auf einen in der Mitte gelegenen Block mit den benötigten Installationen wie Küchenzeile, Bad usw. frei von Konstruktion und Trennwänden.

Während sie die Details erläuterte, sah er dem Angler zu, der nun das Boot einen Meter aufs Ufer zog. Er bückte sich, und Denver dachte, er würde die Angel aus dem Rumpf heben.

»So erzielt der Anblick dieses Hauses einen poetischen Effekt, es vermittelt uns ein Gefühl der Leichtigkeit, es ist die Vision eines transparenten Hauses inmitten der Natur, es scheint zwischen Himmel und Erde zu schweben.«

Es war keine Angel, die der Mann aus dem Boot hob.

»Und eben diese Leichtigkeit ist es, die dieses Haus zu einem der bedeutenden Baudenkmäler der USA macht.«

Der Mann sah nun durch ein Fernglas hinüber zur Reisegruppe.

»Wo hat der das M14 her?«, dachte Denver, als er die Waffe sah. Erst als der Mann auf ihn anlegte, wurde ihm die Gefahr bewusst. Er ließ sich fallen. Aber es war zu spät.

Task Force Berlin 1: Gisela Kleine

Gisela Kleine stand jeden Morgen um halb sechs auf. Maria, ihre Tochter, schlief dann noch mehr als eine Stunde, und ihr waren diese frühen Morgenstunden wichtig. Es war die einzige Zeit des Tages, die wirklich ihr gehörte. Sie dachte dann nicht oder nur sehr wenig an den Job, nicht einmal an das Kind, sondern meist an gar nichts Bestimmtes. In einer Art meditativem Halbschlaf erledigte sie die notwendige Hausarbeit, spülte das Geschirr oder warf die Waschmaschine mit Buntwäsche an oder schnitt in Ruhe einige Nüsse klein, die sie dann später über das morgendliche Müsli verteilte.
Heute Morgen aber saß sie im Bademantel vor einer dampfenden Tasse Kaffee und dachte nach. Sie durfte nicht versagen. Die Task Force Berlin 1 war ihre große Chance. Sie würde die erste Frau sein, die im Geheimdienst ganz nach oben kommen könnte. Sie würde Ergebnisse vorzeigen.
Warum der Leitner wohl zum Chef der Task Force Berlin 1 gemacht wurde? Der denkt doch an nichts anderes mehr als an seine Pension, der ist doch in Gedanken schon lange weg. Es wird Zeit, dass sie endlich mal ihre Chance bekommt.
Sie wird den Leitner im Auge haben. Vielleicht macht er Fehler. Sicher macht er Fehler. In Gedanken sah sie sich am Schreibtisch des Präsidenten sitzen. Ich möchte nichts gegen den Kollegen sagen, aber ich kann es mit meinem Gewissen nicht mehr vereinbaren, was in der Task Force läuft, würde sie ihm sagen. Und der Chef würde im Zimmer hin und her laufen, dann stehen bleiben, sie ansehen und sagen: »Wären Sie bereit, die Leitung der Gruppe …?«
Ja, sie war bereit, verdammt noch mal. Schon lange.
Was würde sie heute anziehen? Nichts zu Weibliches. Nichts, was ihre Autorität untergrub. Sie wusste, wie die Männer funktionierten. Sie machte es sich ja oft genug zunutze. Wenn der Schwanz steht, schweigt der Verstand, lautete

eine der Grundregeln, die ihr auf der Schule in Bad Ems beigebracht worden waren – im inoffiziellen Unterrichtsprogramm. Sie wollte nicht angeglotzt werden. Sie wollte nicht die Gedanken der Kerle lesen, wenn sie darüber nachdachten, wie wohl ihr Busen aussehe. Sie stand auf und ging in ihr Schlafzimmer. Aus dem Kleiderschrank nahm sie den dunkelgrünen Hosenanzug. Der würde heute passen. War streng genug geschnitten. Klassisch. Eine weiße Bluse dazu? Warum nicht. Dazu die Ohrringe mit den beiden Perlen. Das würde passen.

Sie musste ihre Tochter wecken. Das brach ihr jeden Morgen das Herz: das schlaftrunkene Kind, nur halb bei Bewusstsein, aus dem Bett zu scheuchen.

Wo Goran wohl war? Sie verbot sich den Gedanken an ihn sofort. Nur nicht schwach werden, dachte sie.

Sie nahm noch einen Schluck Kaffee und öffnete die Tür des Kinderzimmers.

»Aufstehen, Schatz, es ist Zeit.«

Resolut zog sie die Rollläden hoch.

Am Morgen

Die Müllabfuhr weckte ihn am frühen Morgen. Er wartete, dass die Kopfschmerzen einsetzten.

Eine Sekunde.

Keine Kopfschmerzen.

Zwei Sekunden.

Noch immer keine Kopfschmerzen.

Im Wohnzimmer schnarchte jemand.

Es dauerte eine Weile, bis er sich an Leopold erinnerte.

Müde schlug er die Bettdecke zurück und stand auf. Leise

öffnete und schloss er die Wohnzimmertüre und ging in die Küche. Drei leere Flaschen standen auf dem Tisch, ein Glas stand noch halb voll daneben. Er räumte Flaschen und Gläser weg und wischte den Tisch ab. Dann füllte er die *Caffettiera* mit Wasser und Espressopulver, stellte sie auf die Herdplatte, ging ins Bad und duschte. Unter dem Wasserstrahl stehend überlegte er, ob er kalt duschen sollte. Er drehte die Warmwasserzufuhr ab, und die Kälte traf ihn wie ein Schlag. Erschrocken sprang er unter der Dusche hervor und korrigierte die Wassertemperatur wieder nach oben.
Früher, als er noch Polizist gewesen war, hatte er immer eiskalt geduscht.
Er war kein Polizist mehr. Früher ...
Früher war einmal, dachte er und verließ das Bad.
Als er, nur mit dem Badetuch bekleidet, in die Küche zurückkam, schnorchelte die *Caffettiera* bereits und schleuderte einzelne braune Tropfen auf den Herd. Er goss sich den Kaffee ein, füllte etwas Milch dazu, nahm sich die Mappe, die Leopold am Abend mitgebracht hatte, setzte sich an den Küchentisch und las.
Harder hatte gute Arbeit geleistet. In dem ersten Bündel hatte er eine Liste erstellt mit den wichtigsten Informationen des Jahres 1980. Wie eine dunkle Wolke stieg die Erinnerung an diese Zeit auf. 1979 hatten Außen- und Verteidigungsminister der NATO den sogenannten Doppelbeschluss gefasst. Über hundert Raketen des Typs *Pershing II* und 464 Marschflugkörper *Cruise Missiles* sollten in der Bundesrepublik stationiert werden, um der Bedrohung durch sowjetische *SS 20* entgegenzuwirken. Viele Westeuropäer und vor allem Deutsche zweifelten an dieser Strategie. Es gab mächtige Demonstrationen gegen die Stationierung dieser Atomraketen. Dengler war in dieser Zeit noch Bereitschaftspolizist, und mehr als einmal stand er in Bonn den Demonstranten gegenüber, die ihm lachend Blumen zusteckten. Er sah die schönen jungen Frauen gegen etwas demonstrieren, das ihm

ganz logisch erschien, und er erinnerte sich noch genau an die Mischung zwischen Unverständnis und Sehnsucht, mit der er sie damals betrachtete.

Auch auf den großen Demonstrationen gegen die Startbahn West in Frankfurt war er im Einsatz. Und er stand in Reih und Glied während der Demonstrationen gegen das atomare Zwischenlager in Gorleben. Als er den Zeitungsartikel las, erinnerte er sich, wie er die Hütten bei der Räumung des Hüttendorfes *Republik Freies Wendland* niederriss. Es waren harte Zeiten für Bereitschaftspolizisten.

1980 war ein Jahr großer Spannungen. Die Russen überfielen Afghanistan und gingen einer Niederlage entgegen, von der sie sich nicht mehr erholen sollten. In Polen gründete sich die unabhängige Gewerkschaft *Solidarność*, die wie ein Fanal den Untergang der Sowjetmacht auch auf der anderen Seite des Imperiums anzeigte. Aber noch standen sich die beiden Militärblöcke unversöhnlich gegenüber, und die Kriegsgefahr war allenthalben zu spüren.

So lange her, dachte Dengler, so viel hat sich geändert.

Auch innenpolitisch wurden 1980 die Weichen gestellt.

Dengler blätterte in der Artikelsammlung, die Leopold zusammengetragen hatte. Es herrschte Wahlkampf. Ein sehr harter, zugespitzter Wahlkampf, wie Harder in einer kurzen Notiz schrieb, ganz auf die beiden Kandidaten ausgerichtet: Helmut Schmidt, der SPD-Kanzler, auf der einen Seite und der am äußersten rechten Rand operierende bayerische Ministerpräsident Franz Josef Strauß für die CDU/CSU. Das Vaterland sei in Not und er sei der Retter, das sei die Botschaft gewesen, schrieb Harder weiter und fügte ein Strauß-Zitat aus dem Wahlkampf bei: »Sagen Sie den Menschen, dass diesmal um unser Schicksal gewürfelt wird. Sagen Sie ihnen, dass keiner sich dem Wellenschlag der Politik entziehen kann. Es gibt kein Glück im stillen Winkel mehr. Sagen Sie es den Verschlafenen, den Verdrossenen, Saumseligen, Lätscherten und Lapperten in diesem Land. Dieses Haus, meine Damen und Herren, gilt es heute so zu sichern, dass es gegen Sturm und Brand gefeit ist in den nächsten Jahren.«

Leopold schrieb weiter: »Strauß sah sich als Retter in der Not, und dafür bedurfte er der Not.«

In dieser Situation explodierte in München die Bombe, wenige Tage vor der Wahl.

Dengler stand auf und öffnete leise die Tür zum Wohnzimmer. Leopold Harder lag auf dem Rücken auf der Couch. Die Bettdecke, die Dengler am Abend noch rausgesucht hatte, lag quer über ihm. Offensichtlich fror er an den Zehen, denn sie bewegten sich hin und her und schienen nach dem Zipfel der Decke zu suchen. Dengler deckte seinen Freund zu und ging zurück in die Küche.

Er goss sich eine neue Tasse Espresso ein, füllte Milch nach und nahm sich wieder die Mappe mit Leopolds Presseartikeln vor.

Einen Artikel aus dem *Stern* hatte er rot markiert. Der Reporter hatte das Zusammentreffen von Spitzenpolitikern am Tatort beschrieben.

Dengler las: »Justizminister Vogel ist peinlich berührt vom Auftritt der CSU-Leute und ihres Gefolges. Der 21 Jahre alte Strauß-Sohn Max ergreift mehrmals großspurig das Wort und hält die Fachleute auf. Vogel: ›Ein wahrer konservativer Vater hätte gesagt ‚Halt doch mal den Mund'. Doch der Vater schweigt.‹ Franz Josef Strauß hält sich zurück, wie schon bei den Krisensitzungen nach der Schleyer-Entführung und bei der Entführung der Lufthansa-Maschine nach Mogadischu. Er lässt seine Leute reden, und die kümmern sich weniger um Tote und Verletzte als um den Wahlkampf. Finanzminister Streibl schneidet dem für die Münchener Feuerwehr zuständigen FDP-Stadtrat Manfred Brunner das Wort ab. Er schimpft: ›Die FDP ist mitverantwortlich für das, was hier passiert ist.‹ Der CSU-Anwalt und Strauß-Spezi Franz Josef Danneker sagt: ›Jetzt geht die Saat auf.‹ Und Finanzminister

Streibl fährt Bundesjustizminister Vogel an: ›Es muss endlich ein Ende haben mit der spielerischen Behandlung dieser Verbrecher.‹«

Dengler blättert weiter. Auf der nächsten Seite hatte Harder einen Auszug aus der Tagesschau abgeheftet: »Spitzenpolitiker der Unionsparteien waren sich noch in der Nacht einig, es konnte sich nur um einen Anschlag von Linksextremen handeln.«

Die *Welt am Sonntag* veröffentlichte einen Kondolenzbrief von Strauß an die Angehörigen der Opfer. Dengler fiel ein Satz auf. Er zog die Schublade des Küchentisches auf und zog den Bleistift heraus, den er dort immer verwahrte.

»Die bayerischen Behörden haben sofort nach der Tat begonnen, den Hergang zu klären und der Täter und ihrer Hintermänner habhaft zu werden.«

Dengler strich diesen Satz an.

Offensichtlich gingen die Behörden davon aus, dass das Attentat von mehreren Tätern begangen worden war. Wann hatten sie diese These verworfen und waren zur Einzeltäterthese umgeschwenkt?

Die Rede

Sie hatte sich die notwendigen Unterlagen besorgt. Ihrer Referentin erzählte sie, sie könne drei Wochen lang nicht fliegen. Sie habe eine Ohrenentzündung. Alle Termine sollten so ausgewählt und terminiert werden, dass sie mit dem Wagen erreichbar seien. So gewann sie Zeit. Zeit, in der sie ungestört arbeiten konnte. Sie würde die Rede halten, die Rede ihres Lebens. Auf dem nächsten Bundesparteitag. Sie würde das Verbot der NPD verlangen und fordern, dass alle

V-Männer von den Neonazis abgezogen werden mussten. In ihrem Kreisverband würde sie dazu einen Antrag stellen.

Sie hatte eine Ablage im A8, die sie aufklappen konnte und die sie bisher noch nicht benutzt hatte. Jetzt stellte sie ihren Laptop darauf, auf dem sie schrieb und Informationen sammelte. Hin und wieder probte sie ein Argument oder auch eine Formulierung, indem sie den Fahrer um seine Meinung bat.

Des Volkes Stimme, dachte sie. Wenn der Fahrer versteht, was ich meine, werden es auch die Delegierten verstehen. Langsam schälte sich aus ihrem Hirn eine Argumentationskette, die sie für unschlagbar hielt. Sie arbeitete auf jeder Fahrt wie eine Besessene.

Ausführlich las sie die Studie der Duisburger Rechtsextremismus-Experten Dietzsch und Schobert, die zu dem Schluss kamen, dass die V-Leute des Verfassungsschutzes der NPD eher genutzt als geschadet hätten. Charlotte hatte aus dem Internet den Mitschnitt einer Panorama-Sendung des WDR geladen, in dem ein ehemaliges Bundesvorstandsmitglied der NPD aussagte, der Verfassungsschutz habe es ihm »immerhin ermöglicht, die NPD in Nordrhein-Westfalen zu gründen ...«

Einige der Agenten des Verfassungsschutzes waren aktiver als alle anderen Neonazis. Einer produzierte besonders üble CDs, ein anderer war an einem Brandanschlag beteiligt, andere hetzten öffentlich gegen Juden und leugneten den Holocaust, viele schwere Straftäter waren dabei, einer baute eine Kameradschaft in Südwestdeutschland auf.

Sie wusste jedoch nicht, wie sie mit einer Aussage eines Parteifreundes umgehen sollte. Der baden-württembergische Innenminister Heribert Rech hatte auf einer Kundgebung in Gerlingen gesagt: »Wenn ich alle meine verdeckten Ermittler aus den NPD-Gremien abziehen würde, dann würde die NPD in sich zusammenfallen.«

Das wäre doch schön, dachte Charlotte. Und so einfach. Warum tut er es denn nicht?

Task Force Berlin 1: Im Lageraum

Leitner war der Erste im Lageraum.
Wehe, wenn einer von denen nicht pünktlich erscheint, dachte er.
Er hasste Unpünktlichkeit. Er hasste Nachlässigkeit. Und vor allem hasste er Aufsässigkeit.
Pünktlich um neun Uhr waren alle versammelt.
»Bitte, kurz und knapp: Welche Maßnahmen wurden eingeleitet? Und wann können wir mit den ersten Ergebnissen rechnen?«
Klink: »Ich habe Kontakt zu meinen Informanten im BKA aufgenommen. Noch wissen wir nicht viel. Die Schmoltke war in Wiesbaden. Sie muss unmittelbar nach dem Besuch hier in der Firma nach Wiesbaden gefahren sein. Wahrscheinlich spontan. Sie hatte ein Treffen mit dem Chef des BKA. Ich weiß noch nicht, über was die beiden gesprochen haben. Noch nicht.«
»Sie hat an diesem Nachmittag kurzfristig über sein Büro einen anderen Termin absagen lassen«, sagte Gisela Kleine. »Das stärkt die These des Kollegen Klink, dass es eine spontane Idee war.«
»Ich kann das unterstützen«, sagte Edgar Fiedler. »Es gibt ein Gespräch von ihrem Handy anderthalb Stunden nach Verlassen des Amtes mit dem BKA und eins mit ihrem Büro.«
»Es gibt kein Protokoll des Gesprächs mit dem Chef des BKA. Zumindest kein elektronisches. Nichts, was in einen Rechner abgelegt wurde.«
»Das deutet auf unwichtig oder sehr wichtig hin«, sagte Leitner.
»Eher unwichtig«, sagte Gerhard Klink. »Es gab keine besondere Aktivität beim BKA aufgrund ihres Besuches.«
»Die Schmoltke gilt doch sowieso als schwach. *Spiegel online* hat sie in die Liste der Unionspolitiker aufgenommen, die

nach der nächsten Wahl wohl kein Amt mehr bekommen«, sagte Edgar Fiedler.
»Bleibt dran. Wir sehen uns morgen früh wieder. Falls es zwischendurch etwas zu berichten gibt: Sofort anrufen. Kleiner Dienstweg.«
Kleine runzelte die Stirn. »Können wir erfahren ... Ich meine, was ist der Hintergrund dieser Operation? Jeder von uns geht gewisse Risiken ein.«
»Sie haben Probleme mit diesem Auftrag?«
»Nein, natürlich nicht. Aber gibt es etwas, was über das hinausgeht, was wir besprochen haben? Ich meine, jeder von uns mobilisiert gerade erhebliche Ressourcen der Firma.«
»Ich weiß so viel wie Sie.«
Sie alle sahen ihn schweigend an.
Keiner glaubte ihm.
Warum auch.
Schließlich hatte er sie gerade angelogen.

Wehrsport

»Mein Gott, Georg, wie kann man schon so fit sein? Du arbeitest ja schon.«
Leopold Harders Gesicht sah zerknautscht aus wie ein altes Sofakissen.
Dengler hob die Mappe.
»Vielen Dank. Das ist gute Arbeit. Verschwinde im Bad. Ich besorge uns ein paar Laugenbrötchen.«
»Und mach bitte einen deiner berühmten Herz-Stillstand-Espressos.«
Eine halbe Stunde später saßen sie in Georgs Küche und

frühstückten. Dengler hatte im *Café Königx*, das nur ein paar Schritte entfernt lag, nicht nur Brötchen, sondern auch zwei Stück Quiche Lorraine gekauft, die er im Backofen warm gemacht hatte.

»Schmeckt prima. Leider habe ich nicht mehr viel Zeit. Ich muss mich auf jeden Fall vor dem Mittagessen im Pressehaus sehen lassen. Wir arbeiten an der Änderung unseres Layouts. Alles wird bunter und luftiger. Moderner eben. Und ich muss für den Wirtschaftsteil …«

»Wenn ich das richtig verstanden habe, gingen die Politiker unmittelbar nach dem Attentat nicht von einer Einzeltäterschaft aus.«

»Das stimmt. Vor allem ging Strauß davon aus, dass das Attentat von der Linken begangen wurde. Du wirst sehen, er versucht diese Linie beizubehalten, solange es geht. Sogar als klar war, dass wahrscheinlich ein Rechtsradikaler die Bombe gezündet hat, blieb er dabei.«

»Warum? Was macht das alles für einen Sinn?«

»Darf ich spekulieren?«

»Sicher.«

»Stell dir vor, Linksradikale hätten die Bombe geworfen. Es wäre ein Aufschrei durch die Republik gegangen, und Strauß hätte die Wahl gewonnen.«

»Mmh.«

»So aber war es ein Desaster für ihn. Guck mal hier …« Er nahm die Presseartikel und blätterte darin. »Hier, es geht um die rechtsradikale Wehrsportgruppe Hoffmann, der Gundolf Köhler, der mutmaßliche Attentäter, nahestand. Noch ein Jahr vor dem Attentat erklärte Strauß im bayerischen Landtag, als die Opposition ein Verbot der Gruppe forderte: ›*Machen Sie sich doch nicht lächerlich, wenn Sie gewisse Gruppierungen – Sie haben heute die Wehrsportgruppe Hoffmann genannt – durch Ihre ständigen, in der Öffentlichkeit vorgetragenen Darstellungen überhaupt erst der bayerischen Bevölkerung bekannt gemacht haben und ihnen damit eine Bedeutung zumesssen, die sie nie hatten, nie haben und in Bayern nie bekommen werden.«*

»Aber wurde diese Gruppierung dann nicht doch noch verboten?«

»Doch. Von der Bundesregierung und gegen den Willen der bayerischen Landesregierung. Hier schau. Da ist die Meldung über das Verbot. Sie lautet knapp: ›Die ‚Wehrsportgruppe Hoffmann' richtet sich gegen die verfassungsmäßige Ordnung. Die Wehrsportgruppe ist verboten. Sie wird aufgelöst.‹«

»Wie reagierte Strauß auf das Verbot?«

»Hier. Vor französischen Journalisten sagte er – ich les dir das mal vor: ›Dann, um sechs Uhr morgens, schickt man fünfhundert Polizisten los, um zwanzig Verrückte zu befragen. Diesen Hoffmann, der wie ein Kasper aussieht! Diese Type bekommt Fabelsummen für ein Interview. Er spielt eine Rolle, die ihm gefällt, eine Art Mischung aus Ernst Röhm, Adolf Hitler und, warum nicht, Göring. Wenn niemand von diesem Schwachkopf reden würde, wer würde seine Existenz bemerken? Gut. Warum hat man niemand verhaftet? Weil es keinen Beweis gibt, dass sie ein Delikt begangen hätten. Ihr Panzerwagen hat keinen Motor und keine Räder, und man kann diese Art von Maschine bei irgendeiner Werkstatt oder einem Schrotthändler kaufen. Mein Gott, wenn sich ein Mann vergnügen will, indem er am Sonntag auf dem Land mit einem Rucksack und einem mit Koppel geschlossenen ‚battledress' spazieren geht, dann soll man ihn in Ruhe lassen.‹ Und der damalige bayerische Innenminister, Gerald Tandler hieß er, erklärte, dass diese Gruppierung schon wegen ihrer äußerst geringen Mitgliedschaft niemals eine echte Bedrohung unseres Staatsgefüges dargestellt habe.«

»Mit anderen Worten: Die bayerische Regierung hatte ein Interesse daran, diesen Köhler als Alleintäter hinzustellen, weil sonst ihre Verharmlosung der Neonazis offenkundig geworden wäre.«

»Vielleicht. Blamiert haben sie sich so oder so. Auf dem rechten Auge blind, sagte man damals.«

★★★

Nachdem Harder gegangen war, blieb Georg Dengler noch eine Weile in der Küche sitzen und dachte über ihr Gespräch nach.
Sicher, ein einflussreicher Politiker hatte sich blamiert. Aber würden Polizisten deshalb die Ergebnisse einer so wichtigen Mordsache frisieren? Andererseits wurden offensichtlich wichtige Zeugenaussagen unterschlagen. Warum?
Und warum beauftragte das Bundeskriminalamt ihn nach so vielen Jahren mit der Untersuchung? Warum erledigte das nicht ein Team von Beamten aus dem Amt selbst?
Er mochte keine Spiele, bei denen er die Regeln nicht verstand. Es wurde Zeit, dass er einen alten Freund anrief.

Operation angelaufen

»Die Operation ist angelaufen. Aber wir haben noch keine verwertbaren Informationen. Das Einzige, was wir an mit Sicherheit grenzender Wahrscheinlichkeit sagen können, ist, dass Schmoltke offenbar nach dem Besuch bei Ihnen spontan den Beschluss gefasst hat, den Präsidenten des Bundeskriminalamtes aufzusuchen. Wir wissen nicht, noch nicht, was die beiden besprochen haben. Es gibt keine Protokollnotiz von diesem Gespräch.«
Leitner saß im Büro des Präsidenten des Verfassungsschutzes.
Wie schmächtig er ist, dachte er. Ein schmaler Mann und

doch so mächtig. Er war einer der wenigen Kollegen, die per Du mit dem Präsidenten waren. Das stammte aus einer Zeit, als dieser noch nicht sein Vorgesetzter gewesen war. Sie wussten, dass sie sich aufeinander verlassen konnten. Auch wenn für ihn nun ein anderer Lebensabschnitt begann.
Eine Welle freundschaftlicher Verbundenheit erfasste ihn, die er kurz genoss. Aber das Thema, um das es ging, war zu heikel. Er musste aufpassen. Noch einmal alle Konzentration bündeln.
Der Präsident fuhr sich in einer gedankenverlorenen Geste über den bereits zur Hälfte ergrauten Schnurrbart. »Ich bin sicher, dass die Schmoltke etwas plant. Sie war bei mir, wegen der NPD-Sache. Aber sie gab zu schnell auf. Sie versuchte nicht, mich zu überzeugen. Ich hatte den Eindruck, dass sie dachte, sie habe da noch eine andere Karte, die sie spielen möchte.«
»Wir werden es herausfinden.«
»Sicher werdet ihr das, Hans.«

Wieder ein Team

Das Telefon klingelte. Dengler nahm ab.
»Wir sind wieder ein Team.«
Dengler erkannte die Stimme von Jürgen Engel sofort. Fast wären sie Freunde geworden. Damals. Engel war der beste Identifizierer beim BKA gewesen. Die Kollegen sagten, Engel könne einer Leiche den genauen Zeitpunkt des letzten Geschlechtsverkehrs ansehen und wisse sofort, wann sie das letzte Bier getrunken habe.
»Ich freue mich, wieder mit dir zusammenzuarbeiten, Georg.«

Dengler wusste, dass Jürgen ihn bewunderte. Immerhin hatte er es geschafft, das BKA zu verlassen. Engel hatte in Wiesbaden ein Haus gekauft, an dem er immer noch abzahlte.

Keine Chance, vom BKA wegzukommen.

Wer sonst braucht Leichenidentifizierer?

Sie redeten eine Weile über die alten Zeiten, aber Dengler merkte, wie weit diese Zeiten für ihn schon weg waren.

Er wechselte das Thema.

»Ich bin immer noch an den Ermittlungsberichten«, sagte er. »Es sind 80 Aktenbände. Ich verstehe nicht, warum ich mich um diesen alten Fall noch einmal kümmern soll. Hast du einen Hinweis?«

»Da gibt es einen einfachen Grund. Schneider hat als junger Polizist beim LKA München angefangen. Einer seiner ersten Fälle war das Attentat auf das Oktoberfest.«

»Bei den Ermittlungen wurde getrickst. Die Sonderkommission ging von einem Alleintäter aus, obwohl es einige Zeugenaussagen gab, die den mutmaßlichen Täter mit zwei oder drei anderen Männern unmittelbar vor dem Tatort gesehen haben.«

»Hast du die Asservatenliste gesehen?«

»Nur flüchtig überblättert. Sie ist ja endlos.«

»Ich hab sie genauer gelesen. Es gibt da einen Finger. In den Asservaten gibt es einen Finger, der niemand gehört.«

»Machst du Witze? Ein herrenloser Finger?«

»Bei dem Attentat wurde jemandem durch die Explosion ein Finger abgerissen. Das ist nicht ungewöhnlich. Es gab Unmengen abgetrennter Gliedmaßen. Aber der Besitzer dieser Hand meldete sich nicht. Der Finger konnte niemandem zugeordnet werden.«

»Warum gibt es keine DNA-Analyse des Fingers?«

»Georg, damals gab es noch keine DNA-Analysen.«

»Dann könnten wir jetzt eine veranlassen. Vielleicht ist der Unbekannte ohne Finger wieder irgendwo aktenkundig

geworden. Wurde wenigstens ein Fingerabdruck von dem abgerissenen Finger genommen?«
»Bestimmt.«
»Der muss dann doch irgendwo in den Akten sein.«
»Ich kümmere mich drum.«
»Auch um die DNA-Analyse?«
»Sicher.«

***

Er musste noch jemanden anrufen. Sollte er wirklich Verbindung zu Dr. Schweikert aufnehmen? Er hatte schon seit zwei oder drei Jahren nichts mehr von seinem ehemaligen Ausbilder und späteren Chef beim Bundeskriminalamt gehört. Er hatte sich auch nicht mehr um ihn gekümmert. Vielleicht war er krank? Vielleicht wollte er nicht von früheren Kollegen und Untergebenen behelligt werden?
Vielleicht schämte Dengler sich aber auch, weil er den Kontakt zu ihm nicht gepflegt hatte, sondern ihn immer nur dann anrief, wenn er Hilfe brauchte. Oder eine Frage klären musste.
Zum Beispiel die Frage, warum ihn das BKA mit diesem alten Fall beauftragt hatte. Nur um einen Fall zu lösen, bei dem der Chef des BKA als junger Polizist versagt hatte?
Hatte Schneider einen Fehler auszubügeln?
Dengler griff zum Telefon.

Auf der Spur

> von: Edgar Fiedler, ITZ
> an: Hans Leitner, Leiter Task Force Berlin 1
> 12.47 Kontakt Zielperson mit Dr. Schneider, BKA, per Funktelefon, Standort Münstereifel, sicher fahrendes Dienstfahrzeug der Zielperson.
> Gesprächsmitschnitt (Auszug):
> Zielperson: Gibt es schon Nachrichten von Ihrem Herrn Dengler?
> Dr. Schneider: Das ist noch zu früh, Frau Staatssekretärin. Ich werde Sie sofort anrufen, wenn ich etwas weiß.
> Es folgte Gerede über den verregneten Sommer.

Leitner griff zum Hörer: »Klink, sagt Ihnen der Name Dengler etwas? Ein Name beim BKA vielleicht?«
»Nicht dass ich wüsste. Moment, bitte.«
»Schicken Sie ein Memo, wenn Sie etwas wissen.«
Das Memo kam vierzig Minuten später.

> Von: Gerhard Klink, Task Force Berlin 1
> An: Hans Leitner, Leiter Task Force Berlin 1
> Es gibt aktuell keinen Beamten des Namens Dengler beim BKA. Es gab bis 2003 einen Beamten Georg Dengler, Hauptkommissar, Zielfahnder in der Abteilung TE, sehr erfolgreich. Ist heute Privatdetektiv in Stuttgart, Wagnerstraße.
> Die persönlichen Daten sind ...

> Von: Hans Leitner, Leiter Task Force Berlin 1
> An: Edgar Fiedler, ITZ
> Bitte Überwachung eines Georg Dengler, Stuttgart, Wagnerstraße, Privatdetektiv. Fragestellung: Gibt es eine aktuelle Verbindung zum BKA?

Zwei Stunden später.

Von: Edgar Fiedler, ITZ
An: Hans Leitner, Leiter Task Force Berlin 1
Positiv. Heute 11.26 telefonischer Kontakt. Anruf von BKA-Nebenstelle 1319.

Von: Hans Leitner, Leiter Task Force Berlin 1
An: Gerhard Klink, Task Force Berlin 1
Wer hat beim BKA die Nebenstelle 1319?

Von: Gerhard Klink, Task Force Berlin 1
An: Hans Leitner, Leiter Task Force Berlin 1
Nebenstelle 1319 gehört zum Identifizierungskommando des BKA, Hauptkommissar Jürgen Engel. Ich kenne Engel noch aus meiner Zeit beim BKA. Engel gilt als tüchtig und kompetent. Allerdings auch als eigenbrötlerisch.

Von: Hans Leitner, Leiter Task Force Berlin 1
An: Gerhard Klink, Task Force Berlin 1; Edgar Fiedler, ITZ
Ich will ab sofort über jeden Schritt und jedes Telefonat von Engel und Dengler unterrichtet werden. Ich will wissen, was die beiden auf ihren Computern gespeichert haben.

Von: Gerhard Klink, Task Force Berlin 1
An: Hans Leitner, Leiter Task Force Berlin 1
Verstanden.

Von: Edgar Fiedler, ITZ
An: Hans Leitner, Leiter Task Force Berlin 1
Geht o. k.

Diskussion

Üblicherweise lehnte Sabine, die ihr Wahlkreisbüro managte, solche Veranstaltungen automatisch ab. Es gab eine politische Schmuddelecke, zu der ordentliche konservative Abgeordnete einfach nicht gingen. Und dieser Veranstalter gehörte definitiv dazu: »Antimilitaristischer Informationsdienst« oder so ähnlich.

Es genügte, dass sie darüber nur kurz per E-Mail informiert wurde.

Liebe Charlotte, es gab eine Einladung:
Podiumsdiskussion an der Uni Tübingen, Veranstalter: Antimilitaristischer Informationsdienst, Veranstaltungsort: Hegel-Bau. Teilnehmer angefragt: Charlotte von Schmoltke, CDU; Dr. Erhard Eppler, SPD; Winfried Hermann, Bündnis 90/Die Grünen; OB Boris Palmer, Bündnis 90/Die Grünen; Horst Pegel, Piratenpartei; Winfried Wolff, Die Linke; Jan Nauber, Antimilitaristischer Informationsdienst. Thema: Politische Auseinandersetzung oder Verbot? Müssen Neonazis verboten werden?
Haben wir bereits abgesagt, schrieb Sabine in der Notiz.

»Bitte sagt dieser Veranstaltung zu«, schrieb sie zurück.

Es war klar, dass sie die Rolle der bösen Konservativen spielen sollte. Aber das hatte sie nicht vor. Sie konnte vielleicht Öffentlichkeit für ihren Antrag auf dem Bundesparteitag finden.

Außerdem musste sich die Partei dringend jungen Leuten öffnen. Die CDU erreichte absolute Mehrheiten nur noch bei den über 65-Jährigen oder auf dem dünn besiedelten flachen Land. Sie hatte neulich erst an einem Hintergrundgespräch im Stuttgarter Staatsministerium teilgenommen. Die Zahlen, die sie dort gehört hatte, sprachen für sich. In wenigen Jahren würde Gevatter Tod breite Breschen in die Wählerschaft der Konservativen gerissen haben. In den aktiven, den berufstätigen Schichten hatte die Partei keine Mehrheit, bei den Frauen nicht einmal ansatzweise, und die eigene Jugendorganisation, da war sie sich mit dem Ministerpräsidenten einig, hatte keinerlei wahlwirksame Ausstrahlung in deren Generation. »Die rauchen nur die Zigarren aus Papas Humidor, aber mehr kriegen sie nicht zuwege«, hatte er gesagt, und damit wohl auch recht.

Sie hatte das Flugzeug von Berlin nach Stuttgart genommen, und Sabine war die paar Kilometer rübergefahren und hatte sie abgeholt.

Wie immer kam sie zu spät.

Die Podiumsdiskussion hatte schon begonnen.

Sie staunte, dass der Saal voll war. Sogar in den Gängen saßen die jungen Leute auf den Treppen, oder sie standen am Rand, an die Wände gelehnt. Sie musste sich an ihnen vorbeischlängeln, bis sie endlich unten zum Podium kam.

Sie wusste nicht mehr, wer gerade sprach, als sie ihren Platz erreichte. Nur der junge Mann, der in der Mitte des Tisches saß, stand auf, als sie den Stuhl an ihrem Platz vorzog. Er kam zu ihr, reichte ihr die Hand.

»Guten Tag, Frau von Schmoltke, schön, dass Sie da sind. Ich bin Jan, vom Antimilitaristischen Informationsdienst.«

Sie sah in warmherzige, blaue Augen, in ein junges offenes Gesicht, und ein Gefühl staunender Ergriffenheit bemächtigte sich ihrer. Wie in Trance setzte sie sich. Sie sah den jungen Mann nicht, sie beobachtete ihn nicht, wie er zu seinem Platz zurückging und sich wieder setzte, sie spürte es, ohne ihn zu sehen.

Es kribbelte sie im Nacken, an den Armen bekam sie eine Gänsehaut. Sie registrierte erstaunt eine Veränderung der Atmung, die sie nicht beschreiben konnte, und ihr ungläubiges Kopfschütteln galt nicht dem Redner, der gerade sprach.

Suchen Sie das Field Manual 30–31

Dr. Schweikert meldete sich nach dem ersten Läuten.
»Dengler, Sie? Das freut mich. Sind Sie noch Privatermittler?«
»Bin ich. Und wieder einmal brauche ich Ihren Rat.«
»Den können Sie haben. Habe in letzter Zeit oft an Sie gedacht. Freiburg spielt ja jetzt in der ersten Liga, also demnächst auch gegen den VfB. Vielleicht komme ich Sie dann mal besuchen.«
»Ich wusste gar nicht, dass Sie Fußballfan sind.«
»Als Freiburger muss man für den Sportclub sein. Nie wieder zweite Liga!«
Sie lachten.
»Gut, Dengler, um was geht es?«
»Erinnern Sie sich noch an das Attentat auf das Münchener Oktoberfest 1980?«, fragte Dengler.
»Beschäftigen Sie sich *damit*?«
»Ja.«
»Dengler, Sie haben ein Talent für die gefährlichen Fälle.«
»Warum sagen Sie das?«
»Weil es so ist. Lassen Sie die Finger davon. Es ist lange her. Aber an dem Staub, der sich darüber gelegt hat, kann man sich heute noch verschlucken.«
»Herr Dr. Schweikert, das ist dreißig Jahre her! Viele der Betroffenen sind schon tot.«
»Ja, an dieses Attentat erinnern sich nur noch wenige. Und das hat Gründe. Es wurde dafür gesorgt, dass es viele vergessen haben. Die Jüngeren wissen ohnehin nichts davon.«
»Genau, das ist doch merkwürdig. Wie kann der größte Terrorangriff in Vergessenheit geraten, wenn heutzutage jede Zeitung über den Krieg gegen den Terrorismus schreibt?«
»Gefährliche Fragen, Dengler.«
»Waren Sie damals schon beim BKA?«

»Ja.«
»Hat das BKA damals ermittelt?«
»Nein.«
»Nein?«
»Nein, Dengler. Und da fangen die Merkwürdigkeiten auch schon an.«
»Erzählen Sie mir davon?«
»Es ist vielleicht nicht klug, das alles am Telefon zu besprechen.«
»Herr Dr. Schweikert, ich bitte Sie. Wir sind unbescholtene Bürger. Wir sind ehemalige Polizisten. Wir werden nicht überwacht. Kein Richter würde einen Lauschangriff gegen Sie oder mich unterschreiben.«
»Sie sind immer noch wie früher, Dengler. Immer noch voller guten Absichten.«
»So wie Sie das sagen, klingt das eher wie: ein bisschen naiv.«
»Sehr naiv.«
»Warum war das BKA an den Ermittlungen nicht beteiligt?«
»Das bayerische Landeskriminalamt lehnte es ab. Er waren sogar einige Beamte vor Ort damals. In einer anderen Sache. Wir hatten so um die zwanzig Mann in München. Die boten sofort ihre Unterstützung an. Sie wurde nicht angenommen.«
»Das kann ich kaum glauben.«
»Sag ich doch, ein bisschen naiv.«
»Und weiter.«
»Später zog der Generalbundesanwalt die Ermittlungen an sich. Wegen Verdacht auf terroristischen Hintergrund. Damit fiel es in seine Zuständigkeit. Und Rebmann, er war damals der Generalbundesanwalt, wollte dann das BKA mit den Ermittlungen beauftragen. Da liefen die Münchener Sturm. Ein Kompetenzstreit. Wurde mit harten Bandagen ausgetragen.«
»Wie hart?«

»Bis zur Einmischung höchster politischer Stellen.«
»Sehr hart also.«
»Sehr hart.«
»Und wie ging es aus?«
»Die Münchener ermittelten weiter.«
»Das heißt ...«
»Der Generalbundesanwalt konnte auf keine anderen Ergebnisse zurückgreifen als auf die, die das Münchener LKA zur Verfügung stellte.«
»Ich kenne die Akten. Sie haben einige Spuren einfach nicht verfolgt.«
»Es ist lange her, Dengler.«
»Aber die Opfer gibt es noch, Herr Dr. Schweikert.«
»Da haben Sie recht, Dengler. Die Opfer ... Es war verheerend. Fürchterlich. Ein Angriff auf völlig unschuldige, überraschte, willkürlich ausgesuchte Personen. Abscheulich.«
»Aber warum? Ich sehe keinen Sinn in diesem Anschlag.«
Dr. Schweikert schwieg.
»Herr Dr. Schweikert. Sehen Sie einen Sinn? Ein Motiv? Sie haben mir doch beigebracht: Keine Tat ohne Motiv. Ich sehe keins.«
»Ich gebe Ihnen einen Tipp, Dengler. Suchen Sie das Field Manual 30–31.«
»Das was?«
»Das Field Manual 30–31. Ich habe es gesucht und noch einige Polizisten mehr. Wir haben es nicht gefunden.«
»Was zum Teufel ist ein Field Manual?«
»Es ist ein Dokument der amerikanischen Armee und nur für Offiziere bestimmt. Es sind Feld-Handbücher. Anleitungen, wie man Kriege führt. Die Nummerierung besagt, um welche Themengebiete es sich handelt. Die Nummer 30 ist für die militärischen Geheimdienste bestimmt, die Nummer 31 behandelt ›Sonderoperationen‹. Dieses Dokument würde Ihnen wahrscheinlich ein Motiv liefern. Aber wir haben es damals nicht gefunden.«

»Was hat die amerikanische Armee mit dem Attentat auf das Münchener Oktoberfest zu tun? Der mutmaßliche Täter war Deutscher, ein Neonazi, würde man heute sagen.«
»Suchen Sie das Field Manual, Dengler, wenn Sie ein Motiv suchen. Mehr kann ich nicht dazu sagen.«
»Ich verstehe den Zusammenhang nicht. Können Sie mir ...«
Doch Dr. Schweikert hatte schon aufgelegt.

Abhörprotokoll

von: Edgar Fiedler, ITZ
an: Hans Leitner, Leiter Task Force Berlin 1
14.03 Uhr tel. Kontakt des Dengler, Georg, mit Dr. Joachim Schweikert, Freiburg. Dr. Schweikert war sein früherer Ausbilder und späterer Vorgesetzter im BKA. Inhalt: Attentat auf das Münchener Oktoberfest. Offenbar der neue Fall des Privatermittlers Dengler, Georg. Dr. Schweikert rät ihm, das Field Manual 30–31 zu suchen, offenbar ein Geheimdienstdokument der US-Army. Mitschrift des Telefonats folgt.

Die Liebe und der Krimi

Irritiert legte Dengler auf.
Wie alt Dr. Schweikert wohl mittlerweile war? Die Auskunft, die er von ihm erhalten hatte, war verwirrend, und vielleicht war sein ehemaliger Chef selbst verwirrt.

Er würde nicht nach einem Militärhandbuch suchen.

Er würde erst recht nicht nach einem Militärhandbuch suchen, das Dr. Schweikert nicht gefunden hatte.

Er ist der beste Polizist, den ich kenne, dachte Dengler, und wenn Dr. Schweikert etwas nicht findet, dann gibt es das nicht.

Dengler merkte, wie sich seine Stirn in Falten zog und sich sein Herzschlag beschleunigte. Plötzlich hatte er das Gefühl, er sei eben eine Treppe hinaufgelaufen.

Ärger stieg in ihm auf.

Zorn.

Dr. Schweikert wollte ihn auf eine Spur setzen, auf der er selbst gescheitert war.

Schweikert wollte, dass er ein völlig unbekanntes Kriegshandbuch suchte. Jeder versuchte ihn für seine Zwecke einzusetzen. Für den BKA-Chef grub er in einem archäologischen Fall herum. Immerhin bezahlte das BKA dafür.

Aber auch Schweikert hatte ihn manipulieren wollen.

Das hatte er nicht erwartet.

Zorn, so hatte Dengler neulich gelesen, ist häufig mit Enttäuschung verbunden, und Dengler war enttäuscht.

Er stand wütend auf, ging in die Küche und setzte Kaffee auf.

Dr. Schweikert war für Dengler immer ein Vorbild gewesen. Er war sein Mentor, mehr väterlicher Freund als Vorgesetzter.

Und nun dieser eigennützige Ratschlag.

Dengler trat gegen den Herd, und die *Caffettiera* machte einen Satz. Er griff nach ihr und verbrannte sich die Finger.

Dengler fluchte.

In diesem Augenblick klopfte es.

»Georg, kann ich reinkommen?«

Es war Martin Kleins Stimme.

»Klar. Komm. Ich mache gerade einen Kaffee.«

Klein kam rein und setzte sich an Denglers lindgelben Küchentisch. Dengler sah sofort, dass etwas mit seinem Freund nicht stimmte. Sein Gang wirkte schwerer als sonst, die Mundwinkel hingen nach unten, die Augenlider wirkten schwer, sein Blick war gesenkt.

Dengler stellte schweigend zwei Tassen auf den Tisch. Er schüttete Milch in den kleinen Topf und stellte sie auf den Herd. Immer noch schweigend nahm er den Schneebesen und schlug Schaum, während sich die Milch erhitzte. Klein starrte währenddessen auf die Tischplatte, als gäbe es dort etwas Spannendes zu entdecken.

Georg goss den Kaffee in die Tassen.

»Für mich keine Milch«, sagte Klein und zog die Zuckerdose an sich heran, die auf dem Tisch stand. Er füllte zwei Löffel Zucker in seinen Kaffee.

Dengler mischte Milch und Milchschaum in seinen Espresso.

Sie schwiegen.

Hin und wieder tranken sie einen Schluck.

»Diese Frau geht mir einfach nicht aus dem Kopf«, sagte Martin Klein.

Dengler goss sich Kaffee nach.

»Ich denke den ganzen Tag an nichts anderes mehr als an diese Frau.«

Dengler schüttete Milch dazu.

»Ich meine wirklich – an nichts anderes mehr. In jeder Minute.«

Dengler trank.

»Aber wenn sie bei uns unten am Tisch sitzt, bekomme ich keinen Ton heraus.«

Dengler stellte die Tasse ab.

»Mein Mund ist trocken, mein Hirn ist leer. Mir fällt nichts ein, was ich sagen könnte.«

Dengler schenkte seinem Freund Kaffee nach.

»Aber ihr, Mario und du – ihr könnt mit ihr reden, als wäre es das Einfachste auf der Welt.«

»Du schreibst ihr immerhin Horoskope.«
»Das ist es ja!«
»Das ist was?«
»Das ist doch nicht fair von mir. Ich manipuliere sie, ohne dass sie es weiß. Sie denkt, es seien echte Horoskope, und dabei verfolge ich bloß den Zweck, sie ins *Basta* zu locken. Eine Frau, die man liebt, ich meine, die manipuliert man doch nicht. Ich fühle mich richtig mies.«
»Es sind doch echte Horoskope. Ich kenne keine, die mit so viel Liebe geschrieben sind wie diese.«
»Jetzt übertreib aber nicht, Georg.«
»Mach ich nicht. Sie sind außerdem auch wahr. Sie lernt hier vielleicht die große Liebe ihres Lebens kennen. Sie scheint doch auf der Suche zu sein. Somit ist dein Horoskop keine Manipulation.«
»Mmh, so siehst du das.«
»So sehe ich das. Du brauchst dich nicht mies zu fühlen. Aber du solltest jetzt langsam anfangen, etwas zu reden. Sonst denkt sie, du wärst stumm.«
»Es geht nicht, Georg. Mir fällt nichts ein. Sobald sie in der Nähe ist, fällt mir einfach nichts ein. Als ob jemand den Stecker rausgezogen hätte.«
»Ich werde dich einfach was fragen.«
»Falls sie wieder im *Basta* erscheint. Vielleicht kommt sie gar nicht mehr.«
»Dann schreib wieder was ins Horoskop.«
»Du meinst, das kann ich machen?«
»Sicher. Kämpf um sie.«
Die beiden Männer schweigen. Sie tranken Espresso.
»Was macht eigentlich dein anderes Projekt?«, fragte Dengler.
»Der Krimi?«
»Genau.«
»Ich würde jetzt gern damit anfangen. Aber ich hab immer noch keinen richtigen Stoff.«

Seit fünf Jahren wollte Martin Klein einen Krimi schreiben. Es sollte der erste Band mit Geschichten eines Helden sein, der im wahren Leben Horoskope schrieb, aber durch Zufälle immer in Kriminalgeschichten verwickelt wurde, die er dann allein durch seinen Scharfsinn löste. Daher war Klein sehr erfreut, als vor sechs Jahren Georg Dengler in das Haus zog und dort eine Detektei eröffnete. Er dachte, er könne Dengler bei dessen Arbeit über die Schulter gucken und fände so bestimmt Material für seine Kriminalromane. Doch Denglers Fälle schienen ihm zu harmlos. Meist ging es darum, jemanden zu suchen, der vermisst war: eine Ehefrau, einen Ehemann, alles begann bei Georg Denglers Fällen immer unspektakulär, was Martin Klein enttäuschte.

»Mein aktueller Fall könnte dich interessieren. Ich hab dir doch erzählt, es geht um das Attentat auf das Münchener Oktoberfest.«

»Ich erinnere mich daran. Schrecklich. War ein rechtsradikaler Einzeltäter, nicht wahr? Ich helfe dir gern. Was jemand halt machen kann, der ansonsten Horoskope schreibt.«

Klein richtete sich auf. Sein Körper spannte sich wieder. Die Augen blickten neugierig hinter der randlosen Brille hervor.

»Ich meine das ernst, Georg. Wenn es irgendetwas gibt, bei dem ich nützlich sein kann ...«

»Du könntest etwas für mich recherchieren. Die Spur führt wahrscheinlich ins Nichts. Trotzdem wäre es nicht schlecht, wenn du der Sache mal nachgehen könntest.«

»Georg, ich bin dabei. Das lenkt mich vielleicht auch ein bisschen von Betty ab. Was soll ich tun?«

»Es geht um ein Dokument. Ein Dokument der US-Army. Ich wüsste gern, ob es das gibt und was da drinsteht.«

»O. k.« Klein zog einen Notizblock aus der Tasche. »Wie heißt das Dokument?«

»Field Manual 30–31, und ich habe eine Idee, wie wir das Ding beschaffen könnten.«

Streng geheim

Bundesamt für Verfassungsschutz, Köln-Berlin
Task Force Berlin
>Protokoll
>– Streng geheim –

Anwesend:
Dr. Gustav Huber
Beamteter Staatssekretär im Ministerium des Innern BMI, Berlin
Dr. Richard Stark, Präsident Bundesamt für Verfassungsschutz BfV
Hans Leitner, Abteilungsleit. Abteilung 2, und Leiter der Task Force Berlin
Gisela Kleine, Abteilung 1, Observation, Mitglied Task F.,
Gerhard Klink, Abteilung 4 Geheimschutz und Sonderaufgaben, Mitglied Task F. Berlin
Edgar Fiedler, Abt. Nachrichtendienst-Technik, Mitglied Task F. Berlin

Dr. Huber erklärte eingangs, dass die laufenden Operationen im Bereich Rechtsradikalismus nicht gefährdet werden dürften. Die Sicherung dieser Operationen habe höchste Priorität.

Der Präsident BfV bat dann um den neusten Kenntnisstand.

Hans Leitner erklärte, dass man nicht wisse, was bei dem Kontakt zwischen der Staatssekretärin von Schmoltke und dem Präsidenten BKA besprochen worden sei. Man wisse aber sicher, dass Charlotte von Schmoltke das BKA besucht habe.

Erstaunlich sei, dass von diesem Termin kein elektronischer Vermerk in den Dateien des BKA zu finden sei. Dies lasse wahrscheinlich auf eine wichtige Zusammenkunft schließen. Dafür spreche auch, dass die Staatssekretärin zuvor versucht habe, das BfV dazu zu bringen, alle V-Leute aus der NPD abzuziehen, um dann erneut ein (diesmal erfolgreiches) Verbot der Partei beim Bundesverfassungsgericht zu beantragen.

Sicher sei ferner, dass ein ehemaliger Mitarbeiter des BKA und heutiger Privatermittler, Dengler, Georg, derzeit Ermittlungen im Auftrag des BKA durchführe. Er habe dazu einen Dienstausweis erhalten. Er werde wahrscheinlich geführt von dem Hauptkommissar Engel, Jürgen, der im Identifizierungskommando des BKA arbeite.

Außerdem wurde ein Telefonkontakt zu Dr. Schweikert, Joachim, überwacht, aus dem hervorgeht, dass Dengler an einem Fall arbeitet, der mit dem Attentat auf das Münchener Oktoberfest 1980 in Zusammenhang steht.

Dr. Schweikert, Joachim, war früher Abteilungsleiter TE beim Bundeskriminalamt und dort Vorgesetzter des besagten Dengler, Georg.

Der Dr. Schweikert, Joachim, empfahl Dengler, Georg, die Lektüre eines Kriegshandbuchs der US Army mit dem Titel Field Manual 30–31. Der Dengler, Georg, reagierte auf diesen Hinweis ablehnend.

Hans Leitner stellte in Aussicht, dass die Task Force bald wisse, warum der Dengler, Georg, sich für das Münchener Attentat interessiere und ob dies im Auftrag des BKA geschehe.

Der Präsident BfV Dr. Richard Stark schätzte die Lage so ein, dass diese Bemühungen die laufenden Aktivitäten des Amtes nicht beeinträchtigten würden. Das alles sei »ungefährlich«, sagte er. Die Task Force solle aber trotzdem vorläufig bestehen bleiben, bis man sicher sei.

Charlotte und Jan

Charlotte wusste später nicht mehr, wie sie die Podiumsdiskussion überstand. Sie fand sich sehr mutig. Ihre Haltung war eindeutig: Alle V-Leute aus der NPD müssen abgezogen werden, sagte sie. Ein Verbotsverfahren gegen die NPD müsse eingeleitet werden. Die NPD sei eindeutig gewalttätig, terroristisch, intolerant gegen jede Art von Andersdenkenden, also gegen die gesamte Gesellschaft. Außerdem sei es unerträglich, dass sich diese Partei zu 40 Prozent aus Steuergeldern finanziere.
»Wir bezahlen diese Gesellen noch dafür, dass sie uns krankenhausreif schlagen«, rief sie in einer Leidenschaft, die ihren üblichen Reden manchmal fehlte.
Es gab Beifall für sie, viel Beifall, und der wog schwer, da das junge Tübinger Publikum es nicht gewohnt war, konservativen Politikerinnen zu applaudieren.
Mehr als einmal sah sie den erstaunten Blick von Jan. Einmal, so hatte sie den Eindruck, war dieser Blick sogar bewundernd, aber vermutlich bildete sie sich das alles nur ein. Was sie sich nicht einbildete, war, dass sie versuchte, bei allem, was sie sagte, ihm zu gefallen. Wenn sie sich bei diesem Gedanken erwischte, wurde sie ärgerlich auf sich selbst. Aber es stimmte ja nicht, sie vertrat ihre Meinung, keine offizielle Linie, sie dachte nicht an die Kabinettsdisziplin, handelte unbekümmert und frei wie selten, engagiert und mutig. Aber sie gestand sich auch ein, dass sie Jan gefallen wollte. Und das beunruhigte sie.
Jan leitete die Diskussion. Er hatte nichts von einem routinierten Moderator an sich. Er wirkte auf Charlotte so direkt, ehrlich, unmittelbar, jung und frisch, wie sie es vielleicht auch einmal gewesen war und wie sie wünschte, immer noch zu sein.
Nach der Diskussion ging man noch in den *Wurstkessel*, setz-

te sich an den reservierten, großen Tisch direkt am Eingang. Charlotte wählte einen Platz am Fenster.
Möglichst weit entfernt von Jan.
Sie sah nicht hin und hatte trotzdem das Gefühl, genau zu wissen, was er tat. Er war umlagert von dem Vertreter der Links- und dem der Piratenpartei. Beide sprachen heftig auf ihn ein.
Charlotte mochte sie nicht.
Ich muss eine Reißleine ziehen, dachte sie. Er ist um die zwanzig, ich bin über vierzig. Also könnte ich seine Mutter sein. Wenn ich fünfzehn Jahre jünger wäre, dann vielleicht.
Sie bestellte einen Wurstsalat und ein Glas Merlot.
Außerdem war sie verheiratet. Zu Hause wartete Harald auf sie.
Obwohl ... Manchmal dachte sie, dass ihr Mann schon lange eigene Wege ging. Auch sexuell. Vielleicht. An ihr war er jedenfalls nicht mehr interessiert, aber das störte sie nicht.
Das bisschen Jucken, hatte die Großmutter gesagt, und sie hatte letztlich recht. So wichtig war das alles nicht.
Sie warf einen kurzen Blick auf Jan – und sah ihm für einen winzigen Moment in die Augen.
Ihr Atem ging sofort schneller.
Er hatte zu ihr herübergeschaut.
Er hatte ihren Blick gesucht.
Diese Information war so köstlich, dass sie sich plötzlich ganz leicht fühlte.
Glücklich, ich bin glücklich nur wegen eines Blickes, dachte sie.
Wie absurd.
Winne Hermann setzte sich neben sie, und plötzlich diskutierte sie mit ihm über den Krieg in Afghanistan. Sie war froh, dass sie nun die offizielle Parteilinie vertreten konnte. Sie brauchte dringend etwas, an dem sie sich festhalten konnte. Sie redete sich absichtlich in Rage und vergaß Jan – fast.

Dann trat eine junge Frau durch die Tür, blonde lange Haare, Jeans, Kapuzenpullover. Sie zog einen Stuhl vom Nachbartisch heran und setzte sich neben ihn.
Ganz selbstverständlich.
Redete mit ihm.
Ganz selbstverständlich.
Der Krieg in Afghanistan war ihr plötzlich egal.
Bestimmt ist das seine Freundin, dachte sie.
Sie stand auf.
Sie musste die Notbremse ziehen, bevor sie sich in etwas Absurdes hineinsteigerte. Charlotte winkte den Kellner herbei, zahlte, verabschiedete sich, warf einen Gruß in die Runde und verließ das Lokal.

Leitner zu überwachen

Sie war spät nach Hause gekommen. Ihre Tochter lag ruhig atmend in ihrem Bettchen, den Stoffhasen ans Herz gedrückt. Das Au-pair-Mädchen, eine siebzehnjährige Schülerin aus Estland, die dritte, die bei ihr arbeitete, lag schlafend auf der Couch. Der Fernseher lief noch.
Sie ging in die Küche, schleuderte die Schuhe von den Füßen, ging barfuß an den Schrank und holte aus dem obersten Fach eine Flasche Rotwein, öffnete sie sorgsam, schenkte sich ein Glas ein und setzte sich an den Küchentisch.
Leitner war merkwürdig gewesen bei der Besprechung.
Ständig rieb er seine Handflächen an den Oberschenkeln. Jeder hatte irgendwie einen Tick, aber Leitners Tick machte sie aggressiv. Der Stoff seiner Hose war an den Oberschenkeln schon ganz abgewetzt. Warum macht der das, fragte sie sich. Hat er feuchte Hände? Mir hat er noch nie richtig die

Hand gegeben. Wie auch immer. Er sollte verschwinden. In den Ruhestand.
Sie wollte endlich auch einmal eine Task Force leiten. Stattdessen kamen immer nur die alten Säcke zum Zug, die kurz vor der Pensionierung standen. Er war nicht einmal Akademiker. Bloß ein Schnüffler von der alten Sorte. Biertrinker. Früher hatte er bestimmt Marlboro geraucht: ein richtiger Mann, ein echter Cowboy eben. Ha!
Die Task Force Berlin war ohnehin ein Witz. Im Grund war es doch egal, ob sich ein Privatschnüffler mit diesem uralten Münchener Attentat beschäftigte. Aber Leitner war nach der Sitzung fast ausgerastet.
Er war laut geworden. Hatte sie angeschrien.
Er wolle alles über den Kerl aus Stuttgart wissen. Wieso sie noch nicht wisse, was der mache, was er plane und so weiter.
Dabei rieb er sich unaufhörlich die Hände an der Hose.
Das war doch nicht normal.
Die Task Force würde ohnehin bald aufgelöst werden.
Warum regte der sich so auf?
Genau. Warum eigentlich? Hat er ein paar dunkle Sachen laufen?
Fährt der irgendeine Privatkiste?
Sie trank einen Schluck Rotwein.
Das wäre doch interessant. Mal sehen, ob sie nicht was herausfinden könnte, was dem Leitner schadet.
Sie würde diesen Dengler fortan lückenlos überwachen lassen.
Das war ihr Beruf.
Wenn es etwas gab, das der Leitner zu verstecken hatte und das mit diesem Dengler zu tun hatte – sie würde es finden.
Sie könnte Leitner überwachen lassen. Der Gedanke gefiel ihr.
Dann Gnade ihm Gott, sagte sie vor sich hin und hob das Glas gegen das Licht.

Was für eine wunderbar rote Farbe dieser Wein hat, dachte sie, rot wie Blut.

Tübingen. Im Boulanger

Vor dem *Wurstkessel* blieb sie einen Augenblick stehen. Die frische Luft tat ihr gut. Sie atmete einmal tief durch.
Langsam dachte sie klarer und lachte über sich selbst.
So was, dachte sie, dass mir so was noch passiert.
Plötzlich stand er da.
»Ich frage mich«, sagte Jan, »ob Sie vielleicht noch eine Einladung auf ein Glas annehmen.«
Sie sah ihn an.
»Sie haben doch drinnen sicher noch viel zu besprechen«, sagte sie und dachte an das blonde Mädchen.
»Aber warum nicht«, hörte sie sich antworten.
»Vielleicht im *Boulanger*?«
»Ja. Da war ich noch nie.«
Das *Boulanger* erwies sich als gemütliche Kneipe. Dunkles Holz. Einige Laternen hingen an der Wand. Es gefiel ihr.
»Was trinkt man hier?«
»Sie hatten doch vorhin einen Merlot. Der ist auch hier nicht schlecht.«
»Gern.«
Jan schien hier bekannt zu sein. Ein paar junge Männer winkten ihm zu, und der Wirt begrüßte ihn mit Handschlag. Sie wirkte in ihrem Kostüm fremd in dieser studentischen Umgebung.
»Sie meinen es ernst mit dem NPD-Verbot?«
»Ich hoffe, Sie haben das bemerkt.«
»Vor der Wahl reden Politiker immer anders.«

»Sie glauben doch nicht, dass mit diesem Thema eine Wahl zu gewinnen ist?«
»Nein – das wohl nicht.«
Dann sprachen sie über Tübingen, über die juristische Fakultät – er studierte bei Professoren, bei denen schon sie gehört hatte –, irgendwann erzählte sie von ihrer Großmutter und er von den vielen Umzügen seiner Familie. Nirgends sei er wirklich heimisch geworden. Jetzt, in Tübingen, vielleicht zum ersten Mal. Und auch sie erzählte und erzählte, weil sie wollte, dass dieser Abend nicht aufhörte. Jetzt konnte sie ihn anschauen, ohne das Gefühl haben zu müssen, dass sie ihn anstarrte. Er hatte eine sehr gerade Nase, eine klassische griechische Nase, wie sie fand, und sofort stellte sie ihn sich als Statue vor. Auf der Akropolis, nein, besser in ihrem Büro, gleich am Fenster, dort wo die Nachmittagssonne hin schien. Nackt natürlich. Sie lächelte bei dieser Vorstellung und freute sich, weil sie sah, dass er ihr Strahlen auf seine Bemerkung bezog.
Sie unterhielten sich immer noch, als der Wirt die Stühle schon hochstellte. Und sie errötete, als er sagte: »Schluss jetzt, ihr Turteltäubchen, ich muss wirklich ins Bett.«
Verlegen standen sie vor der Tür.
»Ja, also dann«, sagte er leise.
Ein Glücksgefühl, wie sie es noch nie erlebt hatte, durchrauschte sie, als sie merkte, dass er den Abschied ebenso hinauszögerte wie sie.
Tränen traten ihr in die Augen.
Und dann lagen sie sich in den Armen.

Harmlos

»Was für eine Idee?«, fragte Klein.
»Ich hab doch mal einen Offizier kennengelernt, erinnerst du dich, bei meinem zweiten großen Fall hier in Stuttgart.«
»Als wir alle auf dieser verrückten Milliardärsparty waren? Ich habe mir damals zwei Tage lang Notizen gemacht. Erinnerst du dich an die dicke …«
»Ein Major, verrückter Typ, der sucht immer noch nach GIs aus dem Zweiten Weltkrieg. Der ist mir noch einen Gefallen schuldig.«
Dengler kramte in seiner Schreibtischschublade.
»Irgendwo muss ich noch seine Telefonnummer haben«, sagte er.
»Und du meinst, der …«
»Einen Versuch ist es wert.«
Dengler hob ein schwarzes Notizbuch in die Höhe.
»Hier ist die Nummer. Warte.«
Er wählte.
»Major Hooker? Hier spricht Georg Dengler. Erinnern Sie sich noch an mich? Oh, sorry – Lieutenant Colonel. Herzlichen Glückwunsch zur Beförderung. Ich hoffe, es geht Ihnen gut!« – »Ja, ja, hier geht auch alles seinen Gang, mal besser, mal schlechter.« – »Ja, ich sitze an einem neuen Fall und brauche Ihre Hilfe. Kann ich Sie einen Moment damit belästigen?« – »Ich habe einen Hinweis bekommen, mit dem ich zunächst einmal nicht viel anfangen kann. Es geht um ein Field Manual der US-Army. Ich weiß leider nicht genau, was das ist.« – »Ja, eine Nummer wurde mir dazu genannt. Sie lautet 30–31.« – »Bitte, tatsächlich.« – »Ganz sicher.« – »Seltsam. Aber vielen Dank für die Auskunft. Alles Gute Major, sorry, Lieutenant Colonel Hooker. Bye-bye.«
Dengler legte auf.

»Ein solches Field Manual gibt es nicht, sagt er. Jedenfalls nicht mit diesen Nummern.«
»Kannst du ihm vertrauen?«, fragte Klein.
»Ich weiß es nicht. Aber das war meine einzige Verbindung zur amerikanischen Armee.«
»Ich hab auch eine Idee«, sagte Klein, »aber ich weiß nicht, ob es funktioniert.«
»Was?«
»Nee, Georg, ich will mal was probieren, ohne vorher viel drüber zu reden. Vielleicht klappt es.«
»O. k. Aber sei vorsichtig.«
Klein lachte.
»Mein Plan ist alles, aber nicht gefährlich. Er ist harmlos. Glaub mir.«
Dengler zuckte mit den Schultern.

Venedig, 24. Juni 2009

Als Mann mit Grundsätzen hatte Claudio Calzori feste Gewohnheiten. Jeden ersten Dienstag im Monat nahm er das Vaporetto der Linie Numero Due und fuhr von Sant'Elena bis San Marco.
Die Touristen nahm er nicht mehr wahr. Sie gehörten zur Stadt wie die Tauben. Sie waren eine ähnliche Plage: lästig, ungesund, alle möglichen Infektionen in die Stadt einschleppend, Vogelgrippe die einen, Schweinegrippe die anderen, alles verstopfend, laut, hässlich in den kurzen Shorts unter dicken Schwabbelbäuchen und über fetten Beinen, sich mit den Tauben eins machend, die sie fütterten und die sie auf ihren Händen, Armen und Schultern klettern ließen, als wären es Ratten.

Er hatte eine große Wohnung in Sant'Elena gekauft. In der Nähe des Canal Grande konnte er sich keine leisten. Hier saßen die reichen Amerikaner, der New Yorker Regisseur mit der großen Brille, den er nicht leiden konnte. Einmal hatte er einen Film von ihm gesehen, nicht weil es ihn interessiert hätte, sondern weil seine Frau ihn mitgeschleppt hatte. Scarlett Johansson spielte eine Hauptrolle. Sie allein verhinderte, dass er den Film nach fünfzehn Minuten wieder verließ. Seiner Frau hatte der Film gefallen. Nun ja, sie hatte schon immer einen merkwürdigen Geschmack. Angeblich kaufen die Russen jetzt die Palazzi auf. Und die nächste Welle wartet schon, das werden dann die Chinesen sein. Die werden in zehn oder zwanzig Jahren die Herren der Welt sein.

Alles ändert sich. Wer hätte das gedacht vor zwanzig oder dreißig Jahren, dass demnächst die Russen und die Chinesen den Ton angeben. Er hatte sich dagegengestemmt. Viel Dankbarkeit gab es dafür nicht. Eine ordentliche Rente, sicherlich. Aber irgendwie ging alles den Bach runter. Er verstand das nicht. Die Russen wechselten das Etikett auf ihrem Staat, waren jetzt nicht mehr sowjetisch, sondern nationalistisch – und plötzlich lagen sie mit protzigen Jachten gegenüber von Giudecca an der Mole und kauften die Palazzi. Die Chinesen wechselten noch nicht einmal das Etikett. Und trotzdem wurde ihnen erlaubt, Glas nach Venedig zu bringen, Glas, das aussah wie das aus Murano. Es wurde in der Stadt für ein paar Cent verkauft. Irgendwo in China wurde es von Glasbläsern für einen Hungerlohn hergestellt. Murano würde untergehen. Venedig würde untergehen. Alles, wofür er gekämpft hatte, würde untergehen.

Nur eine Frage der Zeit.

Er würde den totalen Abstieg nicht mehr erleben.

Nur die Rutschpartie dorthin.

Schlimm genug.

Mit verschlossenem Gesicht bahnte er sich den Weg durch Touristen und Tauben.

Dann saß er endlich in *Harry's Bar* an der Theke und atmete auf.
Hier war es wie immer. Wie beruhigend! Die tiefe Decke gab ihm das Gefühl, in einer Schiffsmesse zu sitzen. Die nach hinten versetzten quadratischen Fenster gaben den Blick aufs Wasser frei. Die Standuhr aus altem Holz mit dem elfenbeinernen Rand, den römischen Ziffern und den Zeigern aus Metall stand unverrückbar an ihrem Platz hinter der Bar.
Arrigo kam vorbei und begrüßte ihn. Hinter der Theke stand der Barkeeper, der hier war, seit er denken konnte. Er sah aus wie die Wiedergeburt von Lino Ventura, die gleiche untersetzte Figur, die gleichen schweren Augenlider. Sie redeten nicht viel, obwohl er schon seit Jahrzehnten Gast in *Harry's Bar* war. Lino Ventura redete ihn grundsätzlich auf Französisch mit »Mon Général« an. Wahrscheinlich hatte er ihn einmal im Fernsehen gesehen oder in einer Zeitung. Er fragte ihn immer, was er trinken wollte, obwohl er immer das Gleiche bestellte. Erst einen Bellini aus Respekt vor dem Hausgetränk der Bar und dann zwei Gin Tonic aus Respekt vor seinem eigenen Durst und Geschmack.
Mittlerweile betrug seine Rechnung sechzig Euro pro Abend. Für sechzig Euro konnte er in einem Lokal in Sant'Elena mit seiner Frau essen und eine Flasche Rotwein dazu trinken. Egal.
Der Besuch in *Harry's Bar* entschädigte ihn für die Zeiten, die er nicht mehr verstand, für den Untergang, den er überall sah und den er nicht mehr aufhalten konnte.
Er durfte nicht darüber nachdenken.
Um elf hatte er den zweiten Gin Tonic geleert und seinen Alkoholpegel erreicht. Außerdem schloss die Bar. Die Vordertür war schon abgeschlossen, und er würde wie gewöhnlich um diese Zeit durch die Nebentüre hinausgehen. Er zahlte.
Grazie, mon Général, sagte Lino Ventura.
Auf der Piazza San Marco spielten die Kapellen vor den

großen Cafés um die Wette. Keine Tauben zu sehen, aber immer noch Touristen, die vor den Balkonen standen, auf denen die Musiker Kitschmelodien geigten.
Er nahm die Überquerung an der Seufzerbrücke zu der Anlegestelle der Linie zwei. Das Vaporetto legte kurz danach an. Es stieg nur noch eine schwedische Familie mit ins Boot, die es bei Arsenale bereits wieder verließ. Er ging in das Heck des Schiffs und betrachtete seine Stadt. Wie schön sie noch immer war! Sie würde die Russen und die Chinesen überleben. Da war er sich sicher, und dieser Gedanke ermutigte ihn plötzlich.
Es war nicht alles umsonst gewesen.
Ein Schatten stand plötzlich neben ihm und nannte seinen Namen. Ein Deutscher.
Er hörte es an dem schnalzenden z in seinem Namen: Calzzzori.
Er hörte es an dem rollenden r: Calzzzorrrri.
Als er überrascht aufblickte, zog der Mann eine Waffe und schoss ihm in den Kopf.
Er war bereits tot, als er rückwärts gegen das Geländer des Bootes stieß.
Der Unbekannte nahm ihn an den Füßen und warf ihn in die Lagune.

Das Richtige zur richtigen Zeit

Jan wollte sie mit ins Fichte-Studentenheim in der Herrenberger Straße nehmen, aber das, fand Charlotte, ging dann doch zu weit. Sie mietete ein Doppelzimmer in einem kleinen Hotel unten am Neckar. Dort blieben sie und liebten sich bis zum frühen Morgen.

Jan tat immer genau das Richtige zur richtigen Zeit, so als würde er ihre Wünsche ahnen, bevor sie sich selbst darüber im Klaren war. Aber was war schon klar in einer Nacht wie dieser? Er war manchmal rücksichtsvoll, manchmal fordernd. Ihre Welt schrumpfte auf die Größe des Bettes zusammen, und außerhalb des Leintuches begann die Unendlichkeit.

»Jetzt musste ich so alt werden, um so zu – ficken«, sagte sie leise und eigentlich mehr zu sich selbst.

Jan lachte.

»Redet man so in Adelskreisen?«

»Nein«, sagte sie. »Das ist eigentlich nicht meine Wortwahl, wirklich nicht. Aber so fühle ich mich gerade.«

»Es ist das schönste Kompliment, das mir je eine Frau gemacht hat.«

»Wirklich?«

»Mmmh.«

Sie stand auf und ging an die Minibar. Sie kam mit einer kleinen Flasche Sekt und zwei Gläsern zurück.

»Wir müssen auf meine Großmutter trinken.«

»Auf deine Großmutter?«

»Ja. Sie war eine tolle, starke Frau. Ich dachte bis heute, dass sie in allem, was sie gesagt hat, recht hatte. Aber heute habe ich sie bei einem Irrtum erwischt. Das steht fest.«

»Das steht fest? Seit heute Nacht?«

»Sie hatte eine falsche Meinung zum Thema Sex.«

»Du hast mit deiner Großmutter über Sex gesprochen?«

»Sie hat sich nicht viel draus gemacht.«

»Trinken wir?«

»Auf sie und auf uns.«

Als sie getrunken hatte, nahm Jan ihr das Glas ab und stellte es auf den Nachttisch. Dann küsste er sie.

»Ich bin so froh, mit dir hier zu sein«, sagte er.

»Du hast eine griechische Nase.«

»Eine griechische Nase?«

»Klein und edel.«

»Mmh. Du weißt, was man sagt: Über die Art der Nase kann man bei einem Mann ...«

»Das ist der zweite Irrtum, den wir in dieser Nacht aufdecken.«

Die Bombe

Am Abend las Dengler die Untersuchungsberichte über die Bombe.

»Durch die Explosion entstand nur ein kleiner Krater von ca. 10 cm. Die Bombe wirkte vielmehr flächig und war deshalb so verheerend.«

Sie war mit einem Zünder versehen, aber es konnte nicht mehr festgestellt werden, ob es sich um einen Zeitzünder oder um eine ferngesteuerte Zündung handelte.

»Die Bombe bestand aus einer englischen Werfergranate, die in einer Treibgasflasche für Feuerlöscher untergebracht war. Die Granate war bei der britischen Armee von 1938 bis 1967 in Gebrauch. Geschosse dieser Art wurden bis 1970 in den Vorderen Orient veräußert. Wie die Granate in den Besitz des Köhler kam, konnte trotz intensiver Nachforschungen nicht festgestellt werden. Sie enthielt hochexplosiven, selbst hergestellten Sprengstoff, der der Wirkung von TNT entspricht. Es ist nicht anzunehmen, dass Köhler in München Selbstmord begehen wollte.«

Die Sonderkommission hatte am Tag nach der Tat die Wohnung Köhlers untersucht.

»Im Keller der elterlichen Wohnung wurde eine umfangreiche Chemikaliensammlung von 167 Flaschen mit Wirkstoffen aufgefunden. Außerdem wurden Lack- und Schleifspuren festgestellt, die nahelegen, dass Köhler hier an der Bombe gearbeitet hat.«

TNT kann man nicht im elterlichen Keller zusammenbrauen – das wusste jeder erfahrene Ermittler. Die Substanzen sind auf dem Schwarzmarkt nur für sehr viel Geld zu haben und auch das nur mit exzellenten Verbindungen. Man braucht dazu Spezialgeräte, die wiederum viel Geld kosten. TNT ist außerdem unempfindlich gegenüber äußeren mechanischen Einwirkungen. Der Bau des Zünders setzt daher ebenfalls viel Geld, Wissen und Erfahrung voraus – er muss sehr speziell konstruiert sein.
Wie soll ein 21-jähriger Student diese Bombe gebaut haben, dachte Dengler. Es ist im Grunde nicht vorstellbar.
Er erinnerte sich, einen Pressebericht zu dieser Frage gelesen zu haben. Er nahm die blaue Mappe, die er vom BKA erhalten hatte, blätterte, bis er den Bericht gefunden hatte. Es ging darin um die Chemikalien in der elterlichen Wohnung. Es war ein Bericht der Süddeutschen Zeitung vom 4. Oktober 1980. Die Angehörigen nahmen darin Gundolf Köhler in Schutz: *Die sichergestellten insgesamt 167 Chemikalienflaschen stammten alle aus der Schüler- und Studentenzeit eines Bruders, der Diplom-Chemiker sei,* hieß es. *Sie stellten die normale Ausrüstung eines Chemie-Labors dar.*
Im Grunde wusste die Sonderkommission also nichts. Nichts über den Sprengstoff, nichts über den Zünder.
Blieb der Feuerlöscher, in dem die Bombe und die Metallsplitter steckten.
Jeder Feuerlöscher hat eine individuelle Seriennummer. Sie ist in den Metallkörper eingestanzt. Vielleicht konnten die Kollegen diese Stanznummer rekonstruieren?
Das war eine Spur. Dann konnte man herausfinden, wo der Feuerlöscher – möglicherweise – gestohlen worden war. Vielleicht gab es in dem Zusammenhang Ermittlungen? Fingerabdrücke? Stoffspuren? Genetisches Material?
Irgendetwas.
Er suchte in den Unterlagen.
Aber er fand nichts.

Keine Sicherstellung dieser Nummer.
Niemand schien sich dafür interessiert zu haben.
Dengler konnte es nicht glauben.
Der Fall wurde immer merkwürdiger.
Er schrieb eine Mail an Jürgen Engel beim BKA.

> Lieber Jürgen, wenn Du in den Asservaten den Finger sicherstellst, bring auch die Überreste des Feuerlöschers mit nach Wiesbaden. Wir sollten dort nach der eingestanzten Seriennummer suchen. Das könnte eine wichtige Spur sein.
>
> Gruß aus Stuttgart
> Georg

Gab es vergleichbare Fälle?
Auch das war eine polizeiliche Routinefrage.
In Deutschland gab es sicher keinen vergleichbaren Anschlag. Das hätte er gewusst. Aber wie sah es im Ausland aus? Vielleicht im Nahen Osten?
Er griff zum Hörer und rief Leopold an.
Leo, das lebende Lexikon mit Zugang zu den Tiefen und Untiefen eines gut gefüllten Zeitungsarchivs.
»Sorry, dass ich dich am Abend noch störe.«
»Kein Problem. Ich schreibe noch.«
»Sag, kennst du ein vergleichbares Attentat wie das Münchener? Irgendwo auf der Welt? In den vergangenen rund 30 Jahren?«
»Du arbeitest immer noch an der Oktoberfest-Sache?«
»Ja.«
»Nun, ich muss nachdenken. Doch, da gab es noch dieses furchtbare Attentat auf den Bahnhof von Bologna …«
»Stimmt. Ich erinnere mich …«
»Noch mehr Tote, damals. Sollen auch die Neonazis gewesen sein, wenn ich es richtig weiß, diesmal die italienische

Sorte. Es sollte so aussehen, als seien es die Linken gewesen. Das flog aber irgendwie auf.«

»Haben sie auch einen Feuerlöscher verwendet, in dem die Bombe steckte?«

Leopold Harder lachte.

»Georg, so gut erinnere mich nun auch wieder nicht. Aber frag doch Mario. Unseren Halbitaliener.«

»Nur weil er Italiener ist, muss er das doch nicht wissen.«

»Versuch es. Wenn du willst, mach ich morgen eine Archivrecherche.«

»Das wäre prima. Danke.«

★★★

Dengler wählte Marios Nummer. Tatsächlich war er zu Hause und kochte einmal nicht für irgendwelche Gäste.

Er fiel mit der Tür ins Haus: »Mario, sagt dir das Attentat auf den Bahnhof von Bologna etwas?«

»Machst du Witze? Das vergisst kein Italiener.«

»Du bist kein Italiener, Mario.«

»Ich bin kein Italiener? Warum sagst du mir so etwas? Weißt du nicht, wie ich aussehe, meine schwarzen Haare, mein Temperament, meine Liebe für die Frauen, oh …«

»Mario, wir sind beide als Halbwaisen in Altglashütten aufgewachsen. Das liegt nicht in den Abruzzen, sondern im Schwarzwald. Schon vergessen?«

»Nein, natürlich nicht. Ein bisschen Show muss sein. Aber das mit dem Attentat weiß ich trotzdem. Neonazis. Ein fürchterlicher Anschlag.«

»Kannst du mir etwas darüber erzählen?«

»Sicher. Komm doch vorbei. Ich mache Pasta, und ich wollte eh einen neuen Drink ausprobieren.«

»O. k. Ich bring Martin mit, ja?«

»Unseren unglücklich Verliebten! Bring ihn mit. Der neue Drink hat heilende Kräfte.«

Überwachung

Gisela Kleine war nicht ohne Grund in dem männerdominierten Geheimdienst so schnell nach oben gestiegen. Ihr Verdienst war, dass sie die Observationstechnik des Verfassungsschutzes vollständig revolutioniert hatte. Eigentlich hatte sie Arabistik und Politik in Berlin und Kairo studiert, ein brotloses Studium, aber immerhin sprach sie Arabisch, kannte sich im Nahen Osten aus und träumte von einer Zukunft im diplomatischen Dienst. Stattdessen stieß sie in der Zeit, als sie eine Stelle suchte, auf eine Ausschreibung des Bundesamtes für Verfassungsschutz, bewarb sich und wurde eben wegen ihrer Kenntnisse genommen.

Doch schon bald merkte sie, dass sie die Lektüre und das Übersetzen von arabischen Schriften, Websites, Fernseh- und Radiosendungen langweilten. Sie bewarb sich intern in die Abteilung für Observation – und dachte, sie sei in der Steinzeit angekommen.

Es waren die ewig rauchenden, Lederjacken tragenden, Audi fahrenden Kollegen, denen man den Schnüffler schon auf 100 Meter ansah. Typen, die gewohnt waren, dass sie stundenlang in einem Auto auf eine Haustüre starrten und nebenbei Pornohefte lasen, die sie untereinander weitergaben. Typen mit Kreuzschmerzen und dicken Frauen, die fremdgingen, sooft sich die Gelegenheit ergab, und zu viel tranken. Ihr war, als sei sie nur von Klischee-Geheimdienstleuten umgeben.

Sie kündigte nach zwei Monaten und wurde zu ihrer Überraschung zum Präsidenten gerufen.

Sie wolle ihr Leben nicht mit lauter unprofessionellen Idioten verbringen, sagte sie zu ihm.

Ob sie sich vorstellen könne, an einem Konzept mitzuarbeiten, bei dem es darum ging, diese Abteilung auf den neuesten Stand zu bringen und mit den neuesten Techniken auszustatten?

Mit diesen Leuten?
Nicht unbedingt, sagte der Präsident. Sie bat um Bedenkzeit, dann willigte sie ein.
Sie setzte auf ausgebildete Laien. Sie warb Leute an, die nichts mit dem Verfassungsschutz zu tun hatten, Hausfrauen, Rentner, Studenten. Oft wussten diese Personen noch nicht einmal, dass ihr Auftraggeber der Verfassungsschutz war, denn sie gründete scheinbare Privatagenturen, die sie zwischen den Dienst und die Überwacher schaltete.
Nach einem Jahr lief eine Observation anders ab. Wenn der Verfassungsschutz jetzt ein Haus überwachte, dann schob am Morgen eine junge Mutter ihren Kinderwagen vor der Tür auf und ab, danach ging ein Lehrer auf dem Weg zur Schule daran vorbei, später eine Rentnerin mit Einkaufskorb. Es waren völlig normale Leute, die die Aufgaben der Lederjackenburschen übernommen hatten.
Die meisten von ihnen wussten nicht einmal, dass sie für den Verfassungsschutz arbeiteten. Sie dachten, sie wären für eine der Sicherheitsagenturen tätig, die Gisela Kleine gegründet hatte.
»Outsourcing! Sehr gut, sehr modern«, hatte der Präsident gesagt, als er ihr Konzept absegnete.
Und es wurden neue Techniken verwendet. Miniaturkameras mit Hightechzoom, die Filme sofort auf einen mitgeführten Laptop übertrugen, der sie wiederum sofort in das Rechenzentrum ihrer Abteilung überspielte.
Es hatte noch keinen Fall gegeben, bei der eine ihrer Observationen aufgeflogen war. Sie war ein Star in dieser Branche. Umso mehr ärgerte sie sich, dass Leitner zum Leiter dieser Task Force ernannt worden war.
Wieder so ein Kerl der alten Lederjackenfraktion.
Sie war viel besser. Sie wusste es. Und der Beweis dafür war, dass Hans Leitner nicht merkte, dass er von ihr überwacht wurde.
Es war ein großes Aufgebot, das Leitner nun folgte. Die Per-

sonen lösten sich rasch ab, und er merkte so wenig von der Überwachung wie andere.
Das Risiko war hoch. Immerhin überwachte sie einen Kollegen.
Illegal.
Nun gut: Sie überwachten auch eine Staatssekretärin.
Superillegal.
Doch sie wollte es wissen: Was für ein Geheimnis verbarg sich hinter Leitner? Irgendetwas wurde dort ausgebrütet.
Und vor ihr wurde dieser Plan geheim gehalten.
Nun, sie würde es herausfinden.

Kein Mann nur für eine Nacht

Glücklich und zerschlagen hatte sie sich gefühlt am Morgen. Übernächtigt und erfüllt.
Jan und Charlotte frühstückten im Speisesaal des Hotels, das einen Blick auf das träge Wasser des Neckars freigab. Die ersten Stocherkähne schleppten Touristen den Fluss hinauf und hinab.
Ich werde nicht fragen, ob wir uns wiedersehen, dachte sie. Das ist seine Sache. Wenn er nicht will, dann war's das eben. Er ist zwar sehr jung, aber immerhin ein Mann.
Und diese Frage zu stellen, war eindeutig Männersache.
Sie sah zu ihm hinüber, wie er verlegen in einem Müsli stocherte, und ihr wurde ganz warm ums Herz.
»Sehen wir uns wieder?«, fragte sie leise.
Er sah sie überrascht an. Sein fast verzweifelter Blick rührte sie.
»Das wollte ich dich eben auch fragen. Magst du denn? Mich wiedersehen?«

»Sehr.«
»Ich bin kein Mann nur für eine Nacht.«
Sie lachten beide.
»Und ich muss jetzt los. Vorlesung.«
»Da war das Studentenleben zu meiner Zeit aber anders. So früh hätten wir nicht angefangen.«
Er hielt mitten in der Bewegung inne.
»Das hat uns deine Partei aber verdorben. Mit dem ganzen Bachelor- und Master-Scheiß.«
Sie schwieg. Über Politik wollte sie zuallerletzt mit ihm reden. Das würde vermintes Gebiet sein. Eine jähe Sehnsucht überkam sie.
Er sagte: »Gestern Abend, das war alles ernst gemeint?«
»Oh, was habe ich gesagt?«
»Dein Engagement für das NPD-Verbot. Erinnerst du dich noch?«
»Da war jedes Wort so gemeint, wie ich es ausgesprochen habe.«
Sie zögerte: »Und alles, was ich im Bett gesagt habe, auch.«
»Bekomme ich deine Handynummer?«
»Und ich deine?«
Sie tauschten die Nummern, als wäre es ein Verlobungsakt.

Auf die Frauen

Vor einigen Monaten war Mario umgezogen. In dem großen Haus in der Mozartstraße hatte er seine Kisten und Koffer gepackt und wohnte nun mit Anna, seiner Frau, im Hinterhof eines Hauses in der Reinsburgstraße. Wochenlang hatten sie gestrichen und gehämmert, Leitungen, Rohre und Böden neu verlegt, und mittlerweile war ihr Domizil fertig.

Es umfasste nicht nur ihre Wohnung, sondern auch die ehemalige Werkstatt einer Gießerei, die sie nun als ihr Atelier benutzten oder für Veranstaltungen vermieteten.

Die beiden Künstler betrachteten ihre Wohnung nicht als Privatraum, sondern ebenfalls als Kunstwerk, als soziale Plastik, wie Mario sagte, in das Freunde ebenso einbezogen wurden wie die häufigen Gäste, die gern und gut in St. Amour speisten.

Im Augenblick bereiteten sie eine neue Ausstellung vor. »Alles nur Puppen« sollte sie heißen. Lebensgroße und völlig echt aussehende Puppen sollten wie Banker an Schreibtischen vor Bildschirmen sitzen, und eine sollte einen Platz hinter einem Rednerpult finden.

»Wir arbeiten daran, sie beweglich zu gestalten, zumindest teilweise, in ganz kleinen Nuancen«, sagte Mario und wies in Richtung Werkstatt, wo durch die Glastür die Silhouetten einiger Torsos zu erkennen waren. »Zur Ausstellungseröffnung soll es eine Choreografie geben, minimale Bewegungen, alles nur angedeutet, völlig reduzierte Gestik. Anna arbeitet an einer Art Marionettensystem, mit fast unsichtbaren Fäden, das funktioniert bereits sehr gut und sieht bei diesen kleinen Gesten wirklich verblüffend echt aus. Kein statisches Kunstwerk: Die Puppen sitzen da nicht unbeweglich rum, sondern werden alle paar Minuten eine kleine Bewegung machen – das hat eine unglaubliche Wirkung, glaub mir.«

Er führte Georg und Martin zum Eingang des Wohnbereichs.

»Georg, wir wollen dich ausmessen. Du hast Idealmaße. Die Puppen müssen ja von den Proportionen, dem Gewicht, der ganzen Figur echt wirken. Anna nimmt deine Maße, und dann mixe ich euch den neuen Drink.«

Bevor Dengler etwas sagen konnte, erschien bereits Anna, lächelnd, mit einem Maßband in der Hand.

***

Ein halbe Stunde später saßen sie in der Küche.
»Es gibt einen Drink, dessen Rezept mir ein Freund und Stammkunde verraten hat«, sagte Mario. »Ich nenne ihn Schorlaunovska.«
»Merkwürdiger Name«, sagte Klein.
»Stimmt«, sagte Mario. »Schmeckt trotzdem.«
Er nahm vier Grapefruits aus einem Korb, halbierte sie und begann die Hälften auszupressen.
»Du willst etwas über das Attentat von Bologna wissen?«, fragte er Dengler währenddessen.
»Ja.«
»Das Problem ist: Wenn ich jetzt diese Geschichte über Italien erzähle, denkt ihr wieder, um wie viel besser es doch in Deutschland ist. Wenn ich irgendetwas hasse, dann ist es das beschissene und durch nichts zu rechtfertigende deutsche Überlegenheitsgefühl.«
»Mario, jetzt übertreib mal nicht«, sagte Martin Klein.
»Dann beantwortet mir mal die folgenden drei Fragen: In welchem Land wird ein ehemaliges Softporno-Starlet als Ministerin gehandelt? Zweite Frage: In welchem Land verfügt eine einzige Person über 80 Prozent der Boulevardpresse? Und drittens: In welchem Land werden Betriebsräte großer Konzerne auf Firmenkosten in einen Puff geflogen? Die Antworten, bitte! Georg zuerst.«
»Das ist einfach«, sagte Dengler. »Das ist Italien, wie es leibt und lebt.«
»Jetzt du, Martin.«
»Bella Italia. Ganz klar.«
»Falsch. Es handelt sich um Deutschland. Frau Wöhrl gehört der CSU an. Sie ist Staatssekretärin im Wirtschaftsministerium und spielte eine Rolle in dem Pornostreifen ›Die Stoßburg‹. Der Medienmogul heißt Mathias Döpfner und dirigiert den Springer-Konzern. Und die Spesenbumser waren Betriebsräte von VW. Ihr habt eine völlig falsche Vorstellung von eurem eigenen Land. Ihr haltet es für liberal und aufgeklärt.«

»Deutschland ist liberal und aufgeklärt«, sagte Dengler.
»Du hast keine Ahnung, Georg. Wirklich, es tut mit leid, aber du hast keine Ahnung. Wir haben uns lustig gemacht über die Amerikaner, als die noch auf die Lügen von Bush hereinfielen. Wir fühlen uns viel klüger als die Italiener, die diesen Clown Berlusconi wählten. Wir würden das nie tun, denn wir sind aufgeklärt. Wir lachen über die Franzosen, die der Grande Nation nachtrauern. Warum sehen ausgerechnet wir Deutschen die Dinge zutreffender als diese Völker?«
»Sag es uns.«
»Weil wir nicht den Lügen der amerikanischen, der italienischen, der französischen Regierung ausgesetzt sind. Diese Lügen sind ja immer auf das eigene Volk gemünzt. Deshalb sehen wir klarer. Manchmal jedenfalls.«
»Du meinst: Jeder sieht sein Land positiver, als es ist. Gerade die Deutschen.«
»Ich frage: Was ist mit den Lügen, die an *uns* adressiert sind? Erkennen wir die? Offensichtlich nicht, sonst würden wir wahrscheinlich nicht sagen, Deutschland sei ein liberales Land.«
»Und du siehst alles nur schwarz.«
Eine leicht feindselige Stimmung, vielleicht nur eine Irritation, machte sich für einen Augenblick in Marios Küche breit.
Dann lachte Mario und löste das Schweigen auf.
»Jetzt zu eurer Frage. Es war 1980 im Sommer.«
»Im gleichen Jahr wie das Attentat auf das Münchener Oktoberfest …«
»Georg, bitte unterbrich mich nicht, wenn ich erzähle.«
»Sorry.«
»Die Bombe war in einem Koffer versteckt und wurde im gut besetzten Wartesaal des Bahnhofs von Bologna gezündet. Vormittags um halb elf. Die Explosion war verheerend. Der größte Teil des Bahnhofs war kaputt. Der Wartesaal

brach über den Wartenden zusammen. Viele wurden von den Trümmern erschlagen und verschüttet. Einheimische, Pendler, Touristen. Männer, Frauen, Kinder. Gnadenlos. Ich hab vorhin noch mal im Netz nachgeschaut: 85 Tote und 200 Verletzte. Die Stadt war nicht auf einen solchen Anschlag vorbereitet. Es gab nicht genügend Krankenwagen. Busse und Taxis transportierten die Verletzten in die bald überfüllten Krankenhäuser.«
Mario schnitt eine neue Grapefruit auf und presste sie aus.
»Die damalige Regierung erklärte sofort, es seien die militanten Linken der Roten Brigaden gewesen, um die Wut der Bevölkerung auf diese zu lenken. Doch dann ...«
»Erzähl schon weiter«, sagte Klein. »Man kann auch auspressen und dabei erzählen.«
»Die Hinterbliebenen gründeten eine Organisation und ließen sich nicht mit Regierungserklärungen abspeisen, die allesamt nichts als Lügen waren. Es stellte sich heraus, dass es Neofaschisten gewesen waren und dass offizielle Geheimdienste versucht hatten, dies vor dem Gericht zu verschleiern.«
»Das kann ich nicht glauben«, sagte Dengler. »Warum sollten die so etwas machen?«
»Das kannst du glauben. Es ist bewiesen. Die zwei Neofaschisten Valerio Fioravanti und Francesca Mambro wurden zu lebenslangen Haftstrafen verurteilt. Zwei Offiziere des Militärgeheimdienstes wurden wegen Behinderung der Justiz verurteilt. Der Vorsitzende der Loge Propaganda Due oder kurz P2, Licio Gelli, wurden ebenfalls wegen Behinderung der Justiz verurteilt.«
Mario füllte den ausgepressten Saft in drei Gläser.
»Etwa ein Drittel des Drinks besteht aus Grapefruitsaft. Wenn man ihn etwas dünner haben will, nimmt man mehr. Denn jetzt kommt: Campari.«
Er nahm eine Flasche Campari aus dem Regal und füllte die Gläser bis zu etwas mehr als der Hälfte auf.
»Und nun meine Herren«, sagte Mario und ging zum Kühl-

schrank, »kommt der dritte Bestandteil. Cremant, Cava oder ein guter deutscher Sekt.«

Er nahm eine Flasche aus dem Kühlregal und goss die Gläser bis zum Rand voll.

»Bitte sehr. Der vollendete Aperitif.«

Sie tranken.

Es schmeckte fruchtig, genau das Richtige für diesen Abend.

»Wie wär's mit Spaghetti aglio e olio?«

»Fantastisch«, sagte Martin Klein. »Niemand macht die so gut wie du.«

»Pikante, bitte«, sagte Dengler.

»Selbstverständlich, eine Frage der Chilis.«

Er nahm einen großen Topf vom Haken überm Herd, füllte ihn mit Wasser und stellte ihn auf den Herd.

»An die Arbeit, Freunde. Martin, schneide du Knoblauch. Vier Zehen oder fünf. Georg, du gehst in den Garten und schneidest eine Handvoll glatter Petersilie. Aber erst lasst uns die Gläser heben. Wir trinken auf einen schönen Abend und …«

»Auf Betty«, sagte Klein.

Verdutztes Schweigen.

»Auf Betty und Martin«, sagte Dengler.

Sie stießen die Gläser zusammen und tranken.

★★★

Kurze Zeit später standen sie in der Küche. Dengler schnitt die Petersilie, Klein den Knoblauch und Mario Tomaten.

»Woran erkennt man gute Spaghetti?«, fragte Mario.

»Keine Ahnung«, sagte Dengler.

»Ganz einfach.«

Mario hielt eine Faust voll Spaghetti in die Höhe.

»Gute Spaghetti sind aufgeraut. Warum?«

»Keine Ahnung«, sagte Klein.

»Damit sie die Pastasoße besser annehmen. Pastasoße muss

an den Pasta hängen bleiben. Das ist auch der Grund, warum man nie Öl ins Spaghettiwasser kippen soll. Machen viele deutsche Hausfrauen, ist aber falsch. Das Öl weist dann die Soße ab. Falsch. Sehr falsch.«
Er warf Salz ins mittlerweile kochende Wasser und die Spaghetti hinterher.
»Eigentlich wollten wir keine Kurzausbildung zum Koch bei dir machen, sondern etwas über das Attentat von Bologna erfahren«, sagte Dengler schmunzelnd.
»Gelli hat man nicht bekommen. Er ist in die Schweiz geflohen. Soweit ich weiß, lebt er heute noch. Mittlerweile in der Toskana. Die verurteilten beiden Attentäter sind wieder auf freiem Fuß. Und wisst ihr, wer das Mitglied Nummer 1816 in der Loge P2 war?«
Er nahm die große Pfanne und kippte Olivenöl hinein.
»Mitglied der P2 mit der Nummer 1816 war seit 1978 auch der damalige Bauunternehmer Silvio Berlusconi. Heute Ministerpräsident.«
»Typisch Italien!«, sagte Dengler neckend.
»Georg ... Du bist einfach naiv. Aber jetzt schnell: Knoblauch und die Chilis rein. Martin, rühr du und gib, kurz bevor die Nudeln fertig sind, etwas vom Spaghettiwasser dazu. Dazu gibt es einen guten hiesigen Wein. Fast aus der Nachbarschaft. Vom Rotenberg. Untertürkheim und Uhlbach. Ihr werdet erstaunt sein. Ein Rotweincuvée aus Pinot Noir, Merlot und Cabernet Mitos. Heißt Salucci ...«
»Können wir nicht schon mal trinken?«, sagte Klein.
»Bei diesem Wein«, fuhr Mario fort und nun dozierte er sogar ein wenig, »ahnt man keine Württemberger Herkunft, aber der Tropfen kann international absolut mithalten.«
Dengler fragte: »Und warum heißt er Salucci und nicht ...«
»Häberle?«, schlug Klein vor.
»Leute, seid ernsthaft. Der Namensgeber war Giovanni Salucci, Erbauer der Grabkapelle auf dem Württemberg und dem Schloss Rosenstein, dem Löwentor und ...«

»Woher weißt du das alles?«, fragte Klein.
»Weil ich den Wein kennen will, den ich mit meinen Freunden trinke. Und jetzt lasst uns anstoßen. Es gibt noch ein paar Flaschen davon.«
»Ich darf nicht zu viel trinken«, sagte Klein. »Ich fliege morgen nach Berlin.«
»Nach Berlin? Aber doch nicht etwa wegen dem Field Manual?«, fragte Dengler.
»Doch. Aber mach dir keine Sorgen. Es ist nur ein Versuch. Vielleicht habe ich Erfolg. Vielleicht nicht.«
»Dann lass uns trinken«, rief Mario aus. »Auf Georg Dengler und sein Team.«
»Sein Dreamteam«, sagte Klein.
»Nicht gleich übertreiben«, sagte Dengler.
Sie tranken. Mario füllte die Gläser nach.
»Aber wir sind nicht komplett. Lasst uns auch auf die Abwesenden trinken. Auf Anna«, sagte er.
Sie tranken.
»Auf Olga«, sagte Dengler.
Sie tranken.
»Auf Betty«, sagte Martin Klein.
Kurzes Zögern.
Dann tranken sie.

Der beamtete Staatssekretär

Der Fahrer brachte Dr. Gustav Huber direkt vor das gläserne Eingangsportal des Innenministeriums. Er sprang aus dem Wagen und öffnete die Fondtür. Huber sprang heraus. Agil, wach, schnell und gefährlich. Er rannte fast im Laufschritt auf die Pförtnerloge zu. Die Pförtner schossen erschreckt

von ihren Stühlen. Einer griff sich an die Hüfte. Erschöpft ließen sie sich wieder auf die Stühle sinken, als Huber verschwunden war.
»Kaffee«, fauchte er seine Sekretärin an und eilte mit langen Schritten in sein Büro.
Diese verfluchte Gräfin. Die blöde Kuh. Dieser beschissene Adel.
Agierte hinter seinem Rücken.
Versuchte das BKA für ihre Privatziele zu instrumentalisieren.
Sollte er dem BKA-Präsidenten eine Weisung schicken, dass er die Finger von der Sache zu lassen habe?
Das wäre vielleicht nicht klug. Die Schmoltke hat sich sicher Rückendeckung vom Minister geholt.
Oder gar von der Kanzlerin.
Mit der konnte sie doch so gut.
Er musste vorsichtig sein.
Nichts direkt unternehmen. Da konnte er nur verlieren. Das wollte er nicht.
Ich krieg dich noch an den Eiern zu fassen, dachte er, aber dann fiel ihm auf, dass das kein passendes Bild war.
Das machte ihn noch wütender.
Er griff zum Telefon.
»Gucken Sie mal, ob die Schmoltke schon da ist«, blaffte er seine Sekretärin an.
Im Nebenzimmer stand diese auf, ging in den Flur, ein Zimmer weiter zum nächsten Vorzimmer.
»Ist Frau von Schmoltke schon da?«
»Nein. Sie hat von zu Hause angerufen und alle Termine für heute abgesagt. Ihr ist es nicht gut.«
Sie ging zurück und teilte dies ihrem Chef mit.
Doch der schien sie nicht zu hören.
»Ja, ist gut«, sagte er, nachdem sie sich wiederholt hatte.
Er las stirnrunzelnd eine E-Mail.

Am Morgen danach

Wenn er den Kopf nur ein wenig drehte, schwappte das Hirn an die Schädeldecke. Der Schmerz zog vom Kopf ausgehend durch den ganzen Körper. Er durfte sich nicht bewegen. Vor allem den Kopf durfte er nicht bewegen.
Wenn nur das Telefon nicht so hartnäckig klingeln würde. Langsam kehrte die Erinnerung an den Abend bei Mario zurück. Er hatte zu viel Rotwein getrunken. Heute würde er einen Aspirintag einlegen müssen.
Das Telefon rasselte wie eine Kettensäge.
Er stützte sich mit einer Hand ab und richtete sich auf.
Sein Hirn hüpfte wie eine schlecht gespielte Billardkugel in seinem Schädel hin und her.
Das Telefon gab nicht auf.
Er stand vorsichtig auf, ging langsam, Schritt für Schritt, hinüber und nahm ab.
»Georg, bist du's? Hab ich dich geweckt? Es ist schon nach zehn.«
Er erkannte die Stimme von Leopold Harder.
»Martin und ich waren bei Mario. Es ging etwas länger.«
»Deiner Stimme nach zu urteilen bis zum Hellwerden.«
»Fast.«
»Ich ruf an wegen dem Field Manual 30–31. Du erinnerst dich? Ich sollte recherchieren ...«
»Ich erinnere mich. Mühsam. Aber ich erinnere mich.«
»Das ist eine heiße Kiste, Georg. Da musst du vorsichtig sein. Versuch mir zuzuhören, Georg, ja?«
»Was ist damit?«
»Bisher ist das Ding unveröffentlicht. Aber alle, die es hatten, starben oder verschwanden.«
»Starben oder verschwanden?«
»Es gibt eine interne Liste für Journalisten. Welche Themen lebensgefährlich sein können. Da steht das Field Manual

ganz oben. Ein türkischer Kollege der Zeitung *Baris* hatte Mitte der Siebzigerjahre eine Veröffentlichung des Dokuments angekündigt. Er verschwand spurlos. Bis heute. 1981 wurde die Tochter Licio Gellis verhaftet ...«
»Gelli?«
»Ja, sagt dir der Name etwas?«
»Mario hat gestern Abend diesen Namen erwähnt. Loge P2. Er hat den Namen in Zusammenhang mit dem Attentat auf den Bahnhof von Bologna genannt.«
»Genau. Dessen Tochter wurde auf dem Flughafen von Rom verhaftet, als die Loge ihres Vaters aufflog. In ihrem Gepäck, in einem doppelten Boden, fand die Polizei das Field Manual 30–31. Es verschwand dann aber wieder.«
»Mein Gott ...«
»Was ist?«
»Warte.«
Dengler legte den Hörer auf den Tisch und rannte in langen Schritten in den Flur. Sein Kopf dröhnte, aber das war jetzt egal.
Er klopfte an Martin Kleins Wohnungstür.
Nichts.
Er klopfte fester.
»Martin!«
Er schlug gegen die Tür.
»Martin, mach auf! Ich bin's. Georg. Schläfst du noch?«
Nichts rührte sich.
Martin Klein war bereits unterwegs – auf der Suche nach dem Field Manual 30–31.

Observationsberichte

Gisela Kleine las die Observationsberichte des letzten Tages.
Der Stuttgarter Privatdetektiv hatte sich mit zwei Freunden betrunken. Er war mit einem Freund unsicheren Schrittes erst um halb zwei wieder zu Hause gewesen.
Leitner ist doch ein Arschloch, dachte sie. Was will er denn von diesem Idioten? Er verursacht wegen diesem Säufer Kosten, die von meinem Budget zehren.
Vielleicht kann ich ihm daraus einen Strick drehen.
Vielleicht hat er noch eine persönliche Rechnung mit diesem Dengler offen. Und begleicht sie nun auf meine Kosten.
Dann kann er sofort in seinen dämlichen Ruhestand gehen.
Dann kann er wieder Lederjacken tragen, so viel er will.
Aber die zweite Information war wesentlich interessanter.
Die kleine blaublütige Staatssekretärin hatte an einer obskuren Diskussion in Tübingen teilgenommen. Sehr engagiert. Die Veranstaltung war auch von den Stuttgarter Kollegen beobachtet worden. Sie las den Bericht.
Eine gewisse Verunsicherung des leitenden Beamten klang durch.

> Wir beobachten die Aktivitäten des antimilitaristischen Informationsdienstes seit Gründung dieser Organisation. Nunmehr sind Zweifel aufgekommen, da ein Regierungsmitglied als Diskutantin auf einer Veranstaltung dieser Organisation aufgetreten ist. Wir erörtern daher, ob es ggf. richtig ist, die Beobachtung vorläufig auszusetzen.
> Bisher ist diese Gruppierung nicht in den Landesverfassungsschutzbericht aufgenommen worden, wegen der engen familiären Verquickung eines der Protagonisten dieser Gruppe ...

Blah, blah, blah, dachte sie.
Also nur Absicherung. Wie viel Papier beamtete Menschen verwenden, nur um sich vor Fehlern zu schützen! Da könnten viele Wälder gerettet werden.
Der Bericht ihrer Leute war wesentlich interessanter als der des Stuttgarter Landesamtes.
Die Schmoltke war nach der Veranstaltung mit dem Hauptverfassungsfeind dieser Gruppe erst noch in ein Lokal namens *Boulanger* gegangen und dann, ja dann – hatte sie ihn mit in ein Hotel genommen.
Sie pfiff durch die Zähne.
Sie sah sich die Fotos der beiden am Frühstückstisch an.
Verliebte Blicke.
Von beiden Seiten.
So jung hatte sie die Schmoltke noch auf keinem Foto gesehen.
Der Knabe sah auch gut aus.
Den würde keine Frau so leicht von der Bettkante stoßen.
Sie auch nicht.
Eine heiße Information.
Sollte sie diese an Leitner weitergeben?
War das klug?
Vielleicht sollte sie sich direkt an den Staatssekretär Huber wenden.
Der würde die Information zu schätzen wissen.
Aber das wäre die Umgehung aller Dienstwege.
Und die sind auch beim Geheimdienst heilig.

Unauffindbar

Dengler rannte zurück in seine Wohnung.
»Leopold, ich rufe nachher zurück.«
Er legte auf.
Er wählte Martins Handynummer.
Eine Stimme sagte ihm, dass der Teilnehmer im Augenblick nicht zu erreichen sei, dass er aber per SMS eine Rückrufbitte erhalte, wenn er jetzt die Taste eins drücke.
Dengler drückte die Taste eins.
Er hatte den Fall unterschätzt. Er hatte den Fehler gemacht, den Hinweis von Dr. Schweikert zu unterschätzen. Er hatte ihn falsch verstanden.
Martin war in Gefahr und wusste es nicht.
Er war schuld.
Er musste ihn finden.
Dengler zog sein Handy aus der Tasche und wählte Engels Nummer. Doch dann unterbrach er die Verbindung. Nicht mit dem Handy, dachte er.
Er zog sich Jeans und T-Shirt an und rannte hinunter auf die Straße. Am Breuninger-Kaufhaus bog er links ab. Er lief bis zu den Telefonzellen am Leonhardsplatz.
Engel meldet sich sofort.
»Bitte, Jürgen, ich brauche umgehend eine Handyortung. Es geht um unseren Fall, und es ist absolut eilig. Wo ist der letzte Standort folgender Nummer …«
Er sprach langsam Martin Kleins Handynummer in den Hörer. Engel wiederholte sie und versprach, sich gleich zu melden.
»Ruf mich in der Telefonzelle an, unter der Nummer, unter der ich dich gerade anrufe. Wir müssen aufpassen. Ich habe mich verschätzt.«
Dengler wusste nicht mehr, wie lange er ungeduldig vor der Telefonzelle auf und ab gegangen war. Es kam ihm wie

eine halbe Ewigkeit vor. Er riss den Hörer herunter, als es klingelte.

»Letzter Kontakt mit dem Funknetz heute Morgen um acht auf dem Stuttgarter Flughafen. Seitdem wurde das Handy nicht mehr angestellt.«

Dengler trat wütend gegen einen Papierkorb.

Er rannte zurück in sein Büro. Im Internet fand er die Nummer von Betty Gerlach.

»Hallo«, sagte der Anrufbeantworter. »Betty ist im Augenblick leider nicht zu Hause. Du kannst mir allerdings eine Nachricht an sie anvertrauen. In dringenden Fällen ruf auf dem Handy an.« Es folgte eine Mobilnummer.

»So eine Überraschung«, sagte sie.

»Ich suche einen Freund. Der bei uns am Tisch saß. Martin Klein. Du erinnerst dich an ihn?«

»Ja. Der Stille. Der, der nicht mit mir spricht.«

»Genau der. Hat er sich vielleicht heute bei dir gemeldet?«

Sie lachte.

»Nein. Der sieht mich doch gar nicht an.«

Wenn du wüsstest, dachte Dengler.

»Man weiß nie ...«, sagte er. »Also, sollte er sich je melden, sag ihm bitte, er soll mich dringend anrufen, ja?«

»O. k.«, sagte sie und legte auf.

Dengler hatte sich schon lange nicht so verzweifelt gefühlt.

Er rief auf dem Flughafen an.

Er benutzte wieder die Zauberworte: »Dengler, Bundeskriminalamt, ich brauche dringend die Buchungsdaten eines gewissen Klein, Martin. Er müsste heute Morgen nach Berlin geflogen sein. Wann hat er den Rückflug gebucht? – Ja, ich bleibe am Apparat. – Um 20.10 Uhr kommt er in Stuttgart an. Herzlichen Dank.«

Abhörprotokolle

von: Edgar Fiedler, ITZ
an: Hans Leitner, Leiter Task Force Berlin
Telefonat von Privatdetektiv Georg Dengler mit Jürgen Engel, BKA 16.15
Dengler hat Engel beauftragt, eine DNA-Analyse des Fingers anfertigen zu lassen, der noch in der Asservatenkammer der Bundesanwaltschaft liegt, sowie die Überreste des Bombenbehälters nach Wiesbaden bringen zu lassen. Sie wollen die Stanznummer des Feuerlöschers feststellen, der die Hülle der Bombe war.

Von: Gerhard Klink, Task Force Berlin
An: Hans Leitner, Leiter Task Force Berlin
Das Bundeskriminalamt (Jürgen Engel) hat beim Generalbundesanwalt die Asservate (1 herrenloser Finger, Reste eines Feuerlöschers) beantragt.

Von: Gisela Kleine, Task Force Berlin
An: Hans Leitner, Leiter Task Force Berlin
Georg Dengler hat sich gestern Abend mit zwei Freunden (Martin Klein und ein gewisser Mario Ohno) in der Wohnung Mario Ohnos in der Stuttgarter Reinsburgstraße betrunken. Keine besonderen Vorkommnisse.
Frau von Schmoltke war bei einer Podiumsveranstaltung des »Antimilitaristischen Forums« Tübingen. Das Forum wird vom LfV Stuttgart überwacht. Bericht anbei. Sie übernachtete im Tübinger Hotel Berger am Neckar. Für den heutigen Tag hat sie alle Termine abgesagt.
Bin nicht sicher, ob die Überwachung von Georg Dengler noch erforderlich ist.

Diese blöde Kuh, dachte Leitner, als er den Bericht las. Die Überwachung bleibt. Der Bursche hat verdammt schnell den Weg zu den Asservaten gefunden. Ich muss dafür sorgen, dass er eine Überraschung erlebt, und zwar schnell.
Wie kann ich ihn bremsen?
Braucht er eine Verwarnung?
Ob er sich einschüchtern lässt?
Ihm fiel auf, dass er diesen Kerl noch viel zu wenig kannte.
Vielleicht sollte ich ihn mir persönlich anschauen?
Sein Terminkalender war randvoll.
Aber er spürte plötzlich, dass ihm in diesem Dengler ein Gegner gegenüberstand, den er besser nicht unterschätzen sollte. Es war nur ein Gefühl, aber sein Gefühl hatte ihn noch nie betrogen. Es war ihm treuer gewesen als seine Frau, und dieses Gefühl sagte ihm, dass er vorsichtig sein sollte.
Wachsam.
Noch heute Abend würde er nach Stuttgart reisen.

Büro Dr. Huber

Dr. Huber las die E-Mail, die er von Gisela Kleine erhalten hatte. Sieh mal an, diese kleine Schlampe, dachte Dr. Huber, vögelt einen jungen Verfassungsfeind. Das bricht ihr das Genick.
Er betrachtete die Fotos von Charlotte von Schmoltke, die Gisela Kleine ihm geschickt hatte.
Scheint ihr gut bekommen zu sein.
Sieht ganz frisch aus.
Er wusste nicht, wie er diese Informationen verwenden konnte, aber er würde sie verwenden. Bei passender Gelegenheit.

Vielleicht erst nach der Wahl.
Man konnte im Moment noch nicht wissen, ob es unter Umständen nicht schlecht wäre, wenn die Schmoltke wieder Staatssekretärin würde. Oder sogar Ministerin.
Aber mit dieser Information hatte er sie in der Hand.
Er hatte Gisela Kleine zurückgeschrieben, dass es gut gewesen sei, dass sie zuerst ihn direkt informiert habe. Sie solle auch niemanden sonst einweihen. Bei ihm sei dieses kleine Geheimnis in guten Händen.
Damit war auch Gisela Kleine zufrieden gewesen. Sie hatte nun auf höchsten Befehl gehandelt.
Sie war aus dem Schneider.
Sie konnte sich auf Leitner konzentrieren.

Freundinnen

Ein freier Tag. Welch ein Glück!
Sie war in ihre Wohnung gefahren und hatte sich umgezogen. Harald war schon in der Klinik. Ihr war das im Moment nur recht. Sie wollte ihn nicht sehen, und sie wollte kein schlechtes Gewissen haben. Dann hatte sie ihre Mutter angerufen und war zu ihr auf den alten Familiensitz gefahren.
Aus den ehemaligen Stallungen des Schlosses hatten ihre Eltern sich eine neue Wohnung gebaut. Sehr bequem und modern. Ihr Vater hatte ein Niedrig-Energiehaus aus den alten Steinen gezaubert, ausgestattet mit allen möglichen modernen Technologien und mit Solarzellen auf dem Dach. Früher hatte die Großmutter in einer separaten Wohnung neben der elterlichen Wohnung gelebt, nach ihrem Tode waren die Wände durchbrochen worden, und jetzt war das Wohnzimmer groß wie ein Loft.

»Komm, setz dich«, sagte ihre Mutter und verschwand dann in der Küche, um einen ihrer berüchtigten Mokkas zu brauen.
Großmutter hatte den Kaffee ihrer Mutter nie gemocht. Er war ihr zu stark, zu schwarz und zu sehr mit den Erinnerungen an jene Zeit verknüpft, als ihre Tochter vor ihr nach Marokko geflohen war.
Jetzt freute sich Charlotte auf den Kaffee ihrer Mutter.
»Gut siehst du aus«, sagte sie. »Gar nicht wie eine dauergestresste Politikerin.«
»Es geht mir wirklich sehr gut, Mutter«, antwortete Charlotte und blinzelte in die Sonne, die durch das große Fenster drang.
Es war wohl der rundum zufriedene Sound ihrer Stimme, der die Mutter aufhorchen ließ.
Plötzlich waren sie wie Freundinnen, und Charlotte erzählte.
Erst als sie fertig war, wurde ihr bewusst, was sie ihrer Mutter gerade anvertraut hatte. Etwas Vergleichbares hatte sie noch nie gemacht. Sie hatte überhaupt noch nie andere Menschen mit ihren persönlichen Angelegenheiten behelligt. Doch ihr Glück drängte offenbar danach, geteilt zu werden. Nun schwieg sie überrascht und wartete auf ein Urteil ihrer Mutter.
Und als hätte diese ungewohnte Situation die alte Distanz zwischen ihnen aufgehoben, nahm die Mutter ihre erwachsene Tochter in den Arm.
»Ich freue mich für dich, Kind«, sagte sie. »Genieße es. Und ich ... Ehrlich gesagt, fühle ich zum ersten Mal, dass du meine Tochter bist und nicht nur die pflichterfüllte Enkelin deiner Großmutter, dass du ein Mensch bist und nicht nur eine schwäbische Preußin.«
Als sie die Tränen in den Augen ihrer Mutter sah, musste auch Charlotte weinen.
»Jetzt ist dein schöner Kaffee kalt geworden«, sagte sie später, als sie sich mit der Serviette die Augen trocknete.

Ihre Mutter lachte und lief in die Küche.
»Das können wir schnell ändern«, rief sie.
Wie jung sie immer noch ist, dachte Charlotte.

Ein Plan

Gisela Kleine lehnte sich in ihrem Sessel zurück.
Was wusste sie von Leitner? Nur das Übliche. Er war die graue Eminenz des Amtes. Frontmann. Von der Pike auf im Metier. Früher einmal war er bei der Polizei gewesen, dann eine kurze Zeit beim BND und schon ewig beim Bundesamt. Er hatte in den Siebzigern in der Abteilung Linksradikalismus Karriere gemacht, hatte Trotzkisten, Spontis und Maoisten überwacht und zersetzt. Kannte seinen Marx und seinen Lenin. Zwei Jahre vor der Wende wurde er in die Abteilung versetzt, die für Rechtsradikalismus zuständig war. Das wurde allgemein als Degradierung verstanden. Rechtsradikalismus war nicht gerade der Hauptfeind des Verfassungsschutzes. Aber dann hatte er den damaligen Abteilungsleiter ausgestochen, war Chef der Abteilung geworden, und seitdem stieg das Budget der Abteilung Rechtsradikalismus stetig. Jedes Jahr wuchs diese Abteilung und Leitners Macht wuchs mit.
Gisela Kleine wusste: Wenn sie Leitner zu Fall bringen würde, ihm irgendetwas nachweisen konnte, würde das ihre Karriere mehr befördern, als wenn sie ihren Job gut machte. Noch immer war es so, dass Frauen mehr leisten mussten als Männer, viel mehr. Es war ungerecht, aber wenn sie nach vorne kommen wollte, und das wollte sie, dann blieb ihr nichts anderes übrig.
Und Leitner hatte Dreck am Stecken. Da war sie sich sicher.

Sie würde ihn noch vor seiner Pensionierung stürzen lassen.

Kein Wort zu niemand

Zweimal noch rief er Martin Klein von einer Telefonzelle aus an. Doch Martin Kleins Funktelefon blieb ausgeschaltet.
Dengler rannte in seinem Büro auf und ab.
Er hatte einen Fehler gemacht.
Er hätte niemals einen Laien, einen Freund, in diese Sache hineinziehen dürfen.
Er nahm die Smith & Wesson aus dem Safe und steckte sie ins Schulterhalfter.
Bereits um halb acht Uhr stand er am Ankunftsschalter des Flughafens und wartete.

★★★

»Georg, so eine Überraschung.«
Martin Klein freute sich, als er Dengler sah.
Dengler ließ sich seine Erleichterung nicht anmerken. Er packte Martin Klein am Arm.
»Komm, weg hier.«
»Was ist denn los?«
»Komm mit – du bist in Gefahr!«
»Ich?«
»Wer sonst?«
Erst als sie im Taxi saßen, wurde Dengler ruhiger.
»Mensch, warum hast du dein Handy den ganzen Tag nicht angeschaltet? Ich hab dich wie verrückt gesucht.«
»Kannst du mir mal erklären, was eigentlich passiert ist?«

»Das Field-Manual. Ich habe neue Infos. Wegen diesem Ding wurden schon Leute umgelegt, entführt und so weiter. Journalisten sind verschwunden. Ich wusste das nicht, Martin, sonst hätte ich nie mit dir darüber gesprochen und schon gar nicht zugelassen, dass du danach suchst. Hast du Spuren in Berlin hinterlassen? Mit jemandem über das Ding geredet?«
»Ja klar.«
»Mit wem?«
»Mit Frau Musisch.«
»Wer ist Frau Musisch? Kann man ihr vertrauen? Ich meine, kann man sie dazu bringen, dass sie schweigt?«
»Georg, jetzt mach dich mal locker. Frau Musisch hat einen amtlichen Vorgang über mich und das Manual angelegt.«
»Scheiße! Scheiße!«
»Sie war so freundlich und hat es für mich kopiert.«
»Du hast es?«
»Ja. Es hat geklappt.«
Er griff in die Innentasche seines Mantels und zog einen Stapel Blätter hervor.
»Das Ding ist der Hammer, Georg.«
»Lassen Sie uns hier raus«, sagte Dengler zu dem Fahrer.
»Georg, wir sind doch erst an der Weinsteige!«
Dengler bezahlte den Fahrer und stieg aus.
Sie gingen einige Schritte, dann zog Dengler seinen Freund in einen kleinen Weg, der in ein Wäldchen führte.
Sie setzten sich auf eine Bank.
»Martin, wie um alles in der Welt bist du an das Manual gekommen?«
»Ich hatte eine Idee, Mensch, Georg, freu dich doch, es hat geklappt.«
»Wie, Martin? Erzähl es mir. Ganz genau. Schritt für Schritt. Und erzähl, wer das alles mitbekommen hat.«
»Georg, so langsam machst du mich nervös. Also: Ich bin zwar nur der Horoskopschreiber, aber ich habe einen Presseausweis. Und ich hatte eine Idee.«

»Das hatten wir schon.«

»Ich fragte mich, ob die Gegenseite sich dieses Dokument vielleicht beschafft hat.«

»Die Gegenseite?«

»Ja. Die Stasi. Ich war bei der Birthler-Behörde. Ich habe einen normalen Presseantrag gestellt. Allerdings ein Eilverfahren. Und Frau Musisch war hinreißend, sie hat mir geholfen den Antrag auszufüllen, sie hat das Ding in ihren Beständen gefunden, und sie hat ...«

»Die ganze Welt fahndet nach diesem Dokument, und die Stasi hat es abgelegt?«

»Hier ist es.«

Er drückte es Dengler in die Hand.

»Ein bisschen begeisterter könntest du schon sein. – Es ist nicht zu glauben, was da drinsteht. Ich hab's im Flugzeug gelesen.«

»Hey, ich bin vor allem froh, dass du wieder hier bist.«

»Na, ich auch, Georg, aber ich verstehe nicht, warum du dich so aufregst.«

»Vergiss es. Versprich mir nur: Kein Wort zu niemanden über dieses Dokument. Nicht einmal zu Mario.«

»Nicht einmal zu Betty?«

»Nicht einmal zu Betty. Es wäre ohnehin merkwürdig, wenn das Erste, was du ihr sagen würdest, von amerikanischen Geheimdokumenten handeln würde.«

Sie gingen zu Fuß in die Wagnerstraße. Dengler verschloss das Dokument im Safe.

Die Smith & Wesson legte er daneben.

Belanglosigkeiten

Das *Basta* überraschte ihn. Nach den Berichten von Gisela Kleine hatte er es sich als eine Art Kaschemme vorgestellt. Eine Spelunke, rauchverhangen. In Wirklichkeit war es aber ein gutes Lokal mit Tischtüchern und mit einer ausgezeichneten Karte. Leitner bestellte sich einen Rostbraten und freute sich, ihn auf Spesen absetzen zu können.
Vielleicht hatte er sich doch getäuscht.
Er hatte Dengler gleich erkannt. Der Privatermittler saß mit einigen Freunden an einem langen Tisch, und der auffällig kahlköpfige Kellner brachte eine Weinflasche nach der anderen. Es waren vier Männer, und später setzte sich eine gut aussehende Frau, die er auf Mitte dreißig schätzte, mit an den Tisch.
Soweit er das mitbekam, redeten sie über Belanglosigkeiten, später über den geplatzten Porsche-Deal und die Absatzkrise bei Mercedes. Dann standen drei der Burschen mit ihren Gläsern auf und gingen an die Theke. Am Tisch blieben die Frau und einer der Kerle sitzen. Sie unterhielten sich angeregt.
Alles sah sehr harmlos aus.
Vielleicht hatte die Kleine tatsächlich recht, und man konnte diese Operation einstellen.

***

»Kein Wort über meine Arbeit«, hatte Dengler sich an diesem Abend erbeten. Und alle hielten sich daran. Leo erzählte von seinem Tag in der Wirtschaftsredaktion. Dauernd gingen neue Schreckensmeldungen von Porsche ein. Neue Schulden, Absatzrückgang auf allen Märkten. Er erzählte von einer Reise, die er einmal auf Einladung des Konzerns unternommen hatte.

»Das muss man sich mal vorstellen. Da sitzen eine Handvoll Vorstandsleute. Jeder verdient im Jahr ein paar Millionen. Sie sitzen an einem Tisch, wir Journalisten auf den Stühlen im Hintergrund. Es ist heiß. Aber erst, wenn der Vorstandschef sein Jackett auszieht, wagen die anderen das auch.«
Plötzlich schwiegen alle.
Betty Gerlach stand am Tisch.
»Darf ich mich setzen?«
»Ja, sicher«, sagte Mario.
»Setz dich«, sagte Leopold Harder.
»Oder hast du was dagegen, Martin?«, fragte Dengler leise, was ihm einen Tritt unter dem Tisch einbrachte.
Betty Gerlach setzte sich und zog eine Zeitungsseite aus ihrer Tasche.
»Also, das ist der Hammer«, sagte sie.
Alle starrten sie fragend an.
»Hört euch mal mein neustes Horoskop an?«
»O Gott«, sagte Mario.
»Da bin ich aber echt gespannt«, sagte Leo.
»Ich lese mal vor: ›Du bist auf dem richtigen Weg und am richtigen Ort. Aber für dich hat das Schicksal nicht die lauten Menschen vorgesehen. Schaue nach dem Stillen.‹«
Alle Blicke wandten sich Martin Klein zu.
»Du bist es, Martin, nicht?«, sagte Betty.
»Ja, ganz offensichtlich«, sagte Mario.
»Die Weisheit dieses Horoskops ist unergründlich«, sagte Leopold Harder.
Dengler schwieg. Die drei kamen sich auf einmal überflüssig vor.
»Ich meine, das ist schwierig für mich, weil du noch nie ein Wort zu mir gesagt hast. Du hältst mich wahrscheinlich für eine blöde esoterische Kuh. Du bist sicher viel lieber mit deinen Kumpels zusammen, und du denkst, ich störe hier nur am Tisch.«
Martin Klein stieß ein dumpfes Geräusch aus, das wie ein

Grunzen klang. Dengler sah zu seinem Freund hinüber. Klein saß verlegen da, der Kopf rot bis zu den Ohren.
»Da musst du dich tatsächlich ein bisschen anstrengen«, sagte Georg zu Betty. »Lass deinen Charme spielen. Ich glaube, du könntest ihn überzeugen.«
Und zu Mario und Leopold gewandt: »Jungs, lasst uns an die Bar gehen …«
»Da muss ich mich wohl gewaltig anstrengen«, sagte Betty und wandte sich Martin Klein zu.
»Das glaube ich auch«, sagte Mario schmunzelnd, nahm sein Glas und ging zur Bar.

Bericht Betty Gerlach

Bericht
Einsatzort: Basta, Stuttgart
Ich betrat, wie verabredet, gegen 21.20 Uhr das Lokal Basta. An dem langen Tisch im vorderen Raum saßen der Privatermittler Georg Dengler, der Künstler Mario, der Horoskopverfasser Martin Klein und der Journalist Leopold Harder. Ich setzte mich zu ihnen und legte das Horoskop auf den Tisch. Ich tat so, als habe ich durch das Horoskop entdeckt, dass Martin Klein mein Mann fürs Leben sei.
Klein reagierte wie erwartet. Als Berlinerin würde ich sagen: Den hab ick ma verliebt gemacht.
Zweimal machte er den Versuch, sich zu offenbaren und mir zu gestehen, dass er die Horoskope geschrieben habe. Jedes Mal gelang es mir, dies durch einen Themenwechsel zu verhindern. Es dauerte eine Weile, bis ich ihn durch ein paar Fragen aufgelockert hatte,

aber dann hatten wir tatsächlich noch ein interessantes Gespräch über das Stuttgarter Schauspiel. Klein geht zu jeder Premiere. Ich auch. Aber wir haben uns noch nie gesehen. Weder bei den Aufführungen mit Harald Schmidt noch bei den Stücken von Volker Lösch, die wir beide am besten finden.

Ich glaube, dass ich jetzt Zugang zu der Gruppe um den Privatermittler Georg Dengler habe und einen persönlichen zu dem Martin Klein. Ich kann nun beginnen, ihn direkter nach dem Projekt zu befragen, das Dengler bearbeitet.

Drei Tische weiter saß übrigens eine Person, die Dengler ebenfalls zu beschatten schien. Ein älterer Herr, er trug einen braunen Anzug mit grüner Krawatte. Auffälliges Kennzeichen war, dass er sich mehrmals die offenbar schweißnassen Handflächen an der Hose abwischte. Ich habe mit dem Kamerastift eine Aufnahme gemacht, die ich an diesen Bericht angehängt mitschicke.

Ein laienhafter Bericht, sicher, aber trotzdem gut. Gisela Kleine war zufrieden. Sie sah sich den Film an, den Betty Gerlach mitgeschickt hatte. Er war mit einer Miniaturkamera gemacht worden, die in einem Kugelschreiber versteckt war. Die Kamera sendete die Bilder sofort an einen kleinen Rechner, den Betty Gerlach in ihrer Handtasche hatte.

Saubere Arbeit.

Sie war kaum überrascht, als sie sah, dass es Leitner war, der allein an einem Tisch saß, mit einem Gesichtsausdruck, als sei er von irgendjemandem versetzt worden.

Das soll ein Profi sein, dachte sie. Ich wusste doch, dass da was nicht stimmt.

Und dann diese ewigen Schweißhände, die er sich an den Oberschenkeln abwischte: wiedererkennbare Handlungsgesten! Das lernte man doch zu Anfang in der Akademie in Bad Ems: *Wiedererkennbare Handlungsgesten sind zu vermeiden.*

Die zweite Nacht: Charlotte und Jan

Ihm konnte sie alles erzählen. Mit ihm konnte sie lachen, Witze über den Minister machen, zu ihm hatte sie bedingungsloses Vertrauen.
»Wie schön du bist«, sagte er zu ihr. »Und wie jung.«
Sie lachte: »Ha, vor allem jung.«
»Ich meine es ernst. Wenn wir zusammen schlafen, in meinen Händen, wirst du jünger. Ich kann dabei zusehen. Es ist wunderschön.«
»Du Schmeichler.«
»Nein, ich schmeichle nicht. Es ist so. Schau in den Spiegel.«
Das tat sie. Sie studierte ihr Gesicht in dem großen Wandspiegel und fand, dass er recht hatte. So gut hatte sie schon lange nicht mehr ausgesehen, so ... erblüht. Ein besseres Wort fiel ihr nicht ein.
Sie küsste ihn auf den Bauch.
»Du tust mir gut.«
»Und du mir.«
»Hier am Bauchnabel?«
»Hm.«
Sie erkundete ihn.
»Wie ist es hier?«
»Unglaublich.«
»Und hier?«
Sie ließ die Zunge wandern.
»Nicht aufhören«, sagte Jan.
»Versprochen«, sagte sie.

***

»Erzähl mir von dir«, sagte sie, als sie später nebeneinanderlagen und ihr Atem wieder ruhiger geworden war.
»Was willst du wissen?«

»Fangen wir mit dem Anfang an: Wo bist du geboren?«

»In Koblenz. Städtisches Klinikum Kemperhof.«

»Du bist in Koblenz aufgewachsen?«

»Nein, aufgewachsen bin ich in Idar-Oberstein, Ellwangen, Brüssel und ...«

»Seltsame Reihenfolge.«

»Mein Vater war Offizier.«

»Wie mein Großvater!«

»Ja. Aber ich glaube, mein Vater war kein Held.«

Sie biss sich auf die Lippen. Aber sie schwieg.

»Er durchlief eine Station nach der anderen, bis er General war.«

»War?«

»Er ist tot. Vielleicht erinnerst du dich an die Überschrift. Es stand in fast allen großen Zeitungen: Ehemaliger Heeresinspekteur in New York erschossen.«

Sie richtete sich auf: »*Das* war dein Vater?«

»Ja. Wahrscheinlich ein verrückter Crackuser. Oder eine Verwechselung. Man hat es nicht herausgefunden.«

»Der Mörder wurde nie geschnappt?«

»Nein.«

Plötzlich weinte er.

Sie legte ihren Arm um ihn.

»Komisch«, sagte er schließlich, »wir haben uns nie vertragen. Er hat mich mal als Kind mit auf den Truppenübungsplatz nach Münsingen genommen. Ich habe heute noch manchmal Albträume von den detonierenden Granaten, den Geschützen, dem Lärm, den Kommandos, dem Feuer. Und mein Vater mittendrin, hin und her rasend wie ein Derwisch. Und ich schreiend auf seinen Schultern. Nie wieder wollte ich irgendetwas mit Militär zu tun haben.«

»Bist du deshalb bei diesem Antimilitaristischen Informationsdienst?«

»Das hat mein Vater mir immer vorgeworfen. Dass ich nur wegen ihm gegen das Militärische bin. Aber ich glaube ...

ich bin es aus Überzeugung. Ich glaube, dass die Welt ohne Waffen ein besserer Platz wäre. Klingt naiv, nicht?«
»Nein, klingt es nicht.«
»Das Dumme ist: Jetzt, wo er nicht mehr da ist, fehlt er mir. Zwischen uns war es so … unfertig. Wir haben noch nicht zu Ende gesprochen. Keine Verabschiedung, nichts.«
»Und der Mord war ein – Versehen?«
»Sagt man. Sagt die Polizei.«
»Aber du glaubst das nicht …«
»Ein Schuss, ein Treffer. Ich finde, das kann nur ein Profi gewesen sein. Der hatte keine wackelige Hand, zitternd vom Crack. Und außerdem verwendete der Mörder mündungsfeuerfreie Munition. Die ist selten.«
»Hast du noch mehr herausgefunden?«
»Nein. Es gab keinen Grund meinen Vater zu ermorden. Er hatte nicht nur Freunde. Aber einen Mord – nein, dazu hatte niemand einen Grund. Außerdem war er mittlerweile Pensionär. Er reiste herum, hielt manchmal eine Rede, bei jedem neuen Krieg der Amerikaner tauchte er bei RTL als Sachverständiger im Fernsehen auf. Das ist doch alles kein Grund, oder? Ich habe mich damit abgefunden, dass es eine sinnlose Tat war. Es ist schwer, sehr schwer zu akzeptieren, aber so war es wahrscheinlich.«
»Komm in meinen Arm.«
Er kroch in ihre Armbeuge, aneinandergerollt lagen sie da.
Sie würde ihn schützen.
So schliefen sie ein.

Field Manual

Mario, Leopold Harder und Dengler standen noch eine Zeit lang an der Bar.
»Das ist ja nicht zu ertragen, dieses junge Glück«, sagte Mario nach einer Weile.
Hin und wieder sahen die Freunde zu Martin Klein und Betty Gerlach hinüber, die sich angeregt unterhielten.
Martins Augen blitzten, und Betty beugte sich hin und wieder nach vorne, um ihm besser zuhören zu können.
»Da hat er jetzt eine hinreißende Aussicht«, sagte Leopold.
»Also, gehen wir, oder?«, fragte Mario.
Die anderen beiden nickten nur.

★★★

Es war schon spät, als Dengler den Safe aufschloss. Zuvor hatte er die Bürotür abgesperrt und die Smith & Wesson durchgeladen neben sich auf den Schreibtisch gelegt. Die Vorhänge hatte er zugezogen.
Das Dokument, das der Staatssicherheitsdienst der DDR beschafft hatte, war echt. Es hatte den Eingangsstempel einer amerikanischen Einheit in Ramstein. Unterzeichnet war das Dokument von dem amerikanischen Vier-Sterne-General W. C. Westmoreland. Für die Richtigkeit des Dokuments zeichnete General Kenneth C. Wickham, Chief of Staff Major General.
Dengler las.
Er konnte nicht glauben, was er las.
Er las noch einmal.
Aber es war wahr.
In wenig verklausulierter Sprache gab das Handbuch Anweisungen für die Agenten der US-Geheimdienste, wie sie sich bei unliebsamen politischen Entwicklungen in Ländern

mit befreundeten Regierungen zu verhalten hatten, auch in Ländern, in denen die Amerikaner Truppen stationiert hatten. Diese Länder, Deutschland vorneweg, dachte Dengler, nannte das Field Manual *Gastländer*.

Aus verschiedenen Gründen sind weder das US-amerikanische Militär noch andere US-Geheimdienste unwiderruflich dazu verpflichtet, irgendeine Regierung des Gastlandes zu unterstützen.

Vielmehr könne eine Situation entstehen, *in der US-amerikanische Interessen einen Wechsel der Regierungsausrichtung erforderlich machen.*

Um seine Ziele zu erreichen, solle der US-Geheimdienst Informationen sammeln und Agenten besonders aus den Reihen des Militärs und der Polizei der Gastländer rekrutieren.

Der US-Militärgeheimdienst befindet sich in einer Position, die es ihm erlaubt, Informationen über weite Bereiche des Gastlandes zu beschaffen. Das Hauptinteresse des US-Militärs liegt darin, seine geheimdienstlichen Anstrengungen zum Zweck interner Verteidigungsmaßnahmen auf das Militär des Gastlandes sowie damit verbundener Organisationen zu richten.

Besondere Zielgruppen innerhalb des Militärs des Gastlandes stellen Mitarbeiter in besonderen Positionen dar, z. B.:

a. Einheiten auf nationaler und lokaler Ebene, mit denen der US-Militärgeheimdienst direkt zusammenarbeitet.

b. Einheiten auf nationaler und internationaler Ebene, über die der US-Militärgeheimdienst mittels seiner aktiven Kontakte weitere produktive Kontakte über die Grenzen der üblichen militärischen Aktivitäten hinaus erschließen kann.

c. Lokale Einheiten, mit denen der US-Militärgeheimdienst weder in direktem noch indirektem Kontakt steht und die daher besonders anfällig für die politische Einflussnahme lokaler aufständischer Kräfte sind.

d. Mobile Einheiten, wie etwa Spezialeinheiten und Langstreckenaufklärungspatrouillen, die in Gebieten operieren, die teilweise oder nur zeitweilig unter der Kontrolle der Aufständischen sind, und die daher ebenso leicht von solchen Einflüssen betroffen sind.

Zusätzlich zum Militär des Gastlandes und seiner Ausrichtung auf interne Verteidigungsstrategien muss die Aufmerksamkeit auch auf den Polizeiapparat gerichtet werden.
Von besonderer Wichtigkeit sei es, Agenten aus den Geheimdiensten der befreundeten Länder anzuwerben.
Es sollte dahin gehend gearbeitet werden, die Agenten zu identifizieren, die durch Geheimdienste des Gastlandes, die für interne Sicherheit zuständig sind, in die aufständische Bewegung eingeschleust wurden, um die Arbeit dieser Agenten der geheimen Kontrolle durch den US-Militärgeheimdienst zu unterstellen.
Die US-Geheimdienste wollten darüber hinaus die Rebellenbewegung in den Gastländern unterwandern, und dort sollten die Agenten der US-Geheimdienste besonders radikal auftreten und gewaltsame Aktionen durchführen.
Zu diesem Zweck sollte der US-Militärgeheimdienst alles daransetzen, Agenten mit Spezialaufträgen in die aufständische Bewegung einzuschleusen, welche die Aufgabe haben, spezielle Aktionsgruppen innerhalb der radikaleren Elemente der Bewegung zu bilden. Entsteht eine der oben genannten Situationen, sollten diese durch den US-Geheimdienst kontrollierten Gruppen eingesetzt werden, um je nach Lage des Falls entweder gewaltfrei oder auch gewaltsam einzugreifen.
Die Maßnahmen sind: Terroranschläge, Infiltrationen in linksextreme Gruppen, Provokationen, Störungen der öffentlichen Ordnung, Erzeugung von Tumulten bei Demonstrationen. Der US-Geheimdienst behält sich wenig verschlüsselt vor, einzelne Personen und sogar Regierungsmitglieder zu liquidieren.
Solche Maßnahmen können sich gegen einzelne Personen richten oder darauf ausgerichtet sein, Druck auf Gruppen, Organisationen und, in letzter Instanz, auf die Regierung des Gastlandes selbst auszuüben.
Denglers Herz schlug schneller.
Kein Wunder, dass Journalisten verschwunden waren, die dieses Dokument veröffentlichen wollten.

Es war die Anleitung zum Staatsterrorismus.
Er blätterte um.
Es gebe Zeiten, las er, in denen die Regierungen der Gastländer sich der Gefahr der subversiven linken Bewegung nicht bewusst seien und ihr gegenüber passiv blieben.

In diesem Fall muss das US-Militär über Mittel verfügen, um Sonderaktionen in Gang zu setzen, die in der Lage sind, die Regierung des Gastlandes und die öffentliche Meinung von der Realität der revolutionären Gefahr und der Notwendigkeit von Gegenaktionen zu überzeugen.

Was bedeutet das für meinen Fall, dachte er. War das Attentat auf das Münchener Oktoberfest eine Sonderaktion, fragte sich Dengler. Eine Sonderaktion, um Einfluss auf die öffentliche Meinung zu nehmen? Ist ein Attentat eine Sondermaßnahme?

Zu diesem Zweck sollen die Geheimdienste des nordamerikanischen Militärs versuchen, sich mittels Agenten in Spezialmissionen in das Innere der Aufrührer zu infiltrieren mit der Aufgabe, spezielle Aktionsgruppen innerhalb der radikalsten Elemente der Aufrührer aufzubauen.

Ist die Wehrsportgruppe Hoffmann eine Spezialmission gewesen und der mutmaßliche Attentäter Gundolf Köhler entweder ein Agent oder ein Opfer des amerikanischen Militärgeheimdienstes?

Ist eine solche Situation hergestellt, sollten diese Gruppen, unter der Kontrolle der amerikanischen Geheimdienste, gewalttätige und – entsprechend der Situation – nicht gewalttätige Aktionen starten.

War dies der Grund, warum Dr. Schweikert, sein früherer Vorgesetzter beim BKA, dieses Dokument gesucht hatte?
Dengler stand auf.
Er fühlte sich wie betäubt.
Kann es sein, dass demokratische Staaten zu solchen Mitteln greifen?
Kann das wirklich sein?

Er fühlte sich wie allein auf der Welt.
Allein mit einem schrecklichen Geheimnis. Von dem Dokument ging eine tödliche Gefahr aus. Es waren Menschen ermordet worden, nur weil dieses Field Manual sich in ihrem Besitz befunden hatte.
Es musste verschwinden.
Es musste aus dem Haus.
Es war eine Gefahr für jeden, der damit in Berührung kam.
Er scannte das Dokument, speicherte es auf einen Stick, löschte alle weiteren Daten und verbrannte das Field Manual 30–31.

Karlsruhe

Hans Leitner hatte unter falschem Namen im Schlossgarten-Hotel übernachtet.
Am anderen Morgen schlief er bis um neun Uhr, frühstückte ausgiebig und überquerte dann die Straße zum Bahnhof.
Er nahm den nächsten Zug nach Karlsruhe und saß pünktlich um halb eins, wie verabredet, in der *Oberländer Weinstube*.
Seine Verabredung ließ ihn warten. Leitner ertrug es mit stoischer Ruhe. Er bestellte einen Riesling aus Durbach. Seinen Laptop hatte er auf den Tisch gelegt, ließ ihn aber zugeklappt.
Bundesanwalt Sundermann erschien zwanzig Minuten später.
»Entschuldigen Sie die Verspätung, aber wir haben im Augenblick ... Ich muss auch in einer halben Stunden bei einem anderen Termin ...«

»Den werden Sie wahrscheinlich nicht wahrnehmen können.«
»Na, Sie haben Nerven. Einen Cappuccino trinke ich mit Ihnen.«
»Sie sind mir einen Gefallen schuldig.«
Die Kellner erschien. Leitner bestellte zwei Mittagsmenüs und eine Flasche Weißwein.
»Also wirklich, mehr als einen Cappuccino … Ich bin wirklich knapp in der Zeit. Also«, sagte der Bundesanwalt zu dem Kellner, »nur ein Menü.«
»Zwei«, sagte Leitner.
»Sehr wohl«, sagte der Kellner.
»Ich bin Ihnen einen Gefallen schuldig«, sagte Sundermann. »Aber heute kann ich ihn nicht einlösen.«
»Sie werden.«
Leitner klappte den Laptop auf.
Mit wenigen Mausklicks rief er ein Programm auf, das ein Video zeigte.
Er dreht den Rechner um, sodass der Bundesanwalt das Video sehen konnte.
»Mein Gott, wo haben Sie das denn her?«
»Soll ich den Ton anstellen?«
»Um Gottes willen nein, ich verstehe ja. Was wollen Sie von mir?«
»Sie wollen den Film nicht zu Ende sehen?«
»Bitte, machen Sie das Ding aus. Lassen Sie uns reden.«
»Ich wusste es.«
»Stellen Sie das ab! Ich muss telefonieren.«
Leitner nickte und stellte das Laptop-Programm ab.
Sundermann war aufgestanden und hatte sein Handy aus der Tasche gezogen. Er ging einige Schritte.
»Ja, ich kann heute leider nicht bei Ihnen sein. Ja, ganz schrecklich. Tut mir aufrichtig leid. Ja. Wirklich. Aber mein Beruf! Immer wieder neue Überraschungen und Pflichten. Nein, ich kann nicht darüber reden. Ja. Sicher. Wir holen das nach.«

Er klappte das Telefon zu und setzte sich wieder an den Tisch.
»Wo haben Sie das Video her?«
»Gefunden.«
»Gefunden? Na, sehr schön. Wirklich. Wollen Sie mich erpressen?«
»Nein.«
»Nein? Was wollen Sie dann?«
»Ich will es Ihnen schenken.«
»Mir? Das Video?«
»Ja.«
»Ohne dass Sie oder andere Kopien davon haben?«
»Ja.«
»Und warum soll ich Ihnen glauben?«
»Erstens, weil ich seriös bin, und zweitens, weil Sie keine andere Wahl haben.«
»Und Sie möchten, dass ich Ihnen einen Gefallen tue.«
»Ja.«
»Und was?«
»Sie werden anordnen, dass die Asservate im Fall des Attentats auf das Münchener Oktoberfest 1980 vernichtet werden – alle bis auf eines. Das geben Sie mir.«
»Sie meinen das nicht ernst?«
»Völlig ernst.«
»Soweit ich mich erinnere, ist der Prozess im Grunde nicht abgeschlossen. Der Anwalt der Opfer ...«
Leitner klappte den Laptop auf.
»Mein Gott, machen Sie das Ding zu. Wie soll ich das machen? Sie stellen sich das einfach vor.«
»Es ist alles vorbereitet. Sie diktieren, was ich Ihnen aufgeschrieben habe.«
»Das ist ganz unmöglich. Ich kann die Asservate nicht vernichten in einem solchen Verfahren. Da gibt es noch einen Anwalt, der stellt immer noch Anträge, es ist ...«
Leitner zeigte auf den Laptop.

»O. k. Ist schon gut. Geben Sie her.«
Leitner schob einen Schnellhefter über den Tisch.
»Achten Sie auf die Termine«, sagte er.
»Was?«
»Es muss schnell gehen. Achten Sie auf die vorgegebenen Termine.«
Der Kellner brachte den Cappuccino. Er legte Besteck und Servietten vor jeden der beiden Männer.
»Legen Sie wirklich Wert darauf, dass ich mit Ihnen esse?«
»Nein.«
»Gut, dann gehe ich jetzt.«
Leitner blickte ihn kalt an.
»Und Sie löschen den Film und alle Kopien.«
»Ja.«
»Versprochen.«
»Sicher.«

Das Video

Am späten Nachmittag hatte Gisela Kleine das Video erhalten.
Sie sah es mit Begeisterung.
Toll, einem Kollegen bei der Arbeit zuzusehen.
Wie der Leitner den Bundesanwalt weichkochte.
Von dem kann man wirklich noch was lernen, dachte sie.
Auch die Tonqualität war gut.
Was hat der Leitner mit der alten Sache zu tun?
Auf jeden Fall mehr, als sie wusste.
Der hing da mit drin.
Wahrscheinlich bis zur Halskrause.
Jetzt habe ich ihn, dachte sie. Ich habe ihn.

Sie rief im Büro des Präsidenten an.
»Ich brauche einen Termin«, sagte sie. »Sofort. Wir haben einen Sicherheitsfall.«

Heimfahrt

Die Zugverbindung war wirklich praktisch. Kaum mehr als zwei Stunden brauchte der ICE »Annette Kolb« von Karlsruhe nach Köln. Hans Leitner hatte den Laptop aufgeklappt. Das Lagezentrum sendete die neusten sicherheitsrelevanten Meldungen.
Der jährliche »Trauermarsch« von Neonazis in Bad Nenndorf wurde dank der Bevölkerung für die Rechten immer mehr zu einer Niederlage. Die Bürger der Stadt schmückten ihre Häuser mit »Nazis raus«-Transparenten, und in die Fenster gestellte Lautsprecher sorgten dafür, dass sie auf der gesamten Route von Klezmer-Musik begleitet wurden.
Der hessische Innenminister Volker Bouffier hatte der Bild-Zeitung ein Interview gegeben, das nahezu alle anderen Medien übernahmen. Man müsse mit Geiselnahmen und Anschlägen von Islamisten rechnen, sagte er. Die Islamisten wollten den Bundestagswahlkampf beeinflussen. Der Staat »müsse auf alles vorbereitet sein«, sagte er.
»Prima«, dachte Leitner, »die Propaganda läuft.«
Bouffier legte aber noch nach: »Wir müssen jedes Szenario in Betracht ziehen und uns entsprechend vorbereiten. Es hat nichts mit Panikmache, aber sehr viel mit Vorsorge zu tun, wenn sich die Polizeien von Bund und Ländern auch auf die Möglichkeit einer Massen-Geiselnahme vorbereiten.«
Leitner las weiter: GSG 9 und Sondereinsatzkommandos (SEK) der Länder würden bereits für den Fall von Massen-

geiselnahmen trainieren. Deutschland stehe eindeutig im Fadenkreuz der Terroristen. Auf die Frage, wie hoch er die Gefahr eines Anschlags auch mit radioaktiv verseuchtem Material – einer sogenannten schmutzigen Bombe – einschätze, sagte Hessens Innenminister: »Es gibt eindeutige Erkenntnisse, dass Al-Qaida massiv Schaden anrichten will. Deshalb gilt auch hier: Nichts ausschließen, sondern auf alles vorbereitet sein.«
Der CDU-Politiker sprach sich erneut für einen Einsatz der Bundeswehr auch im Inneren aus. Bouffier bekräftigte die Forderung der Union nach klaren Regeln für gemeinsame Einsätze und Übungen von Polizei und Militär.
Leitner schaltete den Rechner aus und lehnte sich zurück.
Ich freue mich auf meine Pensionierung, dachte er.
Dann schlief er ein.

Dengler verzweifelt

Dengler setzte sich an den Schreibtisch und wartete.
Das Field Manual ging ihm nicht aus dem Kopf.
Wenn deutsche Polizisten systematisch vom US-Geheimdienst gekauft wurden, was bedeutete das – auch für ihn? Wem konnte er vertrauen?
Wenn ein demokratischer Staat wie die Bundesrepublik selbst Anschläge und Terrorakte durchführen konnte, um politische Interessen durchzusetzen, was hieß das?
Dengler merkte, dass etwas ins Schwanken kam, das ihm bisher durchs Leben geholfen und ihm Halt gegeben hatte. Hätte er es benennen müssen, hätte er es etwa so beschrieben: dass ein Polizist aufrecht und den Bürgern und dem Staat verpflichtet ist.

Natürlich war er längst zu erfahren, um zu wissen, dass es immer wieder Ausnahmen gab, persönliches Versagen, Eitelkeiten, Schwäche, Gier, all das. Das war menschlich.
Das aber war vor allem: die Ausnahme.
Doch vielleicht war das die falsche Annahme. Womöglich war alles verlogen, und jeder konnte gekauft sein. Der Boden schwankt unter unseren Füßen, und wir merken es nicht, weil wir es gar nicht mehr anders kennen, dachte er. Oder weil wir es nicht sehen wollen. Weil wir von der Inszenierung auf der Vorderbühne annehmen, dass hier das wirkliche Leben zu sehen ist. Weil wir die schmutzige Hinterbühne nicht beachten, wo in Wirklichkeit die Fäden gezogen werden.
Er fühlte sich allein, so einsam, so bedroht, so sterblich, wie er sich noch niemals zuvor gefühlt hatte.

★★★

Martin Klein kam ihm in den Kopf. Er musste ihn dringend warnen. Wo steckte er? Er ging hinunter ins *Basta*. Da war er nicht. Er fand ihn ein paar Ecken weiter, in Roccos Trattoria. Martin und Betty saßen vor vollen Weingläsern. Klein fuchtelte mit den Händen in der Luft und erzählte irgendetwas. Sein Gesicht war gerötet. Betty hörte ihm zu und lachte.
Dengler kam langsam auf die beiden zu.
»Martin, ich muss kurz mit dir reden.«
»Jetzt?«
»Ja. Es ist wichtig.«
Klein stand auf. Dengler winkte ihn ins Freie.
»Lass uns ein paar Schritte gehen.« – »Martin, du hast doch das Dokument der Amerikaner gelesen und ...«
»Ja. Ist das nicht unglaublich? Ich habe nie gedacht ...«
»Hast du irgendjemandem davon erzählt?«
»Nein, hab ich nicht. Wieso ...«
»Es ist gefährlich. Das muss dir doch klar sein. Du bringst

jeden in Lebensgefahr, dem du es erzählst. Und dich und mich dazu.«
»Du übertreibst.«
»Nein. Hör zu, ich bitte dich ein zweites Mal – jetzt, nachdem ich weiß, um was es geht, noch dringender: Versprich mir, dass du zu niemandem darüber sprichst. Nicht zu Betty, nicht zu Mario, nicht zu Leopold. Es gibt kein Papier mehr. Ich habe es vernichtet.«
»Du meinst es ernst.«
»Absolut.«
»Ich verspreche es.«

★★★

Dengler ging zurück in seine Wohnung. Er wusste nicht mehr weiter.
Es war normal, dass er bei einem Fall in eine Sackgasse geriet.
Es war normal, dass eine Spur sich als falsch erwies.
Es war normal, dass er manchmal nicht mehr weiterwusste.
Es war normal, dass eine Ermittlung ins Stocken oder gar zum Stillstand kam.
Doch Dengler konnte sich nicht erinnern, dass er wegen eines Falls jemals so verzweifelt gewesen war.
Er war Polizist gewesen. Obwohl er manchmal unkonventionell vorgegangen war, vielleicht auch hin und wieder die Dienstvorschriften überschritten hatte, so doch immer nur, um Recht und Gerechtigkeit herzustellen. Bei allen Unzulänglichkeiten, die er im Polizeiberuf kennengelernt hatte, galt doch für ihn, dass die Bürger der Staat sind, und der Polizist den Bürger schützt, indem er über die Einhaltung der Regeln wacht, die sich die Bürger selbst gegeben haben. Ohne Polizei konnte Gesellschaft nicht funktionieren. Auch wenn viele die Polizei nicht mochten, so war sie doch, und davon war Dengler immer überzeugt gewesen, unabding-

bar notwendig, geradezu eine Grundvoraussetzung für den Schutz des Staates und damit das friedliche Zusammenleben der Menschen.
Und nun hatte er schwarz auf weiß gelesen, dass ein befreundeter, demokratischer Staat, der als Vorbild für den Polizeidienst aller Länder galt, sich herausnahm, jede Regel, sei es die des Gesetzes oder der Moral, zu verletzen und auf den Kopf zu stellen.
Diese Regierung nahm sich das Recht heraus, in einem Land wie Deutschland Attentate zu verüben, das heißt unschuldige Menschen zu töten, zu verletzen und zu verstümmeln, um die öffentliche Meinung des Gastlandes für ihre Interessen zu beeinflussen.
Das war mehr an Bösartigkeit, als er je vermutet hatte – vor allem von den Amerikanern.
Ihm war, als wären seine beruflichen Ziele und Ideale entwertet und beschmutzt worden von einer Seite, von der er es nie erwartet hätte.

Termin beim Präsidenten

Sie hatte sofort einen Termin beim Präsidenten bekommen. Sie kam mit ihrem Laptop, und in der Tasche ihres Jacketts hatte sie auf einem Stick den Film mit Leitner. Es war die einzige Kopie des Films. Im Anschluss an ihren mündlichen Bericht würde sie ihn dem Präsidenten feierlich als Beweis überreichen.
Er kam hinter seinem dunkelbraunen Holzschreibtisch hervor und wies auf den Besuchertisch. Er sah auf die Uhr.
»Setzen Sie sich. Wie lange brauchen wir? Um was geht es?«

Sie zögerte.

»Um den Kollegen Leitner. Ich habe einen Bericht vorliegen, nach dem er einen Bundesanwalt genötigt hat, Asservate zu vernichten. In einem wichtigen Fall.«

Sie sah, wie der Präsident eine Braue hochzog.

Sie sah, wie sein Gesicht sich verfinsterte.

Plötzlich wusste sie nicht mehr, ob es eine gute Idee gewesen war, den Präsidenten zu informieren.

Er sagte: »Sie haben Leitner überwachen lassen? Habe ich das richtig verstanden? Sie haben Leitner observiert?«

»Es gab Anhaltspunkte. Wichtige Anhaltspunkte. Die sinnlose Überwachung des Stuttgarter Detektivs ...«

Sie sprach schneller: »Und im Augenblick vertuscht er ...«

Ihr war nun klar, dass er nicht sagen würde, das haben Sie gut gemacht, Frau Kleine.

Es lief anders als gedacht.

Grundlegend anders.

Der Präsident hob die Hand, und sie schwieg.

»Haben Sie von dieser Überwachung irgendwelche Dokumente, Fotos, Tondokumente, Videos?«

Sie schüttelte den Kopf.

Er sagte: »Das werden wir klären – das werde *ich* klären. Sie haben auf eigene Faust einen unserer Abteilungsleiter observiert. Sie sind ab sofort vom Dienst suspendiert.«

Giscla Kleine war, als fiele sie in eine rosarote Röhre. Alles drehte sich in dieser Röhre. Sie hörte einen sausenden Ton, der sich verstärkte. Sie klammerte sich an der Armlehne fest. Damit hatte sie nicht gerechnet. Sie hatte mit Beförderung gerechnet, zumindest einer Belobigung. Aber nun verlor sie alles.

Alles.

»Leitner hat noch ein halbes Jahr hier im Amt. In dieser Zeit will ich keinen Skandal. Er wird in Ehren verabschiedet. Er hat Verdienste, von denen Sie nicht einmal träumen können.«

Er sah sie nachdenklich an.
»Ihr Rechner bleibt hier auf meinem Tisch stehen. Wir beide gehen jetzt zu Ihrem Arbeitsplatz. Sie nehmen Ihre privaten Dinge aus Ihrem Schreibtisch. Dann gehen wir zum Ausgang. Der Sicherheitsdienst überprüft anschließend Ihr Büro. Sie bleiben auf Abruf in Ihrer Wohnung, bis über Ihre weitere Verwendung entschieden wurde.«
»Aber ...«
»Kommen Sie. Wir gehen.«

***

Eine Stunde später saß sie in ihrer Wohnung am Ubierring. Ihre Tochter freute sich. Sie schmiegte sich an ihre Beine und sang ein Lied, das sie erst heute im Kindergarten gelernt hatte.
»Sing doch mit«, flehte sie ihre Mutter an.
Doch Gisela Kleine dachte an Leitner. Er hatte sie besiegt. Sie würden sie in die Botschaft nach Taschkent schicken. Oder ins Bundesarchiv.
Doch plötzlich formte sich ein hässlicher, kleiner Gedanke in ihrem Hinterkopf.
Er wird es büßen. Der Leitner wird es mir büßen. Sie war wütend. Ihre Karriere war ruiniert.
Es sei denn, sie würde Leitner auf eine andere Art überführen. Sie löste die Ärmchen ihrer Tochter von ihren Knien und ging in den Flur. Sie griff in die Seitentasche ihres Jacketts. Sie fühlte den Stick.
Sie hatte den Film mit Leitner noch.
»Mama, komm doch. Ich will mit dir das Lied singen, das wir im Kindergarten gelernt haben.«
Ihr Verstand raste.
Sie glühte vor Zorn.
»Mama, kommst du jetzt?«
Sie wird ihn erwischen.

»Gleich, mein Liebes, die Mama muss noch einmal kurz weg.«
Gut, dass sie die Kinderfrau noch nicht weggeschickt hatte.
Sie zog ihr Jackett an und nahm den Autoschlüssel vom Schlüsselbrett.
»Musst du schon wieder zur Arbeit?«
»Ich bin gleich wieder da. Morgen gehen wir zusammen in den Zoo.«
»Wirklich?«
»Versprochen.«
Sie fuhr nach Düsseldorf. Hinter dem Bahnhof befand sich ein Internet-Café, das sie früher schon einmal aufgesucht hatte. Sie steckte den Stick in einen der Rechner und schickte den Film mit Hans Leitner auf eine unbestimmte Reise.

Frischer Mut

Charlotte flog von Stuttgart nach Berlin. In Tegel holte sie ihr Fahrer ab. Im Ministerium angekommen, wunderte sie sich, dass Huber so zuvorkommend zu ihr war. Ob sie sich gut erholt habe, wollte er wissen.
Wenn du wüsstest, wie gut, du alter Schmiersack, dachte sie.
»Frau von Schmoltke, gut dass Sie wieder da sind«, empfing sie ihre Büroleiterin.
Ich war doch nur einen Tag weg, dachte Charlotte.
»Wir haben drei riesige Postmappen für Sie, und außerdem liegt ein Stapel mit Anfragen hier. Alles dringend.«
»Wir setzen uns gleich zusammen. Aber ich muss zuerst telefonieren«, sagte sie.

Dann ließ sie sich mit Dr. Schneider vom BKA verbinden.
»Und? Gibt es schon Neuigkeiten von Ihrem Ermittler?«, fragte sie.
»Er ist am Werk, Frau Staatssekretärin. Aber für Resultate ist es noch zu früh. Ich werde Sie informieren, sobald ...«
»Ich hab noch eine andere Frage: Kennen Sie den Fall des früheren Generalinspekteurs Nauber? Er wurde in New York erschossen.«
»Ja. Natürlich. Ziemlich tragisch.«
»Gibt es Hinweise auf einen terroristischen Hintergrund der Tat?«
»Wir wissen nicht viel darüber. Natürlich hatten wir sofort einige Beamte nach New York geschickt. Aber die amerikanischen Kollegen haben absolut nichts gefunden, was irgendwie auf eine Terrortat schließen ließ. Nauber war auch nicht mehr im Geschäft. Er war Artillerieoffizier, Stabsoffizier, hochrangig, aber davon gibt es einige. Nein, es war ein Zufall oder eine Verwechselung.«
»Und ... Sagen Sie, ist dieser Dengler, den Sie engagiert haben, wirklich so gut, wie Sie sagen?«
»Früher zumindest war er der Beste.«

Dritter Teil

Nicht identifizierbarer Account

von: Edgar Fiedler, ITZ
an: Hans Leitner, Leiter Task Force Berlin
Eilt!
Das wird Sie interessieren: Gestern Abend, 19.57 Uhr, wurde von einem unbekannten Rechner und einem nicht identifizierbaren Account ein Video an den Stuttgarter Privatdetektiv Georg Dengler geschickt. Es zeigt Sie in einem Gespräch mit einer dritten Person.

Leitner sah sich das Video mehrmals an. Es zeigte ihn, wie er den Bundesanwalt in die Zange nahm. Prima Bild, gute Tonqualität. Er konnte sich nicht erinnern, dass ihm in dem Lokal in Karlsruhe etwas aufgefallen war.
Wenn er nichts von einer Observation gemerkt hatte, dann waren Profis am Werk.

»Leitner hier. Herr Präsident, hat die Kleine irgendwelche Filme besessen? – Ja, von der Aktion gegen mich. – Nein? Sind Sie sicher? – Wurde ihr Rechner durchsucht? – Gut. Danke. Dann ist das geklärt.«
Von Gisela Kleine war der Film also nicht.
Ein weiteres Mal hatte er diesen Dengler unterschätzt.
Was wusste der Mann noch über ihn?
Nicht ich überwache ihn, sondern er überwacht mich, dachte er. Er ist mir dichter auf den Fersen, als ich bisher dachte. Sehr viel dichter. Es ist Zeit für eine ernste Warnung.
Er griff erneut zum Hörer.

Asservate

Dengler verließ gerade den Freiburger Bahnhof. Er überquerte in einem Pulk von Fußgängern den Zebrastreifen und stand in der Eisenbahnstraße, als Jürgen Engel anrief.
»Georg, halt dich fest. Ich habe eben die Nachricht der Bundesanwaltschaft bekommen. Die Asservate wurden vernichtet, weil dieser Fall ›durchermittelt‹ sei und neue Erkenntnisse nicht mehr zu erwarten seien. Eine Routineangelegenheit, hieß es. Ich bin am Telefon ausgerastet, aber für den zuständigen Bundesanwalt schien das alles völlig normal. Es gibt keinen Finger mehr, und auch die Reste des Feuerlöschers sind vernichtet. Wir hatten verdammtes Pech.«
»Das ist die Frage, Jürgen. In diesem Fall gibt es sehr viele merkwürdige Zufälle. Und zwei merkwürdige Todesfälle.«
Er erzählte ihm von Elmar Becker und Monika Bandlinger.
»Beide«, sagte er, »haben weitere Verdächtige am Tatort gesehen, dies in den Vernehmungen auch ausgesagt, und beide leben nicht mehr.«

Gladio

Dengler traf Dr. Schweikert in einem kleinen Café am Augustinerplatz. Beethoven klang aus den Lautsprechern, Anne-Sophie Mutter spielte ihr Paradestück, das einzige Violinkonzert des großen Komponisten.
»Ich bin gern hier«, sagte Dr. Schweikert. »Es gibt hier fast die gesamte deutsche und die wichtigste ausländische Presse. Der Kaffee ist gut, und die Leute sind nett.«

Zwei Studentenpärchen saßen an den Nachbartischen. Alle lasen Zeitungen.

Dengler freute sich, seinen alten Vorgesetzten wiederzusehen. Aber er war älter geworden, und er wirkte auf Dengler noch schmaler und zerbrechlicher als bei seinem letzten Besuch. Doch die Augen blitzten wach und freundlich wie früher hinter einer Brille mit viel zu großen Gläsern hervor.

»Ich habe Ihnen etwas mitgebracht«, sagte Dengler und schob ihm einen Stick über den Tisch.

Dr. Schweikert nahm ihn.

»Danke, Dengler. Was ist da drauf?«

»Sie wollten doch das Field Manual 30–31. Da ist es.«

Dr. Schweikert fixierte Dengler, als wolle er sichergehen, dass dieser keinen Scherz machte.

Dann sagte er: »Lassen Sie uns einen kleinen Spaziergang machen.«

Sie gingen einen Stock tiefer, zahlten an der Kasse und traten ins Freie.

»Gehen Sie schnell noch einmal nach oben und sehen Sie nach, was die Studenten machen.«

Dengler nickte und ging, zwei Stufen auf einmal nehmend, nach oben.

»Einer der beiden Männer telefonierte gerade«, sagte Dengler, als er wieder neben seinem früheren Vorgesetzten auf dem Augustinerplatz stand.

Dr. Schweikert nickte.

»Kann es sein, dass Sie observiert werden?«

»Ich habe nichts bemerkt. Aber es ist nicht ausgeschlossen.«

»Wir trennen uns jetzt. In einer halben Stunde treffen wir uns im Stadtgarten an der Seilbahn.«

Dengler nickte. Sie verabschiedeten sich formell und gingen getrennte Wege.

Der Augustinerplatz war gesäumt mit jungen Menschen, die in dichten Trauben auf den Treppen saßen. Hier war es unmöglich festzustellen, ob er überwacht wurde oder nicht. Er überquerte die Salzstraße und lief durch die Augustinergasse zum Münsterplatz. Bauern vom Kaiserstuhl verkauften Gemüse, alternative Betriebe boten selbst gefertigtes Holzspielzeug oder handgetöpfertes Geschirr an.

Dengler blieb vor einem Stand stehen und kaufte sich eine rote Wurst.

Er sah sich um. Kein Gesicht, das er drüben auf dem Augustinerplatz bereits gesehen hatte.

Aber das besagte nichts.

Er ging, die rote Wurst essend, über die geschwungene Fußgängerbrücke hinüber in den Stadtgarten. Vor dem Eingang zur Seilbahn, die hinauf auf den Schlossberg fuhr, stand Dr. Schweikert.

»Kommen Sie, Dengler, steigen Sie ein.«

Sie stiegen in eine der Kabinen, die nicht mehr als vier Personen fasste. Langsam zockelte die Seilbahn los.

»Hier sind wir völlig ungestört. Genießen Sie den Blick über Freiburg. Vor allem aber erzählen Sie mir, wie Sie an das Field Manual gekommen sind.«

»Es war ein einfacher Einfall. Stammt allerdings nicht von mir. Ein Freund fragte sich, ob die Stasi sich nicht ein solches Dokument beschafft haben konnte.«

»Und sie hatte?«

»Ja, es fand sich in den Archiven der Birthler-Behörde.«

»Gute Idee. Aber Sie wissen, dass es sich um ein gefährliches Papier handelt?«

»Sie haben es mir deutlich genug gesagt. Aber was hat es mit dem Oktoberfest-Attentat zu tun?«

»Ich weiß es auch nicht genau. Aber damals haben wir im BKA über Ähnlichkeiten zwischen den deutschen Entwicklungen und denen in Italien diskutiert. Sagt Ihnen der Fall Heinz Lembke etwas?«

»Nein.«

»Lembke hängt mit Ihrem Fall zusammen. Auch mit dem Field Manual 30–31. Wir nahmen diesen Lembke fest. Er war

ein rechtsradikaler Terrorist. Wir erwischten ihn in Uelzen, als er aus einem Erddepot Sprengstoff entnehmen wollte. Zuvor hatten Waldarbeiter das Versteck entdeckt und die Polizei informiert. Wir brauchten nur zu warten. Merkwürdig kam uns nur Folgendes vor: Im Laufe der Ermittlungen zum Attentat auf das Oktoberfest führte die bayerische Polizei zahlreiche Vernehmungen durch. Mitglieder der Wehrsportgruppe Hoffmann wurden festgenommen und befragt. So hatten die Mitglieder der *Deutschen Aktionsgruppen* Raymund Hörnle und Sibylle Vorderbrügge einen Tag nach dem Oktoberfest-Attentat ausgesagt, dass der Rechtsextremist Heinz Lembke ihnen Waffen, Sprengstoff und Munition angeboten und von umfangreichen Waffendepots erzählt habe. Diesem Hinweis ging die Staatsanwaltschaft jedoch merkwürdigerweise nicht nach. Wir erfuhren erst davon, als wir von diesen Waldarbeitern alarmiert wurden. Lembke offenbarte im Untersuchungsgefängnis dann die Lage weiterer 33 illegaler Waffen- und Sprengstoffdepots. Wir fanden modernste Waffen, automatische Gewehre, 14 000 Schuss Munition, 50 Panzerfäuste, 156 kg Sprengstoff und 258 Handgranaten, keineswegs altes Zeug, darunter mündungsfeuerfreie Munition. Lembke wurde nach München überstellt. Dort nahmen wir ihn noch einmal in die Mangel. Uns war klar, dass er Verbündete – und zwar mächtige Verbündete – im Militärapparat haben musste. Dann hatten wir ihn weichgeklopft. Er kündigte an, seine Hintermänner nennen zu wollen. Er gab zu, mit dem Oktoberfest-Attentat zu tun zu haben. Er habe den Sprengstoff geliefert. Wir stoppten die Vernehmung. Es war Zeit, einen Staatsanwalt hinzuzuziehen. Außerdem war es spät geworden. Für den nächsten Tag wurde die Vernehmung durch die Münchener Staatsanwaltschaft angesetzt.«
»Und dann?«
»Es kam nie zu dieser Vernehmung. Wir kamen am Morgen des 1. November 1981 nach Stadelheim und wurden mit der

Nachricht empfangen, dass Lembke sich in der Nacht in seiner Zelle erhängt hatte.«
»Erhängt? In der Nacht vor seiner Aussage?«
»Ja. Sehr seltsam, nicht wahr?«
»Wie ging es weiter?«
»Nun war die Sache nicht mehr in der Hand der Polizei. Ich habe den Abschlussbericht noch gelesen: Lembke sei ein verwirrter Einzeltäter gewesen, hieß es da. Die Waffendepots habe er aus Furcht vor einer sowjetischen Invasion allein angelegt. Und so weiter. Und so fort.«
»So wie der Abschlussbericht zum Oktoberfest-Attentat. Obwohl es auch da viele andere Hinweise gab.«
»Genau so, Dengler, genau so.«
Die Gondel kam in der Bergstation an.
»Wir bleiben sitzen«, sagte Dr. Schweikert und hob die Hand. Darin befanden sich zehn Tickets.
»Wir können noch eine Weile hin und her fahren. In der Seilbahn können wir ungestört reden.«
Er reichte dem Kontrolleur zwei Fahrkarten, und sie fuhren wieder bergab.
»Seit diesem Fall versuchte ich hinter das Geheimnis zu kommen und stieß auf Gladio.«
»Gladio?«
»Wir wissen, dass die Gladio-Aktivitäten von einem NATO-Gremium gesteuert wurden. Der italienische Premierminister Andreotti sagte, Gladio-Aktivitäten habe es in allen europäischen Staaten gegeben. Daraufhin gab es Untersuchungsausschüsse in Italien, Belgien und in der Schweiz.«
»Und in Deutschland?«
»Nur in Deutschland nicht. Deutschland ist das einzige Land, das darauf verzichtet hat, die Machenschaften dieser Geheimarmee zu untersuchen.«
»Warum?«
»Ich weiß es nicht, Dengler.«
»Wie hieß dieses NATO-Gremium?«

»Allied Clandestine Committee.«
»Und gibt es Gladio heute immer noch?«
»Ich weiß es nicht.«
»Es ist zum Verrücktwerden.«
»Das ist es, Dengler. Es ist, als wäre all das, was wir sehen, hören und fühlen, nicht wahr. Als gäbe es eine andere Wirklichkeit, die alldem zugrunde liegt und die wir nicht sehen. Aber in dieser verborgenen Wirklichkeit werden die eigentlichen Fäden gezogen, werden entscheidende Weichen gestellt. Wir oben in der sichtbaren Welt: Wir sehen Parlament, Regierung, Opposition, die Zeitungen und Fernsehen, die über all das berichten. Aber es ist nur Theater. Das habe ich oft gedacht. Ich habe mich in meiner Dienstzeit bemüht, die Risse zu finden und einmal genauer in die Unterwelt hineinzuschauen. Es ist mir nicht gelungen. Vielleicht gelingt es Ihnen.«
»Mir? Warum sollte es ausgerechnet mir gelingen?«
Schweikert sah aus dem Fenster der Gondel hinunter auf den Stadtgarten.
»Wissen Sie, welcher Moment als Beginn der terroristischen Bewegung in Deutschland angesehen wird?«
Dengler lachte.
»Das ist eine Frage aus Ihrem Unterricht, die Sie uns jungen Kriminalanwärtern vor vielen Jahren gestellt haben.«
»Wissen Sie noch die Antwort?«
»Sicher. Die Molotowcocktails auf das Hochhaus des Springer-Konzerns am 11. April 1968. Es waren die Demonstrationen, mit denen die Studenten auf das Attentat auf Rudi Dutschke reagierten.«
»Perfekte Antwort. Wissen Sie auch, woher die Brandsätze kamen?«
»Nein. Davon haben Sie uns damals nichts erzählt.«
»Aus gutem Grund. Sie stammten vom Westberliner Verfassungsschutz. Ein V-Mann namens Peter Urbach verteilte sie während der Demo zündfertig aus einem großen Wei-

denkorb, den eine Sekretariatskraft des Verfassungsschutzes gekauft hatte. Außerdem zeigte er den Demonstranten, wie man Autos so umkippen kann, dass das Benzin aus dem Tank läuft. Streichhölzer hatte er natürlich auch dabei. Dies alles führte mit zu der gewalttätigen Eskalation der Demonstration und zum Abbrennen mehrerer Lieferwagen des Springer-Verlags. So entstanden die berühmten Osterunruhen 1968. Sie zählen bis heute zu den schwersten Ausschreitungen in der Geschichte der Bundesrepublik. Die Fotos der brennenden Lastwagen gingen als Beweis für die Gewaltbereitschaft der Berliner Studenten durch die Zeitungen.«

»Warum erzählen Sie mir das?«

»Weil immer dann, wenn von Terrorismus die Rede ist, die Geheimdienste in der Nähe sind. Als Polizist kann man sie kaum unterscheiden, die militanten Demonstranten und die Geheimdienstler.«

»Und von mir erwarten Sie, dass ich mich in dieses gefährliche Wasser begebe.«

»Ja.«

»Ich weiß nicht, ob ich das kann – und ob ich das will.«

»Es ist die Hölle, Dengler. Wenn Sie die Gelegenheit dazu haben, werfen Sie einen Blick hinein. Löschen können Sie die Höllenfeuer nicht.«

Charlotte von Schmoltke trifft Dengler

Dengler nahm den Zug, der Freiburg um 13 Uhr verließ. Kurz nach halb vier stand er vor dem *Basta*. An der Theke saß Martin Klein, links neben ihm Betty Gerlach, rechts eine ihm unbekannte Frau in einem teuren dunkelblauen Kostüm. Die Frau war blond, trug schulterlange blonde, sorg-

fältig frisierte Haare, ein dezentes Make-up. Gerade lachte sie über eine Bemerkung von Martin.
»Hallo, Georg«, rief Martin Klein. »Du hast Besuch.«
Die Frau sah auf. Lächelnd kam sie auf ihn zu.
»Ich warte schon eine Weile auf Sie. Ich freue mich, Sie kennenzulernen. Ich heiße Charlotte Schmoltke.«
Sie hatte einen festen Händedruck, einen offenen Blick, und ihr Lachen gefiel Dengler.
Er mochte diese Frau.
»Wir haben etwas gemeinsam. Sie arbeiten im Augenblick für das Bundeskriminalamt. Und ich bin vermutlich schuld an diesem Auftrag. Nun wollte ich wissen, wie weit Sie sind mit Ihren Ermittlungen.«
Dengler kniff die Augen zusammen.
»Ich glaube nicht, dass ich Ihnen ...«
»Oh, ich muss mich vorstellen. Entschuldigen Sie. Hier ...«
Sie zog eine Visitenkarte hervor und reichte sie Dengler.
Charlotte von Schmoltke, Parlamentarische Staatssekretärin im Bundesministerium des Innern.
Sie nahm ihn am Arm und führte ihn ein wenig zur Seite.
»Sie ermitteln doch in der Frage, was die V-Männer des Verfassungsschutzes in der NPD treiben?«
Dengler stutzte. Er hatte keine Ahnung, wovon die Frau sprach.
»Sie können offen mit mir reden. Wir sind dem BKA vorgesetzt.«
»Ich habe keinen solchen Auftrag.«
»Das hab ich mir gedacht.«
Sie hatte plötzlich ein Handy am Ohr.
»Von Schmoltke hier. Geben Sie mir Dr. Michael Schneider – dann holen Sie ihn aus der Sitzung. Aber schnell, bitte.«
Dann ging sie vor die Tür. Dengler beobachtete, wie sie telefonierend auf und ab lief. Manchmal, so meinte er an ihrer Mimik zu sehen, wurde sie dabei sehr laut.
Dann kam sie zurück ins Lokal.

»Hier«, sagte sie. »Der Präsident des BKA. Er will mit Ihnen reden.«
Sie hielt ihm das Handy hin.
»Dengler? Hier ist Dr. Schneider. Seien Sie so gut und reden Sie mit der Staatssekretärin. Berichten Sie ihr alles, was Sie bisher in Erfahrung gebracht haben. Wir beide telefonieren morgen noch einmal miteinander.«
»Wo wollen wir reden?«, fragte sie.
»In meinem Büro – da sind wir unter uns. Wir müssen nur durchs Treppenhaus ein paar Stufen nach oben gehen.«
Oben angekommen, kochte Dengler Espresso, und die beiden setzten sich in sein Büro. Dengler berichtete ihr von seinen bisherigen Ermittlungen.
»Dr. Schneider hat Sie auf die falsche Spur gesetzt. Ich wollte von ihm wissen, was der Verfassungsschutz innerhalb der NPD treibt. Und er überträgt Ihnen einen alten Fall, in den er persönlich als junger Mann verwickelt war.«
»Vielleicht wollte er mich auf Umwegen an die Frage heranführen, die Sie ihm gestellt haben.«
»Das glaube ich nicht.«
Bitter fügte sie hinzu: »Ich glaube einfach gar nichts mehr.«
Da geht es ihr wie mir, dachte Dengler.
»Sehen Sie eine Möglichkeit herauszufinden, was ich gern wissen möchte?«, fragte sie schließlich.
Dengler lachte.
»Ein einzelner Mann gegen einen Geheimdienst? Da überschätzen Sie mich.«
Sie nickte.
»Dann machen Sie dort weiter, wo Sie sind. Es ist sicherlich wichtig, herauszufinden, was damals geschehen ist. Aber ...«, sie machte eine kurze Pause, »mich interessiert aus privaten Gründen noch eine andere Geschichte. Vielleicht können Sie mir dabei helfen. Es geht um den pensionierten General Nauber, einen ehemaligen Heeresinspekteur. Er wurde in New York erschossen.«

»Ich habe davon in der Zeitung gelesen.«
»Können Sie sich diesen Mord bitte einmal anschauen? Mich würde interessieren, ob es wirklich ein Zufall oder eine Verwechselung war, wie die Polizei annimmt. Es gibt da einige Ungereimtheiten.«
Dengler zögerte kurz.
»Es tut mir leid, aber ich glaube, Sie überschätzen meine Möglichkeiten. Ich betreibe hier eine Ein-Mann-Detektei. Wie soll ich einen solchen Fall klären? Mit welchen Verbindungen? In New York? Parallel zu all dem hier?«
»Oh, entschuldigen Sie. Es war nur eine Frage.«
Sie stand auf.
»Leben Sie wohl, Herr Dengler, und halten Sie mich auf dem Laufenden.«
»Gern, Frau von Schmoltke.«

★★★

Erst als er wieder allein in seinem Büro saß und die eingegangenen E-Mails kontrollierte, entdeckte er das Video. Es war von einem Yahoo-Account abgesandt worden.
»Können wir über Ihre Nachricht reden?«, schrieb er zurück, aber er bekam sofort die Nachricht, dass der Account nicht mehr existierte. Etwas anderes hatte er auch nicht erwartet.
Er sah sich das Video mehrmals an. Den schwitzenden Bundesanwalt, der versprach, die Asservate vernichten zu lassen. Und den Mann im braunen Anzug, der sich seiner Sache einerseits so sicher war und andererseits offenbar so nervös schwitzte, dass er sich dauernd die Hände an den Hosenbeinen abwischen musste.
Google lieferte ihm kurze Zeit später den Namen des einen Mannes: Dr. Clemens Sundermann.
Er wird mir den Namen des Mannes in Braun verraten, dachte Dengler.

Dann ging er zu Bett.
Es war spät geworden.
Und schon wieder keine Nachricht von Olga.

Noch eine Information

Am anderen Morgen weckte sie ihre Tochter um sieben. Sie kroch zu ihr ins Bett. Es war ein schönes Gefühl, wie sich das Kind an sie schmiegte. Sie hatte es fast schon vergessen.
Aber dann flogen die Schatten herbei: vom Dienst suspendiert. So eine Schande. Was wird aus mir werden? Plötzlich wusste sie, dass sie gestern Abend einen Fehler gemacht hatte. Sie hätte diesem Dengler das Video nicht schicken dürfen. Es war illoyal gewesen. Sie war nicht loyal gewesen zu dem Amt und dem Präsidenten. Wenn das aufflog, war ihre Laufbahn endgültig zerstört.
Sie überlegte, während sie ihre Tochter mechanisch streichelte: Es würde nicht auffliegen. Dazu war sie zu vorsichtig gewesen. Niemand würde sie als Absender identifizieren. Aber was hatte sie in der Hand, um den Präsidenten umzustimmen?
Nichts.
Doch. Sie hatte etwas: eine Information. Sie hatte die Information, dass die Schmoltke eine Affäre mit dem jungen Kerl aus Tübingen hat. Bislang wusste nur Huber davon, und der würde sie für sich behalten, bis er sie politisch nutzen konnte. Diese Information wäre aber auch für den Präsidenten und für Leitner wichtig. Vielleicht war das der Schlüssel, der sie in ihren Job zurückbrachte.
Sie schob ihre Tochter beiseite.
»Mama muss einmal telefonieren.«

»Du hast gesagt, du bleibst heute bei mir.«
»Mach dir keine Sorgen, mein Augenstern. Ich telefoniere und bin gleich wieder bei dir.«

Arbeitsplan

Dengler wurde um sechs Uhr wach.
Er stand auf und begann sofort mit Liegestützen. Über ihm auf dem schmalen Podest, das er in eine Ecke im Schlafzimmer geschraubt hatte, stand die Marienstatue aus der Kirche in Altglashütten.
Etwas mitleidig kam ihm der Blick der Mutter Gottes in ihrem abgeschabten blauen Umhang vor, als er nach dem fünfundvierzigsten Auf und Ab bereits aufgeben musste.
Er musste wieder mehr trainieren. Wollte nicht Martin Klein mit ihm joggen gehen?
Was machte der eigentlich? Hatte er bei Betty Gerlach Erfolg gehabt? Vielleicht sollte er heute Morgen mal mit ihm frühstücken und ihn ein wenig ausfragen?
Erschöpft stand Dengler auf und ging ins Bad.
Als er eine Dreiviertelstunde später an seinem Schreibtisch saß, sortierte er die Spuren, die er noch verfolgen wollte, bevor er den Fall mit einem Bericht abschließen würde.
Er wollte an dem Fall nicht mehr weiterarbeiten.
Er wollte keinen Blick in die Hölle werfen, wie Dr. Schweikert es ihm empfohlen hatte. Es war besser, nicht zu viel zu wissen und damit eine gewisse Unschuld zu bewahren.
Zwei Spuren wollte er noch verfolgen. Das gebot sein Polizistensinn. Dann würde er den Abschlussbericht schreiben.
Er kramte sein schwarzes Notizbuch aus der Tasche und schrieb auf:

1. Was weiß die Stasi-Unterlagenbehörde über das Attentat auf das Oktoberfest?
2. Bundesanwalt Sundermann wird erzählen, wer der Mann im braunen Anzug ist.

Diese beiden Dinge wollte er noch herausfinden.
Und dann war Schluss.
Die Überschaubarkeit seines Plans erleichterte ihn.
Doch damit war es nicht getan. Es rumorte in seinem Kopf.
Der Mann im braunen Anzug muss gewusst haben, dass er und Engel den Finger in den Asservaten untersuchen wollten.
Woher wusste er das?
Irgendwo gab es eine undichte Stelle.
Beim BKA?
Hier? Bei ihm?
Er rief Engel über das abhörsichere Handy an: »Jürgen, ich bitte dich, möglichst sofort nach Berlin zu fliegen und festzustellen, was die Birthler-Behörde an Unterlagen über das Münchener Attentat hat. Ich weiß nicht, ob die Stasi überhaupt etwas darüber hat, aber es könnte sich lohnen, dort nachzufragen. Falls du etwas findest, ruf mich an, ich komme dann sofort nach Berlin.«
»O. k. Was machst du?«
»Ich verbringe einen Tag in Karlsruhe.«
Er berichtete ihm von dem Video.
»Unser Fall nimmt Fahrt auf, was?«, sagte Engel.
»Ja, wird auch langsam Zeit.«

***

Der Ausweis des Bundeskriminalamtes gewährte ihm schnell Zugang zur Bundesanwaltschaft. Er wurde ins Konferenzzimmer geführt, und kurze Zeit später kam Bundesanwalt Clemens Sundermann und setzte sich ihm gegenüber.

»Besuch vom Bundeskriminalamt bedeutet für einen Bundesanwalt meistens neue Arbeit«, sagte er.
»Diesmal nicht. Diesmal geht es nur um einige Auskünfte.«
»Das ist gut. Ich habe nämlich einiges zu tun. Wir sind gerade an der Sache ...«
Er sah auf die Uhr.
»Warum haben Sie die Vernichtung der Asservate im Fall des Oktoberfest-Anschlages von 1980 angeordnet?«
Sundermann sah ihn irritiert an, fasste sich dann aber schnell.
»Nun, der Anschlag liegt schon dreißig Jahre zurück. Es sind keine neuen Erkenntnisse mehr zu erwarten. Allein aus Platz- und Kostengründen sind wir gehalten ...«
»Bitte, Herr Staatsanwalt, nehmen Sie mich nicht auf den Arm. Wir wissen, dass Sie Anweisung erhalten haben ...«
»Also, das ist doch ...«
Sundermann sprang auf und wollte gehen.
»Sie wurden gefilmt. Bitte sehen Sie sich diese Aufnahme an.«
Dengler klappte seinen Laptop auf und spielte den Film ab.
Sundermann sah sich, wie er gerade die *Oberländer Weinstube* betrat.
»Entschuldigen Sie die Verspätung, aber wir haben im Augenblick ... Ich muss auch in einer halben Stunde bei einem anderen Termin ...« Er war gut zu verstehen.
Schweigend sahen sie eine Weile dem Film zu.
»Müssen wir uns den Film bis zum Ende anschauen?«, fragte Dengler.
Sundermann hatte den Kopf die Hände gestützt. Er war leichenblass.
»Hört das denn niemals auf«, sagte er. »Ich habe doch nur einmal, nur ein einziges Mal war ich auf einer dieser Partys, bei denen ...«
»Das interessiert mich nicht«, sagte Dengler. »Ich will nur wissen, wer der Mann im braunen Anzug ist.«

»Das weiß ich nicht.«
»Das wissen Sie nicht?«
»Ich weiß nur seinen falschen Namen. Er nannte sich immer Bergengrün. Aber ich habe nicht einen Moment geglaubt, dass er wirklich so heißt.«
»Warum?«
»Verfassungsschutz.«
Dengler nickte.
Er sagte: »In dem Film sagt dieser Bergengrün, dass er eines dieser Asservate selbst haben will. Haben Sie ihm das gegeben?«
»Ja. Es war nicht einfach, das zu arrangieren. Offiziell ist das Beweisstück vernichtet.«
»Was war es?«
»Ein Finger. In Formalin eingelegt. Aber eindeutig ein Finger.«

Drei Schläge

Martin Klein stand pfeifend vor dem Spiegel. Betty ging heute Abend mit ihm ins Theater. Zuerst würden sie in der *Cantina Toscana* einen Drink nehmen, da das Wetter gut war – und wenn sie einen Platz fänden, sogar im Freien.
Klein hatte ein weißes Hemd gebügelt. Eigentlich trug er alle seine Hemden in die Reinigung, aber sicherheitshalber hatte er dieses Hemd noch einmal gebügelt.
Er nahm die kleine Nagelschere in die rechte Hand. Mit der linken drückte er auf seine Nasenspitze, sodass die Nasenlöcher sich weiteten. Kein Zweifel, einige der Nasenhaare waren wieder nachgewachsen. Sorgsam führte er die Spitze der kleinen Schere ins geblähte Nasenloch.

Schnipp.
Nun waren es nur noch zwei.
Schnapp. Schnapp.
Er betrachtete seine Nase im Spiegel.
So sah es schon besser aus.
Zufrieden packte er die Schere weg. Er richtete sich auf.
Dass er so etwas noch erleben durfte!
So eine schöne Frau.
Ich bin verliebt.
Er kam sich vor, als habe er jahrelang nicht richtig gelebt.
Nun war die Welt farbiger, voller Musik.
Wo ist nur mein Jackett?
Er hatte es mehrfach abgebürstet, aber sicherheitshalber überprüfte er es noch einmal. Kein Stäubchen zu sehen.
Es klingelte.

★★★

Vor der *Cantina* gab es keinen Platz mehr. Die Besucher saßen dicht gedrängt an den Tischen, und einige standen mit Gläsern in der Hand auf der Straße. Klein und Betty gesellten sich dazu. Sie tranken ein Glas eines kräftigen, gekühlt servierten Rotweins und machten sich dann auf den Weg.
Klein gönnte sich noch einen Blick auf Betty. Sie trug ein einfaches schwarzes Kleid, die hochhackigen Schuhe modellierten ihre braunen Beine. Auch die Arme, der Hals und das Dekolleté, das den Ansatz ihrer Brüste zeigte, waren in diesem warmen Braun. Klein fragte sich, ob sie am ganzen Körper durchgehend so gebräunt war und wo sie sich wohl in die Sonne legte.
Sie lachte ihn an. Klein befürchtete, dass sie seine Gedanken erraten habe. Er nahm sie beim Arm, und sie zogen durch die schmale Gasse in Richtung Charlottenplatz.
Betty hakte sich bei ihm ein, Klein schien es sogar, als schmiege sie sich beim Gehen an ihn.

Ein bisschen vielleicht.

Ihre Hüften streiften beim Gehen hin und wieder seine Oberschenkel. Ihre warme Hand lag auf seinem Arm. Klein fühlte sich größer, als sei er gewachsen. Er sah die interessierten Blicke anderer Männer, die Betty streiften. Sie machten ihn stolz.

Heute geht sie mit mir aus. Ins Theater. Danach vielleicht noch etwas trinken und danach, wer weiß, es ist ein schöner Abend.

Sie waren in der Mitte der schmalen Passage zur Charlottenstraße, als sie von drei Männern überholt wurden, die es eilig zu haben schienen.

Einer von ihnen drehte sich plötzlich um.

»Dengler?«, zischte er.

»Was ist?«, fragte Klein.

Fast im gleichen Augenblick traf ihn ein Schlag ins Gesicht. Sein Kopf wurde nach hinten gerissen. Die Nase brach. Blut schoss. Es verschmierte seine Brille.

Er hörte Betty schreien.

Einer der Männer hielt sie fest.

Ein Tritt traf ihn im Unterleib. Ein nie erlebter Schmerz explodierte in Bauch und Hoden. Er krümmte sich nach vorne.

»Nein«, schrie Betty, dann hielt ihr einer der Kerle den Mund zu, und Martin hörte nur noch gurgelnde Geräusche.

Vor Schmerz verlor er fast die Besinnung. Aber er wollte ihr helfen und drehte sich zu ihr hin.

Da traf ihn ein dritter Schlag, hart und präzise mit einem Schlagring ausgeführt, unters rechte Ohr.

Das schreckliche, berstende Geräusch, als sein Kiefer brach, war das Letzte, was er hörte. Klein ging zu Boden. Sein Kopf schlug hart auf die Steinplatten. Die Tritte, die drei seiner Rippen brachen, spürte er nicht mehr.

Nur noch ein paar Wochen

Leitner saß im Büro des Präsidenten.
»Die Kleine hat mir einen Vorschlag gemacht«, sagte der Präsident. »Es geht um eine wichtige Information über die Schmoltke, die wir eventuell gegen ihre Rückkehr ins Amt einsetzen könnten. Ich habe abgelehnt.«
»Mir gefällt die ganze Entwicklung nicht«, sagte Leitner. »Dieser ehemalige BKA-Mann aus Stuttgart wühlt in der Oktoberfest-Operation, und er ist ziemlich schnell. Ich habe ihn für ein paar Wochen aus dem Verkehr gezogen, aber beim BKA ist mindestens noch einer dran.«
»Ich habe die Personalakte von diesem Dengler angefordert und gelesen. Hier ist eine Kopie. Du kannst sie haben.«
»Ich lese nicht gern. Was steht drin? Was ist das für ein Typ, dieser Dengler?«
»Typ: aufrechter Bulle. Fachlich sehr gut. Ein Spürhund, der nicht so leicht aufgibt. Einzelgänger.«
Schweigen.
»Jetzt ist er erst mal ein paar Wochen im Krankenhaus«, sagte Leitner.
»Ich hasse diese Art von Polizist«, sagte der Präsident. »Weißt du, warum die israelische Armee die gemischt-geschlechtlichen Kompanien aufgegeben hat? Nun gibt es nur noch Männer- oder Frauen-Einheiten.«
Leitner schwieg. Er kannte den Präsidenten und dessen Vorliebe für umständliche Erklärungen. Genervt wischte Leitner die Handflächen an der Hose ab.
Der Präsident fuhr fort: »In Gefechtssituationen waren diese Einheiten nicht mehr zu kommandieren. Sobald eine Soldatin verletzt oder in Gefahr war, riskierten die männlichen Soldaten alles, um sie zu retten. Sie hörten dann auch auf kein Kommando mehr. Leben und Gesundheit oder Freiheit der Soldatin ging dann vor dem Befehl. Es

herrschte Anarchie. Selbst die schwersten Strafen änderten nichts.« Der Präsident lehnte sich zurück.

»Deshalb wurden diese gemischten Kompanien wieder aufgelöst«, sagte er.

Leitner wusste nicht, worauf der Präsident hinauswollte, also schwieg er.

»Dieser Typus – diese aufrechten Polizisten sind genauso schlimm. Wenn sie bei jedem Einsatz erst ihr Gewissen befragen oder die Dienstvorschrift lesen, sind Polizeieinheiten nicht mehr zu steuern. Man gibt einen Befehl und weiß nicht, was dann passiert.«

Leitner schwieg weiter.

»Man müsste diese Sorte komplett aus dem Polizeidienst entfernen. Bilden sich was darauf ein, dass es ihnen immer um die Sache geht. Dieser Typ von Bullen, Hans, ist die Pest. Wenn die glauben, irgendetwas oder irgendjemand würde der Sache nicht dienen, dann werden sie unruhig und reißen das Maul auf. Auf ihr Gewissen scheiße ich. Solche Typen kann man nicht führen. Bei jeder Anweisung, jedem Befehl prüfen die erst, ob es der Sache dient und ob sie in ihrem sensiblen Gewissen nicht verletzt werden. Mir sind die Polizisten lieber, die machen, was man ihnen sagt, ohne viel zu fragen, und wenn es sein muss, auch ohne viel zu denken. Besser korrupt, in Maßen natürlich, als – aufrichtig. Das sind echt die Schlimmsten, Hans.«

Leitner wollte das Gespräch wieder in praktische Bahnen lenken.

»Verstehe, aber wir müssten zunächst wissen, was die Kleine weiß«, sagte er.

»Vielleicht pokert sie nur?«

»Vielleicht.«

»Dann versetzen wir sie an irgendeine Botschaft.«

»Sie könnte meine Stellvertreterin werden. Dann haben wir sie im Auge.«

»Gute Idee.«

Der Präsident griff zum Hörer. Leitner goss sich noch eine Tasse Kaffee ein. Er hörte dem Gespräch des Präsidenten mit Gisela Kleine nicht zu. Er dachte daran, dass er heute Abend mit dem Zug nach Mülheim fahren würde, um sein neues Wohnmobil abzuholen. In wenigen Wochen würden seine Frau und er zu ihrer lang ersehnten Reise nach Portugal aufbrechen. Dort würden sie überwintern. Im nächsten Jahr würden sie ans Nordkap fahren. Seine Frau wollte unbedingt auch nach Griechenland.
Bald, dachte er, bald habe ich das alles hinter mir. Nur diese Sache noch.
Der Präsident legte den Hörer auf.
»Sie ist einverstanden. Hans, du hast eine neue Assistentin.«
»Und die Information?«
»Interessant. Die Schmoltke hat ein Verhältnis mit einem unserer Kunden. Einem jungen Mann vom Antimilitaristischen Informationsdienst in Tübingen. Sie schickt dir sofort eine Mail mit den Details.«
»Das ist interessant.«
»Sag ich doch.«
»Dann zwingen wir die verehrte Frau Staatssekretärin doch dazu, endlich Ruhe zu geben.«
»Genau. Frisch ans Werk.«
Leitner stand auf.
Nur noch ein paar Wochen, dachte er, nur noch ein paar verdammte Wochen.

Komm nach Berlin

Dengler hielt Kleins Hand.
»Betty hat mich sofort angerufen. Ich erwische die Kerle, die dir das angetan haben. Ich verspreche es. Hast du mich verstanden?«
Klein sah ihn und senkte die Augenlider zweimal. Sprechen konnte er nicht. Sein Kopf war bandagiert. Neben dem Kieferbruch hatte er eine schwere Gehirnerschütterung, drei Rippenbrüche sowie Quetschungen und Prellungen am ganzen Körper. Die Ärzte hatten ihm ein starkes Schmerzmittel verabreicht.
Betty saß auf dem Stuhl neben ihm. Sie war kalkweiß im Gesicht, Tränen hatten ihre Wimperntusche verschmiert. Schwarze Schlieren zogen sich über ihre Wangen bis zum Mund.
Dengler nahm sie an der Hand und zog sie hinaus auf den Flur.
»Wie ist das geschehen?«
»Sie wollten dich, nicht Martin«, sagte Betty.
Erneut schossen ihr Tränen in die Augen.
»Mich?«
»Es waren drei Männer. Einer sagte deinen Namen. Als Martin darauf reagierte, schlugen sie zu. Einer hielt mich fest, die beiden anderen …«
Sie schluchzte.
»Kannst du die beiden Männer beschreiben?«
Sie nickte.
»Sie waren groß und dunkel. Schwarz gekleidet.«
Dengler zog sein Notizbuch.
»Alter? Größe? Haarfarbe? Erinnerst du dich?«
Betty nickte, und Dengler schrieb.

***

Dengler lief zu Fuß vom Katharinenhospital über den Kleinen Schlossplatz ins Bohnenviertel. Es war schon dunkel geworden. Sein Gegenspieler hatte nicht nur die Asservate vernichten lassen, sondern er hatte auch vorgehabt, ihm eine Lektion zu erteilen. Dengler war wütend, dass sie Martin Klein erwischt hatten.
Ausgerechnet Martin, dachte er, Martin, den friedfertigsten Menschen, den er kannte.
Das hätte er nicht tun dürfen, Martin Klein zusammenzuschlagen, das war ein großer Fehler gewesen.
Er wusste nicht, wer sein Gegenspieler war, aber er wusste, dass er diesen Fall jetzt zu Ende führen würde.
Dengler war wütend.

★★★

Er hatte sich an seinen Küchentisch gesetzt und gerade den Korken aus einer Flasche Brunello gezogen, als Jürgen Engel auf dem abhörsicheren Handy anrief.
»Georg, halt dich fest. Volltreffer.«
»Werd ein bisschen deutlicher.«
»Die Stasi wusste alles. Es ist unglaublich. Du musst sofort nach Berlin kommen. Weißt du, wie viele Akten die über das Oktoberfest-Attentat hier haben?«
»Natürlich nicht.«
»Über achttausend Blatt. Die haben alles gewusst. Die hatten ihre Leute in der Sonderkommission, in der Bundesanwaltschaft, in der Regierung. Nur wenige Minuten nachdem eine Information bei der Sonderkommission einging, war sie auch in Ostberlin bei der Stasi. Kannst du morgen in Berlin sein? Ich schaffe dieses Papiergebirge nicht allein.«
»Werden Namen genannt?«
»Ja, klar. Ich lass bereits die Stasi-Leute abgleichen, die ich heute in den Unterlagen gefunden habe. Ich hoffe, dass ich morgen deren neue Adressen habe.«

»Bravo, Jürgen. Wir werden den Laden ausmisten.«
»Die Stasi?«
»Nein. Diesmal den unseren. Ich nehme die früheste Maschine nach Berlin.«

Akten

In dem großen Gebäude der Stasi-Unterlagenbehörde oder Birthler-Behörde, wie das Amt nach seiner Leiterin auch genannt wurde, hatte man ihnen einen kleinen Raum zugewiesen und mit zwei Bibliothekstischen ausgestattet. Auf sechs überladenen Rollwagen hatten zwei Mitarbeiter die Unterlagen in den Raum gefahren.
»Na denn, viel Freude beim Lesen«, sagte einer der beiden.
Sie teilten sich die Arbeit auf. Dengler übernahm die Ermittlungen der Sonderkommission, Engel die Unterlagen über die Wehrsportgruppe Hoffmann und das Material, das die Stasi aus der Bundesanwaltschaft zusammengetragen hatte. Beide führten sie je eine Liste, auf der sie Namen von Stasi-Berichterstattern notierten.
Nach wenigen Seiten war Dengler fasziniert.
Die Berichte der Stasi-Agenten klangen, als hätten sie einen offiziellen Berichterstatter in der Sonderkommission Theresienwiese stationiert gehabt. Teilweise im Minutentakt wurden die Ergebnisse der Kommission nach Berlin in die Stasi-Zentrale gemeldet.

Sprengstoffanschlag während
des Oktoberfestes
in München   Streng vertraulich

Information G/5566/29/09/80

In Zusammenhang mit der am Abend des
26.09.1980 am Eingang der Festwiese des Münchener Oktoberfestes erfolgten Detonation eines Sprengkörpers gelangten interne Informationen aus dem Operationsgebiet zur Kenntnis.
Diese Informationen ergänzen die bereits
durch die BRD-Massenmedien verbreiteten
Meldungen über die Situation am Tatort unmittelbar nach dem Anschlag, untermauern
publizierte Hinweise, dass die Täter in der
Rechtsszene zu suchen sind und lassen Aussagen zu den von den zuständigen Organen der
BRD realisierten Maßnahmen zu.
Informationen zu den von den gegnerischen Organen realisierten Maßnahmen und deren Ergebnisse.
Die Ermittlungsführung im Zusammenhang mit
dem Anschlag wurde vom LKA, München, übernommen. Bei der Abteilung Staatsschutz
des LKA erfolgte noch in der Nacht vom
26.09.1980 die Bildung einer Sonderkommission mit der Bezeichnung Theresienwiese
  Kurzbezeichnung
  »SoKo Theresienwiese«.

Leiter: Kriminaldirektor ZIEGENAUS
Stellvertreter: Kriminaloberrat HÖSL
tel. Erreichbarkeit: 089- 1251 - 459
                     089- 1251 - 461

Nachfolgend sind die bekannt gewordenen Hinweise zu den Maßnahmen des Gegners im Zusammenhang mit der Bearbeitung des Terroraktes chronologisch geordnet aufgeführt:

<u>27.09.1980</u>

01.00 Uhr
Der Vizepräsident des BKA
    Dr. ERMISCH, Günter
wurde vom Dauerdienst des BKA Wiesbaden darüber unterrichtet, dass das BKA dem LKA München die Entsendung der Tatortgruppe angeboten habe.
Das LKA München lehnte jedoch dankend ab.
In diesem Zusammenhang gab der Mitarbeiter des BKA-Dauerdienstes dem Ermisch zur Kenntnis, dass BKA-Beamte, die in München bei der Bahnfahndung eingesetzt seien, den Ereignisort aufgesucht hatten. Angaben dieser Beamten zufolge sah es am Tatort aus wie nach einem »Bombenangriff«.

01.40 Uhr
Bis zu diesem Zeitpunkt waren 9 Tote und 67 Schwerverletzte festgestellt …

Denglers Gedanken glitten ab. Die Stasi bestätigte die Erzählung von Dr. Schweikert, nach der das Münchener LKA die Unterstützung des BKA abgelehnt hatte.
Außergewöhnlich, dachte er. Sie wollten sich nicht in die Karten blicken lassen. So als ob sie schon zu einem so frühen Zeitpunkt geplant hätten, die Ermittlungsergebnisse zu manipulieren.

Er blätterte weiter, wusste nicht genau, was er suchte, und blieb an einem weiteren Bericht hängen. Er las und pfiff durch die Zähne.

»Jürgen, ich glaube es nicht! Die Stasi berichtet hier über eine Operation des Verfassungsschutzes am Tag des Attentats. Offensichtlich hat der Verfassungsschutz am gleichen Tag umfangreiche eigene Kräfte eingesetzt. Als hätten sie es gewusst.«

Jürgen Engel stand auf und kam zu Denglers Tisch herüber. Beide beugten sich über ein Dokument.

```
Aktivitäten des Verfassungs-
schutzes im Zusammenhang mit
dem Anschlag auf das Münchener
Oktoberfest                       Streng vertraulich

          Information G/5585/29/09/1980

Nachträglich wurden Hinweise zu Observations-
handlungen des westdeutschen Verfassungs-
schutzes im BRD-Land Bayern bekannt, die mit
dem Sprengstoffanschlag auf das Münchener Ok-
toberfest im Zusammenhang stehen.
Wie hierzu erarbeitet wurde, begannen am
26.09.1980 ab ca. 00.15 Uhr Kräfte des west-
deutschen Verfassungsschutzes unter Betei-
ligung des

    Bayerischen Landesamtes für Verfassungs-
    schutz (BLfV)
    Landesamts für Verfassungsschutz (LfV)
    Baden-Württemberg

und des
```

Landesamtes für Verfassungsschutz (LfV)
Nordrhein-Westfalen

in

8524 Ermreuth

mit umfangreichen Observations- und Ermittlungshandlungen.
Verschiedene Anhaltspunkte deuten darauf hin, dass diese gegnerischen Maßnahmen mit dem am 26.09.1980 in
8000 München
erfolgten Sprengstoffanschlag auf das Münchener Oktoberfest in Zusammenhang stehen könnten.

Bemerkenswert erscheint, dass der Einsatz der gegnerischen Kräfte bereits mehrere Stunden vor dem Sprengstoffanschlag begann und bis zum gegenwärtigen Zeitraum in verschiedenen Räumen der BRD fortgesetzt wird.
Den operativen Ausgangsinformationen zufolge richteten sich die Aktivitäten des Gegners unter der Deckbezeichnung
»Aktion Wandervogel«
eindeutig gegen Mitglieder der Wehrsportgruppe Hoffmann.
An der Aktion Wandervogel beteiligten sich federführend die folgenden leitenden Beamten des Bundesamtes für Verfassungsschutz.

Es folgte eine Liste von sieben Namen, die Dengler sorgfältig notierte.
»Erklär mir das, Georg. Wieso beschäftigt sich unser Ver-

fassungsschutz Stunden vor dem Attentat mit der Wehrsportgruppe Hoffmann? An jenem Tag, an dem einer von ihr eine Bombe inmitten von Hunderten von unschuldigen Menschen zur Explosion bringt. Haben die die Bombe nach München eskortiert?«

»Zumindest haben sie davon gewusst. Sie haben von der Bombe gewusst.«

»Ich kann es mir nicht vorstellen, Georg. Die haben doch auch einen Eid auf die Verfassung ... So wie wir.«

»Ich glaube, die sind nicht so wie wir.«

»Ich muss Dr. Schneider informieren.«

»Warte damit noch. Lass uns noch weitersuchen. Sonst nehmen sie uns diese Dokumente ab.«

Jürgen Engel zog eine digitale Kamera aus der Tasche und fotografierte die Berichte der Stasi.

Dann wandten sie sich wieder den Akten zu.

Tritt ins Gesicht

Jan schlief lange.

Am Abend war er auf einer Veranstaltung im Sudhaus gewesen. Heute wollte er nach Berlin fliegen. Charlotte hatte ihm einen Flug am Nachmittag reserviert. Das Ticket lag am Schalter auf dem Stuttgarter Flughafen. Er freute sich.

Er hatte sich verliebt.

Bis über beide Ohren, wie man so sagte.

Er hatte sich von seiner Freundin getrennt. Er habe jemand anderes kennengelernt, hatte er zu ihr gesagt. Er war sehr ruhig gewesen. Fast kühl. Sie schrie, wurde wütend und verließ seine Wohnung türenschlagend. Das war erst ein paar Tage her, aber er hatte sie fast schon vergessen. Nur

hin und wieder schickte sie eine SMS, die er nicht beantwortete.
Er hatte nur Charlotte im Kopf.
Sollte er sie seiner Mutter vorstellen? Eine Frau, die fast doppelt so alt war wie er.
Na und, sagte er zu sich selbst, und beschloss, ihr einen Besuch daheim vorzuschlagen.
Verheiratet ist sie auch noch. Darüber würde seine Mutter nicht sehr glücklich sein. Was hätte Vater gedacht?
Er duschte und zog sich an.
Draußen schien die Sonne. Der Sommer war endlich da. Am Abend würde er Charlotte lieben. Pfeifend machte er sich auf den Weg zum Bahnhof.
Normalerweise mied er die Unterführung am Bahnhof. Doch heute stand da ein Typ und winkte ihm zu.
»Hey, du bist doch der Jan, oder? Ich muss dir was sagen.«
Komischer Typ, dachte er. Wirkte eher wie ein Rechter. War bestimmt auch schon dreißig.
Seine Neugier überwog. Er ging den Weg hinunter zur Unterführung.
»Moment«, sagte der Typ und wartete, bis einige Studenten die Unterführung verlassen hatten.
»Was gibt's? Ich muss auf den Zug«, sagte Jan.
»Ich soll dir was ausrichten. Vom nationalen Widerstand.«
»Wie bist du denn drauf?«
»Richte deiner adligen Fotzenschlampe aus, sie soll ihre Finger vom nationalen Widerstand lassen, sonst geht's ihr schlimmer als dir.«
Ein Schlag traf ihn in den Rücken, der ihn umwarf.
Zwei Männer, die er nicht bemerkt hatte, waren hinter ihn getreten.
Er wollte schnell aufstehen und fliehen.
Da traf ihn ein Tritt ins Gesicht.
Und noch einer.
Er verlor das Bewusstsein.

Später fanden ihn einige Passanten und alarmierten den Notarzt, der ihn sofort in die Uniklinik brachte.
Kurz danach wurde er operiert.

Zweiter Tag in der Stasi-Unterlagenbehörde

Am Morgen rief Dengler noch vom Hotel aus Betty an. Martin Klein ging es unverändert schlecht. Er konnte noch immer nicht sprechen und wurde weiterhin künstlich ernährt.
»Es ist so furchtbar«, sagte sie und weinte.
Um neun Uhr saßen er und Jürgen Engel wieder über den Akten.
Um elf schrie Engel auf.
»Georg, hier sind Lagepläne. Pläne mit Waffendepots der Neonazis.«
In den Akten lagen Karten. Auf ihnen hatte die Stasi sorgsam Waffenverstecke eingetragen.
»Ich muss jetzt den Chef anrufen«, sagte Engel.
»Warte noch«, sagte Dengler. »Die nehmen uns das Material weg. Lass uns noch bis zum Abend suchen.«
»Dann bin ich meinen Job los«, sagte Engel und wählte.
40 Minuten später betraten zwanzig Beamte einer Einsatzgruppe des BKA die Behörde. Sie verschloss und versiegelte den Raum und stellte zwei bewaffnete Wachen vor die Tür.
»Immerhin ist das Material nun sicher«, sagte Engel.
»Ich hoffe es«, sagte Dengler.

Charlotte sucht Jan

Charlotte wartete vergebens auf Jan. Sie hatte eine große Seeforelle gekocht, zwei Flaschen Weißwein vom Weingut Dr. Heger kalt gestellt – aber Jan erschien nicht. Sie versuchte es auf Jans Handy, doch sofort sprang die Mailbox an.
Sie war beunruhigt. Dass er die Verabredung nicht absagte, sondern gar nicht erschien, das passte nicht in das Bild, das sie von ihm hatte. Hatte sie sich getäuscht? Sie wurde ärgerlich. Ein freier Nachmittag und ein freier Abend hatten für sie Seltenheitswert. Warum ging Jan so achtlos mit ihrer knapp bemessenen freien Zeit um?
Der Präsident des Bundeskriminalamtes rief sie an. Es sei ein Erfolg zu berichten. Der eingesetzte Stuttgarter Privatdetektiv habe zahlreiche Waffenlager der rechtsextremistischen Szene aufgedeckt.
»Rechtsterroristisch muss man es wohl nennen«, sagte er. Noch am Abend würden Kräfte des BKA und einiger Landeskriminalämter zuschlagen.
Charlotte von Schmoltke rief sofort danach im Lagezentrum an und bat darum, dass sie sofort die Einzelmeldungen zur Inneren Sicherheit erhielt. Sie schaltete ihren Rechner an und rief die Nachrichten ab. Der Sicherheitsbericht des Tages ging kurz danach ein.
Sie las:

Tübingen 11.30 Uhr
Drei unbekannte, wahrscheinlich rechtsextremistische Täter schlugen am Vormittag den Leiter des Antimilitaristischen Informationsdienstes Jan Nauber zusammen. Nauber wurde von Passanten aufgefunden. Er liegt mit schweren Verletzungen in der Universitätsklinik Tübingen. Der Antimilitaristische Informationsdienst gilt als linksextrem und wird vom Verfassungsschutz beobachtet. Jan Nauber ist der Sohn des

ehemaligen Heeresinspekteurs Klaus Nauber, der im letzten Jahr wahrscheinlich aufgrund einer Verwechselung in New York erschossen wurde.

Sie griff zum Telefon und rief die Flugbereitschaft an.
»Ich muss nach Tübingen. Ja, dienstlich, natürlich. So schnell wie möglich. Einen Hubschrauber. Prima.«

Waffendepots

Es war ein merkwürdiges Gefühl, wieder in Wiesbaden zu sein, dachte Dengler. Er ging über die überdachte Verbindungsbrücke zwischen den beiden Hauptgebäuden, die die Kollegen früher immer »die Beamtenlaufbahn« genannt hatten.
Der Präsident war stolz. Er kam gerade von einer großen Pressekonferenz. Noch in der Nacht waren sechzehn unterirdische Waffenverstecke ausgehoben worden, vier allein in der Lüneburger Heide.
Das BKA fand Sprengstoff, dreihundert Maschinengewehre, 498 Maschinenpistolen vom Typ Uzi, alles aus Beständen der Bundeswehr, Schalldämpfer, kistenweise Munition. In einem Erddepot in Simmern wurden Waffen aus Kunststoff und Porzellan gefunden, die für Metalldetektoren und Durchleuchtungsapparate an Flughäfen unsichtbar waren, sowie mündungsfeuerfreie Spezialmunition. Überall waren einzelne Waffen entnommen, aber insgesamt war es ein riesiger Fund.
»Ich weiß nicht, wie ich Ihnen danken soll«, sagte Dr. Schneider zu Dengler.
»Indem Sie meine Rechnung bald überweisen.«

»Ich wusste, dass ich das Richtige tat, als ich Sie beauftragte.«
Der Präsident schien begeisterter von seiner Weitsicht als von Denglers und Engels Leistung.
»Ich wusste es«, wiederholte er noch einmal.
»Es gibt noch ein paar offene Fragen. In den Depots sind moderne Waffen. Wo kommen die her? Die Stasi gibt es seit 1989 nicht mehr. Wurden danach weitere Depots angelegt, die noch nicht gefunden wurden? Hatte der Verfassungsschutz Kenntnis von dem Anschlag auf das Oktoberfest? Wer ...«
Dr. Schneider unterbrach ihn.
»Ich weiß, ich weiß, wir werden da noch hinterherwischen. Wir haben eine Sonderkommission eingerichtet. Aber die Kleinarbeit soll Sie nicht mehr beschäftigen, Dengler. Fahren Sie in Urlaub. Sie haben es verdient.«
Noch nicht, dachte Dengler, ich habe noch etwas Wichtiges zu erledigen.

***

Martin Klein wurde von der Intensivstation auf eine normale Station verlegt. Er konnte noch immer nicht sprechen, aber seine Augen waren wieder glänzend. Betty saß an seinem Bett und reichte ihm gerade eine Schnabeltasse.
»Er kann noch immer nur flüssige Nahrung zu sich nehmen«, sagte sie.
»Ich freue mich, dass du dich so gut um ihn kümmerst.«
»Das ist doch das Mindeste, was ich tun kann.«
Betty erzählte, dass die Polizei bei ihr gewesen sei. Sie habe auf dem Präsidium Verbrecherfotos angeschaut, aber keinen der Typen wiedererkannt. »Dann habe ich mit einem Beamten zusammen ein Phantombild erstellt. Direkt am Computer.«
Dengler blieb fast zwei Stunden bei seinem Freund. Dann ging er.

Er rief auf dem Stuttgarter Polizeipräsidium an und sprach mit Kommissar Weber, den er von zwei früheren Fällen kannte. Weber versprach, ihm die Phantombilder per Mail zu schicken.

»Passen Sie auf sich auf«, sagte Weber. »Sie wissen, dass Klein nicht das eigentliche Ziel des Überfalls war. Und ich habe kein Personal, um Ihnen Polizeischutz zu gewähren.«

»Ich weiß.«

Er lief über den Kleinen Schlossplatz zum Charlottenplatz. Als er die Zeitungen aus dem Briefkasten nahm, grummelte sein Handy. Eine SMS.

Mein süßer Georg, in drei Tagen bin ich wieder bei dir. Ich freue mich sehr, sehr, sehr auf dich. Olga.

Endlich.

Sofort stiegen seine Laune und sein Blutdruck.

Er ging in die Küche, füllte die *Caffettiera* und warf den Herd an. Als der Kaffee fertig war, nahm er sich die Zeitung vor. »Schlag des BKA gegen Rechtsterrorismus«, lautete die Schlagzeile. Ein Kommentator warnte im Leitartikel davor, neben dem Islamismus die rechte Terrorszene nicht zu vergessen, sie habe den linken Terrorismus der Siebzigerjahre abgelöst.

Dengler schlug die Zeitung wieder zu.

Er dachte an den Bericht der Stasi. Stunden bevor die Bombe explodiert war, hatte der westdeutsche Geheimdienst Kräfte zusammengezogen.

Sie nannten es Operation Wandervogel.

Sie hatten die Wehrsportgruppe Hoffmann, aus der der Attentäter stammte, observiert.

Kann das ein Zufall gewesen sein?

Niemals.

Dengler war sich sicher.

Sie wussten von der Bombe.

Vielleicht haben sie sie sogar selbst gelegt.

Sein Gehirn sträubte sich gegen diesen Gedanken.

Kann es sein, dass staatliche Stellen, dass der Geheimdienst die Bombe auf das Münchener Oktoberfest selbst gelegt hat?

Oder waren es die Amerikaner gewesen?

In diesem Fall muss das US-Militär über Mittel verfügen, um Sonderaktionen in Gang zu setzen, die in der Lage sind, die Regierung des Gastlandes und die öffentliche Meinung von der Realität der revolutionären Gefahr und der Notwendigkeit von Gegenaktionen zu überzeugen.

So stand es in dem Field Manual.

War das Attentat auf das Münchener Oktoberfest eine »Sonderaktion« gewesen? Durchgeführt mit freundlicher Unterstützung des Verfassungsschutzes?

Massenmörder, die monatliches Einkommen vom Staat bezogen?

Terroristische Aktivitäten sind besonders nützlich, um die Kontrolle über die Bevölkerung zu erlangen. Terror kann selektiv oder wahllos ausgeübt werden.

Er hatte es doch selbst gelesen.

Terroristische Aktivitäten sind besonders nützlich.

Nützlich?

Wer waren diese Monster?

Er wollte sie sehen.

Er wollte ihnen in die Augen sehen.

Wer waren die Monster, die aus politischem Kalkül in der Lage waren, eine verheerende Bombe unter unschuldigen Männern, Frauen und Kindern zu zünden?

Waren es Männer, und vielleicht auch Frauen, die Monat für Monat Gehalt vom Staat bezogen, Beamte vielleicht sogar, die einen Eid auf die Verfassung abgelegt hatten?

Wer waren diese Monster, die verantwortlich waren für den Tod von 13 Menschen, für die Verstümmlung von vielen?

Er telefonierte.

»Jürgen, du hast doch das Foto mit der Namensliste der Beamten des Verfassungsschutzes, die an der Aktion Wander-

vogel beteiligt waren? Prüf die doch bitte. Wer von denen lebt noch? Wo wohnen sie?«
»Der Fall ist für uns beendet. Der Präsident hat eine Sonderkommission eingerichtet, die jetzt allen Spuren nachgeht.«
»Ich muss es wissen, Jürgen. Ich muss es für mich wissen. Ich werde sonst keinen Frieden finden.«
Selbst wenn Olga wieder da ist, dachte er.
»O.k., Georg. Ich mach's. Ich such diese Leute. Aber das ist topsecret. Kein Wort zu niemandem.«
»Versprochen.«
Kurz danach schickte Weber die Phantombilder der drei Männer, die Martin Klein zusammengeschlagen hatten.
Dengler starrte die drei Gesichter lang an, aber sie sagten ihm nichts. Nach einer Weile war er sicher, dass er keinen dieser Männer je gesehen hatte.

Große Verluste

»Die Verluste sind enorm. Wir haben alle Depots verloren, die vor 1989 angelegt wurden.«
Leitner saß beim Präsidenten und war aufgewühlt. Lange hatte er sich nicht mehr so geärgert.
»Wie viele haben wir noch?«
»Fünf. Aber die sind gut sortiert.«
»Wir sind aktionsfähig?«
»Ja.«
»Wie konnte das passieren?«
»Wir haben den Stuttgarter Schnüffler unterschätzt. Und das BKA stützt ihn. Die jubeln, weil sie uns mal so richtig eins auswischen konnten.«
»Ist deren Operation gegen uns jetzt eingestellt?«

»Ja. Soweit Klink mir das erzählt hat.«
»Ich dachte, Sie hätten den Stuttgarter aus dem Verkehr gezogen?«
»Die Idioten, die es ausgeführt haben, haben den Falschen erwischt.«
»Den Falschen?«
Der Präsident zog eine Augenbraue hoch.
Leitner fühlte sich unwohl. So eine blöde Panne!
»Idioten, ich sag es ja.«
»Behalten Sie den Stuttgarter weiter im Auge, ist das klar?«
»Ja. Bis wir sicher sind, dass er Ruhe gibt. Wenn nicht, ziehe ich ihn endgültig aus dem Verkehr.«
»Gut. Wir sind mit einem blauen Auge davongekommen. Wir können weitermachen.«
»So sieht es aus.«

Kein Zufall

»Dengler.«
Das Telefon hatte ihn mitten aus seinen Gedanken gerissen.
Eine Frauenstimme.
»Schmoltke hier. Guten Tag, Herr Dengler.«
Es dauerte einen kurzen Moment, bis er sich erinnerte.
»Guten Tag, Frau Staatssekretärin.«
»Herzlichen Glückwunsch. Ich wurde darüber informiert, dass wir es Ihnen zu verdanken haben, dass diese schrecklichen Waffenlager ausgehoben wurden.«
»Vielen Dank.«
»Haben Sie noch einmal über mein Angebot nachgedacht? Ich würde mich wirklich freuen, wenn Sie sich durchringen könnten …«

»Nein, Frau Staatssekretärin, das ist zu groß für mich. Ich kann im Moment keinen Mord in New York aufklären.«
»Es ist wieder etwas passiert. Wissen Sie, der Sohn des Generals, er lebt in Tübingen ...«
»Wenden Sie sich an eine größere Detektei.«
»Er wurde zusammengeschlagen, brutal.«
»Oder reden Sie noch einmal mit der Polizei. Mit Ihrem Einfluss, da werden sie vielleicht noch einmal ...«
»Die Täter haben mir eine Warnung zukommen lassen. Drei Männer haben ihn schrecklich ...«
»Drei Männer?«
»Ja. Neonazis.«
In Denglers Kopf jagten sich die Gedanken.
War es ein Zufall? Konnte das sein?
»Sie haben Kontakt zu dem Sohn des Generals? Hören Sie, ich würde ihm gern einige Fotos zeigen. Phantombilder.«
»Ja. Können Sie kommen?«
»Morgen früh?«
»Gut. Ich werde auch da sein.«
Sie nannte ihm die Zimmernummer von Jan in der Universitätsklinik und legte auf.
Er überlegte. Er konnte sich keinen Zusammenhang zwischen Martin Klein und diesem Jan Nauber vorstellen. Aber trotzdem würde es gut sein, ihm die Phantombilder zu zeigen, die Betty Gerlach von den drei Männern erstellt hatte, die Klein so übel zugerichtet hatten.
Er ging in die Küche.
Wer waren diese Männer?
Er musste sie finden.

Engel forscht

Jürgen Engel war kein Fahnder.
Er gehörte dem Identifizierungskommando des BKA an. Seine Spezialität war die Identifizierung von Leichen. Er verstand etwas von Gebissabdrücken, DNA-Analysen und Gewebeproben.
Nach jemandem zu fahnden, war nicht seine Aufgabe. Trotzdem wusste er, wie es geht. Es waren 22 Namen, die die Stasi aufgelistet hatte. Diese Namen glich Jürgen Engel mit dem Gesamtdatenbestand der bundesdeutschen Meldebehörden ab – wie zu erwarten, wuchs die Anzahl der Namen auf der Liste durch die vielen Doppelungen um ein Vielfaches: 678 Personen, so verzeichnete der Datensatz, gab es, die diese 22 Namen trugen. Nun galt es auszuwählen: Diejenigen, die jünger als fünfzig waren, konnte er ausschließen. Auch die, die einen Beruf ausübten, der eine Mitarbeit beim Geheimdienst ausschloss, strich er von der Liste. Die, die vor dreißig Jahren nicht in Deutschland gelebt hatten, strich er ebenso.
Er arbeitete bis spät in den Abend und hatte dann eine Liste mit vierzig Namen. Dreizehn davon waren Männer, die ihr Gehalt von Bundesbehörden empfingen, aber keiner der Pförtner, die er spät noch anrief, kannte sie. Er rief die Clearingstelle der Kreditkartenunternehmen an und gab die Namen durch. Morgen würde er eine Antwort erhalten. Dann fuhr er ins Hotel.

Enttarnt

Am nächsten Tag kam Gisela Kleine in sein Büro. Sie machte sich gut als seine Assistentin. Leitner war mit ihr zufrieden. Sie hatte sofort begriffen, um was es in der Abteilung ging.
Jetzt stand sie vor ihm.
»Ich hoffe, Sie haben nicht vor Kurzem ein Wohnmobil gekauft?«
Leitner blinzelte und wischte sich die Finger an der Hose ab.
»Wie kommen Sie darauf?«
»Klink hat gerade angerufen. Das BKA, beziehungsweise der Beamte, der mit dem Stuttgarter Privatermittler zusammengearbeitet hat, sucht nach Ihnen. Heute Vormittag hat er jedenfalls von der Firma Motorhome in Mülheim/Ruhr die kompletten Kreditkarteninformationen abgerufen und auch bekommen. Falls Sie das Wohnmobil gekauft haben und wenn damit Ihre wirkliche Adresse ... Dann wird er sie heute haben. Und der Stuttgarter Privatermittler wohl auch.«
»Danke, Frau Kleine. Ich habe kein Wohnmobil gekauft.«
Sie ging zur Tür.
Er musste noch irgendwas sagen.
»Ach ja, was ich noch sagen wollte: Ich bin froh, dass Sie wieder bei uns sind, Frau Kleine. Und sogar in meiner Abteilung.«
Sie drehte sich um und lächelte.
»Danke. Ich auch.«
Dann ging sie.
Er lügt, dachte sie, er lügt wie gedruckt. Zweimal hintereinander.

★★★

Leitner saß wie erstarrt.
Er kommt mir immer näher, dachte er. Er gibt nicht auf. Er will mich.
Hartnäckig wie ein Terrier sucht mich dieses Arschloch.
Er hat ihn unterschätzt, den aufrechten Bullen.
Nun gut, er würde es beenden.
Und diesmal würde er es selbst tun.

Phantombilder

Jan Nauber lag in einem Einzelzimmer in der Tübinger Universitätsklinik.
»Das habe ich meinem Vater zu verdanken«, sagte er, als müsse er sich für dieses Privileg entschuldigen. »Ich bin immer noch irgendwie über ihn versichert.«
Es ging ihm besser als Klein. Er konnte immerhin bereits reden, auch wenn ihm das Sprechen noch sichtlich schwerfiel.
Die Staatssekretärin saß an seinem Krankenbett. Dengler bemerkte den sorgenden Blick, mit dem sie Jan betrachtete. Es war unübersehbar, dass die beiden mehr verband, als sie ihm gesagt hatte. Aber das ging ihn nichts an. Ihn interessierte etwas völlig anderes.
Er zeigte Jan die Phantombilder der drei Männer, die Martin Klein krankenhausreif geprügelt hatten.
»Waren das die drei Männer, die Sie zusammengeschlagen haben?«
Jan Nauber sah sich die Bilder mehrmals an. Dann schüttelte er den Kopf.
»Meine Gangster sahen so aus.«
Er versuchte die Tür seines Nachttisches aufzuziehen. Es fiel

ihm schwer, und sofort war die Staatssekretärin zur Stelle und zog drei Blätter heraus.
»Die hab ich zusammen mit der Tübinger Kripo erstellt.«
Dengler sah sie sich an. Es waren drei völlig andere Typen.
»Darf ich mir Kopien davon machen?«
Dengler machte in einem Copyshop in der Innenstadt zwei Kopien der Phantombilder und brachte die Originale zurück zu Jan. Als er das Krankenzimmer verließ, ging Charlotte von Schmoltke mit ihm hinaus auf den Flur.
»Werden Sie sich um die Aufklärung des Überfalls auf Jan bemühen?«
Sie zögerte einen Augenblick.
»Wissen Sie, Jan und ich, wir stehen uns ... sehr nahe. Und es wurde eine Drohung gegen mich ausgesprochen. Eigentlich war ich wohl eher gemeint als Jan.«
So wie ich gemeint war und nicht Martin Klein.
»Ich rufe Sie heute Abend an.«
»Tun Sie das. Ich bin dann wieder in Berlin. Aber Sie haben ja meine Mobilnummer.«
Dengler nickte und ging.

Amazing Grace

Am frühen Morgen wurde Jürgen Engel abgeordnet nach Berlin. Das LKA brauchte dort seine Hilfe bei der Identifizierung eines Leichnams, der vor ein paar Tagen in einem alten Gewölbe geborgen worden war.
Engel wohnte in einem Reihenhaus in Rheinhessen, ganz in der Nähe von Bingen. Es war ein praktischer Standort, denn von hier war er über die Autobahn schnell in Wiesbaden, aber er war fast ebenso schnell auf dem Frankfurter Flugha-

fen. Die Kollegen vom Dauerdienst hatten ihm bereits einen Flug reserviert. Er stellte seinen Golf in einem der riesigen Parkhäuser ab. Engel checkte ein und flog nach Berlin.

Es war anstrengend, weil die Leiche reichlich Rattenbisse aufwies, aber die Struktur der Stimmbänder ließ auf einen polnisch sprechenden Mann schließen. Gegen Abend hatten sie den Toten identifiziert, es war ein polnischer Arbeiter, der in einem Warschauer Vorort vermisst wurde. Wahrscheinlich einer aus dem Heer der vielen Schwarzarbeiter auf den Berliner Baustellen.

Engel nahm die Spätmaschine und flog zurück nach Frankfurt. Eigentlich hätten die Berliner Kollegen das alles auch alleine schaffen können, dachte er. Er entschloss sich, noch einmal ins Bundeskriminalamt zu fahren. Es interessierte ihn, ob die Daten von der Kreditkartenstelle da waren.

Sie waren da. Ein Hans Leitner hatte den Kauf getätigt, wohnhaft in Köln, Rondorfer Straße. Er kopierte das Passbild aus den Meldeunterlagen und überlegte, ob er Georg Dengler anrufen sollte. Aber es war schon spät.

Er würde es morgen erledigen.

Er kopierte die Daten und das Bild in eine PC-Datei und fuhr den Rechner herunter.

Dann ging er zum Parkplatz.

Er war müde. Seine Augen brannten.

Engel kurbelte das Fenster herunter. Frische Luft strömte in den Wagen. Sofort wurde er wacher. In Wiesbaden-Äppelallee überquerte er den Rhein nach Mainz-Mombach. Es herrschte wenig Verkehr auf der Autobahn. Am Dreieck Mainz bog er auf die A 60 ein. Engel gähnte. Dann rief er über das Handy seine Frau an.

»In fünf Minuten bin ich zu Hause.«

»Ich lass dir Badewasser einlaufen.«

»Nur, wenn du mit in die Wanne kommst.«

»Versprochen. Und ich mache eine Flasche vom guten Roten auf.«

»Wunderbar.«

Vor ihm überholte ein Sprinter einen LKW. Er kam aber nur langsam an ihm vorbei. Engel hob den Fuß vom Gas. Er schaltete das Radio an. *Amazing Grace*, gesungen von Katie Melua, erklang.

Wie schön, dachte er.

Links vor ihm schien der Sprinter nicht überholen zu können, von hinten näherte sich ein weiterer schneller Transporter mit eingeschaltetem Fernlicht. Der Scheinwerfer wuchs im Rückspiegel, wurde groß und größer. Nun klebte der Wagen direkt an seiner Stoßstange. Das Licht aus dem voll aufgeblendeten Scheinwerfer erleuchtete seinen Toyota taghell. Und es blendete ihn.

Amazing grace! – how sweet the sound –
That saved a wretch like me!
I once was lost, but now I am found,
Was blind, but now I see.

Wie rücksichtslos, dachte er.

Engel hupte.

Aber der Sprinter links vor ihm auf der Überholspur überholte nicht, sondern fuhr stur neben dem LKW her.

Plötzlich fuhr er langsamer, und Engel befand sich neben ihm. Vor ihm war der LKW, hinter ihm der Transporter. Er saß zwischen den Dreien.

Was soll denn die Scheiße, dachte er.

Er hupte noch einmal.

War geblendet von dem Fernlicht hinter ihm.

Als die Autobahn eine kleinere Brücke bei Büdesheim überquerte, drückte der Sprinter nach rechts. Im gleichen Augenblick fuhr der Transporter hinter ihm auf. Engel bremste, aber es half nichts. Die beiden Wagen drückten ihn gegen das Geländer. Der Toyota durchbrach die Absperrung und stürzte einige Meter in die Tiefe.

Engel war sofort tot.

Enttäuschung

Am gleichen Tag war Dengler zurück nach Stuttgart gefahren, direkt zum Katharinenhospital. Klein lag nun mit zwei weiteren Patienten in einem Zimmer am Ende eines verwinkelten Flurs. Er starrte vor sich hin. Die Verbände an seinem Kopf waren entfernt und durch ein System von Schienen und Drähten ersetzt worden, die den Kiefer ruhig stellten. Sein Gesicht war noch immer geschwollen und mit Hämatomen überzogen.
Er sieht schlimm aus, dachte Dengler.
Vorsichtig setzte er sich auf die Bettkante.
Klein griff einen Block und einen Kugelschreiber.

Ich will doch lieber keinen Krimi schreiben.

Dengler lachte.
Immerhin hatte er seinen Humor nicht verloren.
»Ich wollte dir etwas Obst mitbringen, aber in der nächsten Zeit wirst wohl noch nichts kauen können.«
Klein kritzelte erneut auf seinen Block.

Über eine modische Schnabeltasse würde ich mich freuen.

»Ich will dir ein paar Bilder zeigen«, sagte Dengler zu Klein.
Er zog die Phantombilder hervor, die Betty hatte anfertigen lassen.
»Hast du diese Bilder schon einmal gesehen?«
Klein schüttelte leicht den Kopf.
»Erkennst du die Typen auf den Bildern?«
Kopfschütteln.
»Das waren nicht die Kerle, die dich zusammengeschlagen haben?«

Klein bewegte den Kopf, nur ganz wenig, aber es war eindeutig ein Nein.
Dengler zog die Kopien der Tübinger Phantombilder aus der Tasche und hielt sie seinem Freund unter die Nase.
Klein reagierte prompt. Er erschrak. Seine Augen weiteten sich und füllten sich mit Tränen.
Dengler nahm Block, Kugelschreiber und reichte sie Martin Klein, der sofort anfing zu schreiben.

Das sind die Scheißkerle. Schnapp sie dir.

»Das werde ich tun, Martin. Das verspreche ich dir.«
Er drückte seinem Freund vorsichtig die Hand und verließ das Krankenhaus.

★★★

Den Nachmittag verbrachte Dengler bei Weber auf dem Stuttgarter Polizeipräsidium. Die Fahndungsblätter nach den Tätern von Klein wurden ersetzt.
»Warum hat Betty Gerlach uns die falschen Bilder geliefert?«, fragte Weber.
»Vielleicht ist sie rein künstlerisch nicht so begabt.«
»Dengler, das sind zwei völlig verschiedene Typen, ganz andere Personen. Sie hat uns in die Irre geführt. Warum?«
»Ich weiß es nicht.«
»Wir werden mit ihr reden.«
»Ich auch.«
Auf dem Rückweg machte er am Bahnhof in der Bar *Bravo Charlie* halt. Er stellte sich an den Tresen und bestellte einen Aperol Spritz. Er brauchte was Leichtes, Süßes. Er verstand nicht, wie die Dinge zusammenhingen, aber immerhin war er nun sicher, dass alles mit allem irgendwie zusammenhing. Klein, Jan und Charlotte von Schmoltke, Betty, die Monster, die er jagte.

Er bestellte einen zweiten Spritz.
Zwei Frauen stellten sich neben ihn.
»Ich bin ihm völlig selbstverständlich geworden. Er strengt sich überhaupt nicht mehr an«, sagte die eine zu ihrer Freundin. »Früher hat er mir noch in den Mantel geholfen, die Tür aufgehalten, diese Dinge. Heute bin ich halt da wie ein Einrichtungsgegenstand.«
»Und was läuft im Bett?«
»Sein iPhone fasst er öfter an – und sanfter.«
Dengler trank sein Glas aus und zahlte.
Er kramte die Visitenkarte der Staatssekretärin hervor und rief sie auf dem Handy an.
»Ich nehme Ihren Auftrag an, Frau von Schmoltke«, sagte er.
»Beide? Es sind zwei Aufträge? Wer hat Jan so zugerichtet und was ist mit seinem Vater geschehen?«
»Beides. Ich glaube, es hängt alles zusammen, aber ich weiß noch nicht, wie. Was war das für eine Warnung, die die drei Schläger Ihnen ausrichten ließen?«
Sie zögerte.
»Sie sagten ... Also der Wortlaut war: Richte deiner adligen Fotzenschlampe aus, sie soll ihre Finger vom nationalen Widerstand lassen, sonst geht's ihr schlimmer als dir. – Sehr höflich, nicht?«
»Fühlen Sie sich also auch bedroht?«
»An mich kommen diese Gestalten nicht so leicht ran. Ich hab Fahrer, Leibwächter, rund um die Uhr.«
»Und wo tun Sie diesem nationalen Widerstand weh?«
»Ich versuche, ein neues NPD-Verbotsverfahren in Gang zu bekommen. Dazu habe ich einen Antrag für den Wahlparteitag meiner Partei vorbereitet.«
»Wegen eines Parteiantrags schicken die ihre Schläger los? Das klingt ein wenig – unwahrscheinlich.«
»Das stimmt. Aber ich versuche auch, den Verfassungsschutz zu gewinnen, damit er seine V-Leute aus der NPD

abzieht. Bevor das nicht geschieht, wird sich das Bundesverfassungsgericht nicht mit einem neuen Verbotsantrag beschäftigen.«
»Und das tun die nicht?«
»Nein.«
»Aber auch das ist seltsam: Da müssten sie Ihnen doch dankbar sein. Eigentlich müssten die Neonazis doch froh sein, wenn der Geheimdienst seine Agenten aus der NPD abzieht ...«
»Eigentlich. Sie sehen, da gibt es einige Ungereimtheiten.«

Es war ein Unglück

Das abhörsichere Handy klingelte am frühen Morgen. Dengler taumelte schlaftrunken in sein Büro.
»Herr Dengler, ich muss Ihnen etwas Schreckliches mitteilen.«
Georg Dengler war sofort wach, aber es dauerte einen Augenblick, bis er die Stimme Dr. Schneider, dem Präsidenten des Bundeskriminalamtes, zuordnen konnte.
»Jürgen Engel ist gestern Abend tödlich verunglückt.«
Dengler schloss die Augen.
Herr im Himmel, lass das nicht geschehen sein. Bitte lass das nicht geschehen sein.
»Er hatte dienstlich in Berlin zu tun. Auf der Rückfahrt nach Hause hatte er wohl einen – Zusammenstoß mit einem anderen Wagen auf der Autobahn. Er konnte seinen Wagen offenbar nicht mehr steuern. Kam an die Leitplanke. Leider auf einer Brücke. Der Wagen stürzte ... Er hat nicht mehr gelitten, das kann man ziemlich sicher sagen. Er muss sofort tot gewesen sein.«

»Der andere Wagen. Was ist mit dem?«

»Fahrerflucht. Wir suchen nach ihm. Wir haben Lackproben. Es ist schrecklich.«

Dengler fror. Alles, was er sagte, klang rein mechanisch. Als würde ein Uhrwerk in ihm schlagen.

»Herr Dr. Schneider, Sie müssen sofort seinen PC sichern.«

»Haben wir schon.«

»Und Sie wissen nicht, ob er noch irgendeine Nachricht für mich hinterlassen hat?«

»Doch: Er hat ein E-Mail an Sie geschrieben, aber noch nicht abgeschickt.«

»Was hat er geschrieben?«

»Ich lese vor: ›Georg, unser Mann ist Hans Leitner, Köln, Rondorferstraße 8. Rufe dich morgen noch mal an. Gruß Jürgen.‹ Können Sie damit etwas anfangen? Hallo, Dengler?«

Dengler fühlte sich todmüde.

»Ja, das kann ich, Herr Dr. Schneider. Das kann ich.«

»Hat es etwas mit der Aushebung der rechtsterroristischen Waffenverstecke zu tun?«

»Das kann sein, aber ich weiß es nicht. Es ist wahrscheinlich ein Geheimdienstmitarbeiter, der während des Münchener Oktoberfest-Attentats dabei war.«

»Wissen Sie«, sagte Dr. Schneider nachdenklich. »Ich bin ein Mensch, der nicht an Zufälle glaubt. Ich glaube nicht, dass der Unfall von Engel ein Unfall war. Und ich lasse mir vom Verfassungsschutz auch nicht meine Leute rausschießen … Sie wissen schon. Kennen Sie den Film Silkwood?«

»Nein.«

»Es geht um eine Umweltaktivistin. Gespielt von Meryl Streep. Sie ist unbequem. Zum Schluss wird sie von einem Laster von der Straße abgedrängt. Seither, so sagt man, gilt diese Art der Hinrichtung in den USA als Warnung. Verstehen Sie?«

»Ja.«

»Passen Sie auf sich auf.«
»Ich versprech's.«

***

Dengler ging in der Wohnung auf und ab.
Sie hatten Jürgen Engel umgebracht. Jürgen Engel. Er konnte kaum atmen.
Er war den Monstern zu nahe gekommen.
Sie hatten kein Geheimnis daraus gemacht, wer ihn umgebracht hatte. Sie hatten die gleiche Methode gewählt wie in *Silkwood*.
Nachts auf der Autobahn waren sie gekommen.
Aber Jürgen hatte einen Namen hinterlassen.
Er würde sie jagen.
Jürgen Engel würde ihm fehlen.
Er nahm noch einmal das abhörsichere Handy und wählte Engels Nummer.
Dr. Schneider meldete sich noch einmal.
»Sie könnten mir noch einen Gefallen tun.«
»Gerne, Dengler.«
»Ich bräuchte alles, was Sie über den erschossenen General wissen, über Klaus Nauber.«
»Nauber? O.k., Dengler, ich frage jetzt nicht nach. Sie bekommen, was wir haben. Passen Sie auf sich auf.«

***

Dengler saß an Martin Kleins Krankenbett.
Klein konnte immer noch nicht reden. Er schrieb.

> Hast du Betty gesehen? Sie war nicht mehr da seit deinem letzten Besuch.

»Nein, Martin, ich habe sie auch nicht gesehen.«

Ich vermisse sie.

»Hast du ihr von den beiden unterschiedlichen Phantombildern erzählt, die ich dir gezeigt habe?«

Ja. Ich habe ihr aufgeschrieben, dass du mir Bilder mit den Tätern gezeigt hast. Habe sie gelobt, dass sie der Polizei so präzise Angaben gemacht hat.

Leider waren diese Angaben nicht von Betty, dachte Dengler. Aber er sagte nichts.

Darf ich dich um einen Gefallen bitten?

»Sicher.«

Suchst du Betty? Vielleicht ist ihr etwas zugestoßen.

»Das mache ich, Martin. Ich kümmere mich um Betty.«

Verabredung im Hafen

Wichtig war, keine Spuren zu hinterlassen. Eine Schusswaffe konnte er in der Öffentlichkeit nicht einsetzen, niemals, sie würde zu viel Aufsehen erregen.
Besser war es, den lästigen Schnüffler einfach verschwinden zu lassen. Sie würden ihn entführen, erschießen und seiner Leiche eine letzte Ruhestätte weit weg vom Ort seiner Hinrichtung gönnen, vielleicht in einem Waldstück in der Eifel.
Sie hatten drei Wagen, drei schwarze Ford Transit, und zehn

Mann. Es kam darauf an, Dengler möglichst unbemerkt und schnell zu greifen. Sie würden ihm einen Sack über den Kopf stülpen, um ihn handlungsunfähig zu machen, dann zwei Schüsse in den Kopf und sofort den nächsten wasserdichten Sack darüber. Es würde keine Blutspuren geben.
Das war nicht das Problem.
Das Problem war, Dengler an einen Ort zu locken, an dem man ihm ungesehen den ersten Sack über den Kopf ziehen konnte. Er rief Gisela Kleine an: »Welche V-Leute haben wir in der Nähe von diesem Dengler platziert?«

★★★

Es überraschte Dengler, dass sie sich zuerst meldete.
»Hallo, Georg, hier ist Betty. Ich muss mit dir reden.«
»Ich mit dir auch«, sagte er kurz angebunden. Er wusste nicht, was er davon halten sollte.
»Können wir uns sehen?«
»Sicher. Ich bin in meinem Büro. Komm her. Wir gehen dann runter ins *Basta* und trinken einen Kaffee.«
»Das geht nicht. Wir müssen uns unauffällig treffen.«
»Unauffällig?«
»Im Augenblick muss ich mich verstecken. Ich muss dir etwas Wichtiges sagen.«
»Etwa, warum du die falschen Phantombilder hast anfertigen lassen von den Typen, die Martin Klein überfallen haben?«
»Ja. Auch das. Können wir uns sehen?«
»Sicher.«
»Komm in den Hafen. Den Stuttgarter Hafen. Kennst du dich da aus?«
»In den Hafen?«
»Ich verstecke mich gerade vor ... vor gewissen Leuten. Und ich muss dir und Martin etwas sagen. Es ist sehr wichtig.«
»Nun gut. Wie finde ich dich?«
»Fahre Richtung Stuttgarter Hafen, in den Mittelkai. Du

musst durch einen schmalen Durchgang gehen. Dann bist du direkt an Neckar. Dort sehen wir uns.«
»Wann?«
»Morgen Abend. Neun Uhr.«
Bevor Dengler etwas sagen konnte, hatte sie aufgelegt.

Ein Gespräch

Es war die letzte Sitzung des Innenausschusses dieser Wahlperiode gewesen. Ein kurzes Treffen, aber die Abgeordneten waren fast vollständig erschienen, auch die Staatssekretäre des Innenministeriums und die Präsidenten der wichtigsten Bundesbehörden.
»Frau Staatssekretärin, kann ich Sie einen Moment sprechen?«
Der Präsident des Verfassungsschutzes stand vor ihr.
»Gern, wollen Sie zu mir ins Ministerium kommen – oder gehen wir ein paar Schritte?«
»Ein kleiner Spaziergang wäre wunderbar. Ich halte Sie nicht allzu lange auf.«
Sie gingen zu Fuß hinüber zum Tiergarten. Vier Bodyguards folgten ihnen halbkreisförmig in einem Abstand von vier Metern.
Es war ein schöner Tag. Nur vereinzelt standen ein paar Quellwolken am Himmel.
»Stört es Sie, wenn ich mein Jackett ausziehe?«
Charlotte hob den Arm, als Zeichen, dass nichts dagegen einzuwenden wäre.
Die letzte Sitzung vor der Wahl. Morgen würde sie in Tübingen sein. Es war Wahlkampf. Sie würde in Kirchentellinsfurt reden. Vor allem aber würde sie Jan sehen. Sie freute sich

auf ihn. Es ging ihm besser. Nächste Woche würde er aus dem Krankenhaus entlassen werden. Und dann würden sie ihr Leben neu überdenken.
Es konnte nur besser werden.
»Was kann ich für Sie tun, Herr Präsident?«, fragte sie heiter.
»Nun, ich weiß nicht genau, wie ich es sagen soll. Wir haben Informationen ...«
»Informationen?«
»Nun ja, Informationen sind unser Geschäft. In diesem Fall geht es um eine große Boulevardzeitung.«
»Die mit den großen Buchstaben?«
»Ja. Sie hat etwas in Erfahrung gebracht.«
Wahrscheinlich hast du etwas in Erfahrung gebracht, du kleine Ratte, dachte sie und wappnete sich innerlich.
»Sie sollen einen Flug der Flugbereitschaft privat genutzt haben. Die Zeitung plant noch vor der Wahl groß mit dieser Geschichte herauszukommen.«
»Ich? Privat genutzt?«
»Ja. Einen Hubschrauberflug. Sie sollen angegeben haben, dass Sie den Minister vertreten haben. Tatsächlich war der Flug jedoch höchst privater Natur. Sie wissen, wie sensibel die Bevölkerung auf solche Vorkommnisse reagiert. Denken Sie an die Gesundheitsministerin, die mit dem Dienstwagen in Ferien gefahren ist. Einen zweiten Skandal in dieser Richtung können wir uns nicht leisten.«
Dieses Schwein, dachte sie. Dieses kleine widerliche Schwein hat etwas gegen mich gefunden. Das Dumme war nur: Es stimmte. Sie hatte die Flugbereitschaft belogen. Sie war mit dem Hubschrauber nach Tübingen geflogen. Ein Privileg, das ihr nur zustand, wenn sie den Minister in einer offiziellen Angelegenheit vertrat. Sie aber war geflogen, um Jan zu sehen. Getrieben von ihrer großen Sorge um ihn. Und jetzt würde dieser Widerling sie darüber straucheln lassen.
»Sie würden sich innerhalb der Partei keine Freunde damit

machen. Jetzt, so kurz vor der Wahl. Und es würde Wählerstimmen kosten.«

Er genoss die lange Pause und holte tief Luft.

»Aber wir haben einen gewissen Einfluss«, sagte der Präsident des Verfassungsschutzes und rieb sich über seinen Schnurrbart.

»Auf wen?«

»Auf diese Zeitung. Wir stehen in Kontakt. Mit gewissen höherstehenden Journalisten und Organen. Man kann manchmal das eine oder andere erreichen. Man gibt – man nimmt. Wie das Leben so spielt. Immer geht es um Informationen. Gerade im Umgang mit einer Zeitung. Wir könnten da einiges für Sie tun. Vielleicht verhindern, dass es zu einem, nun ja, Skandal kommt.«

Charlotte schritt kräftig aus.

»Sie wollen mir helfen?«

»Das … Ja, das wollte ich Ihnen vorschlagen.«

»Sie wollen mir ein Geschäft vorschlagen, habe ich da richtig verstanden? Man gibt – man nimmt.«

»Wie das Leben so spielt.«

»Genau.«

Charlotte von Schmoltke beschleunigte ihren Schritt. Der kleine Präsident musste immer schneller gehen. Er wusste, dass es nicht gut aussah, wie er neben der hochgewachsenen Staatssekretärin herlief. Hinter sich glaubte er, die Leibwächter lachen zu hören.

»Und von mir wollen Sie auch etwas?«

»Ja. In der Tat. Sie könnten uns behilflich sein.«

»Ich höre.«

»Nun, es geht um die Frage, die wir bei Ihrem letzten Besuch in Köln besprochen haben.«

»Um Ihre V-Männer in der NPD.«

»Genau.«

»Und was erwarten Sie von mir?«

»Ihr Antrag auf dem nächsten Parteitag. Wenn Ihre Partei

beschließen sollte, dass wir unsere V-Männer abziehen sollen, um einen neuen Verbotsantrag gegen die NPD zu erleichtern, dann könnte die neue Regierung tatsächlich ein solches Verfahren von uns verlangen.«
»Und das wollen Sie nicht.«
»Nein, das wollen wir nicht.«
»Und warum nicht? Das interessiert mich wirklich.«
»Es ist so, wie ich bei Ihrem letzten Besuch bereits sagte …«
Charlotte blieb abrupt stehen. Der Präsident des Verfassungsschutzes war nicht so schnell. Er rempelte die Staatssekretärin an und entschuldigte sich wortreich.
»Hören Sie«, unterbrach ihn Charlotte. »Bevor ich auch nur einen Augenblick über Ihren Vorschlag nachdenke, will ich von Ihnen wissen, welche Interessen Sie haben und was Ihre Absichten und Ziele sind.«
Er sah blinzelnd zur ihr hinauf und überlegte.
»Also gut«, sagte er.
Schweigen.
»Ich höre.«
Charlotte ging weiter, er eilte hinterher.
»Hören Sie«, sagt er und blieb stehen.
Sie ging noch einige Schritte, blieb dann ebenfalls stehen und drehte sich zu ihm um.
»Sie kennen doch die Lageeinschätzung. Nicht dass wir es erwarten oder gar wünschen, aber es ist so, dass wir, ich meine unser Land, einfach nicht mehr für alle Leute Arbeit hat. Wir wissen nicht genau, wie wir die gegenwärtige Krise einzuschätzen haben, wie sie sich entwickelt. Aber wir haben uns zu rüsten. Wir haben uns zu wappnen. Für das, was geschieht, wenn wir soziale Unruhen bekommen – und zwar in einem Umfang, gegen den sich 68 samt Spätfolgen mit RAF und so weiter wie eine harmlose Ouvertüre ausnimmt. Was geschieht, Frau Staatssekretärin, wenn unsere Sozialsysteme nicht mehr alle Menschen ernähren können?«
»Ich kenne die Prognosen. Was hat das mit der NPD zu tun?«

»Wir brauchen sie. Wir müssen diesen sozialen Sturm, sofern er kommt, überstehen. Jemand muss die Wurzellosen in die Schranken weisen.«
»Reden wir gerade über eine Aufgabe der Polizei?«
»Die Polizei kann das nicht alles tun. Außerdem ist sie nicht zuverlässig. Sie ist über tausend verwandtschaftliche Fäden verbunden in alle Bereiche der Gesellschaft. Wir brauchen eine …«
»Schlägertruppe?«
»Wenn Sie so wollen, ja, wir brauchen eine Truppe von Leuten, die bereit sind, auf Demonstrationen von Arbeitslosen, Gewerkschaften, was auch immer, loszugehen.«
»Das ist verboten.«
»Ich bitte Sie, wir sind der Geheimdienst.«
»Und dazu brauchen Sie die Neonazis?«
»Sie sind ideal. Glauben Sie mir. Sie sind schwer zu händeln, aber wir haben Ordnung in den Laden gebracht. Wir haben einen sehr guten Mann, der früher bei uns für den Linksextremismus zuständig war. Er überträgt die Methoden der Linken auf die rechte Szene. Wir bilden Zellen der NPD, wie das früher hieß, in den Stadtteilen, wir sorgen für Schulung.«
»Und das funktioniert?«
»Wir haben fast unseren gesamten Etat in dieses Projekt gesteckt. Und ständig haut einer von denen mit der Kasse ab. Unser Geld! Deshalb brauchen wir die Wahlkampfkostenerstattung. Na ja, jetzt behellige ich Sie mit unseren Alltagssorgen.«
»Nur zu. Ich interessiere mich für Ihre Alltagssorgen.«
»Dieses Gespräch hat natürlich nie stattgefunden. Es gibt keine Zeugen.«
»Ich nehme es ausschließlich zu meiner persönlichen Weiterbildung.«
Sie hatten nun das Lessing-Denkmal erreicht.
»Kehren wir um?«, fragte sie.
Er nickte.

Sie gingen auf dem gleichen Weg zurück.
»Die Typen sind käuflich. Das macht unsere Arbeit leicht. Aber sie sind unzuverlässig und faul.«
»Käuflich?«
Er machte eine wegwerfende Handbewegung.
»Wer legt die meisten Brände? Feuerwehrleute. Welche Berufsgruppe lebt am ungesündesten? Die Ärzte. Welche Berufsgruppe lebt am sündigsten? Katholische Priester. Meine Lebenserfahrung sagt mir: Immer wenn jemand nach etwas besonders laut schreit, hat er sehr wenig davon. Diese Leute schreien nach nationaler Ehre, weil sie keine persönliche haben. Sie sind gewaltbereit, nicht sehr helle, hierarchisch strukturiert in Hirn und Organisation, also leicht zu steuern. Sie sind ideal für unsere Zwecke. Und billig. So ist das. Ich hoffe, ich langweile Sie nicht. Jetzt plaudere ich ein bisschen aus dem Geheimdienst-Nähkästchen.«
»Ich höre Ihnen gern zu. Obwohl dieses Gespräch gar nicht stattfindet.«
»Wir haben deren Laden auf Vordermann gebracht. In den meisten Vorständen haben unsere V-Leute die Mehrheit oder wir organisieren sie für uns. Es ist keine leichte Arbeit. Wir haben es ja nicht mit normal intelligenten Leuten zu tun, sondern mit, na ja, lassen wir das ... Aber es funktioniert. Im Falle von Arbeitslosenunruhen, was immer, wir bauen uns da eine zuverlässige Truppe auf. Und wir haben sie unter Kontrolle. Weitgehend jedenfalls.«
»Und was ist mit den Waffendepots, die neulich ausgehoben wurden? Dem Sprengstoff, den Maschinenpistolen, den vielen Kisten mit Munition?«
»Das ist natürlich nur für Extremfälle gedacht. Wir konzentrieren uns im Augenblick darauf, die Partei zu etablieren, seriös zu machen, damit sie in einigen Ländern die 5-Prozent-Grenze übersteigt, weil wir die Wahlkampfkostenerstattung brauchen.«
»Sie haben also Ihre eigene Partei.«

»Dieses Projekt dient der inneren Sicherheit. Es ist die Reserve, die wir brauchen für die großen Gefahren der Zukunft.«
»Und was erwarten Sie von mir?«
Der kleine Präsident blieb stehen und strich sich über den Schnurrbart.
»Sie, Frau von Schmoltke, könnten eine große Zukunft haben. Sie sind jung, dynamisch. Sie repräsentieren eine moderne Form von Konservatismus. Es gibt Kräfte in der Bundestagsverwaltung, die der NPD den Geldhahn zudrehen wollen. Aber ohne öffentliche Gelder wird es keine neonazistische Bewegung geben. Wir können nicht länger mit unserem Geld diese Bewegung und den ganzen Laden aufrechterhalten. Wir suchen Verbündete im politischen Bereich, die dafür sorgen, dass öffentliche Gelder fließen.«
»Und da haben Sie an mich gedacht.«
»Um ehrlich zu sein, Frau von Schmoltke, Sie wären ideal. Sie haben durch Ihr Engagement für ein NPD-Verbot ein hohes Ansehen. Sie gelten als glaubwürdig. Sie wären ideal.«
Sie standen nun wieder vor dem Reichstag.
»Und Sie bieten mir an, dafür zu sorgen, dass mein Hubschrauberausflug unter uns bleibt?«
»So ist es. Schlagen Sie ein!«
Der kleine Präsident streckte die Hand aus.
»Ich rufe Sie an«, sagte Charlotte und ging.

★★★

Im Ministerium angelangt fuhr Charlotte mit dem Aufzug in den Stock des Ministerbüros.
Sie würde zurücktreten. Auf der Stelle. Sie würde sich niemals erpressen lassen. Es würde nur eine kurze Irritation in der Öffentlichkeit geben. Eine Staatssekretärin ist nicht so wichtig, dass ihr Rücktritt wochenlang in den Medien verhandelt wird.
Sie war völlig aufgewühlt.

So funktioniert es also, dachte sie.
Aber nicht mit mir.
Sie betrat das Vorzimmer.
»Ich muss zum Minister«, sagte sie.
»Er will nicht gestört werden«, sagte die Referentin.
»Jetzt wird er gestört.«
Sie stemmte die schwere, gepolsterte Tür zu seinem Büro auf.
Der Minister saß hinter seinem Schreibtisch und schrieb.
Er sah kurz auf: »Ach, du bist es. Komm rein.«
Sie schloss die Tür. Dann ging sie zu seinem Schreibtisch und ließ sich in den Sessel davor gleiten.
»Zeit für Geständnisse«, sagte sie.

Containerlager

Die Zeit zur Vorbereitung war knapp.
Dengler war sofort nach dem Anruf von Betty in den Hafen gefahren und hatte sich umgeschaut. Hier hatte sich Betty also versteckt.
Die Gegend war nicht schlecht gewählt. Es gab große Lagerhäuser mit kleinen Büros. Dengler hatte den Eindruck, dass einige nicht benutzt waren.
Der Mittelkai lag an einer langen Mole. In der Mitte ein großer Turm, ein Silo. »*Kauf Frießinger-Mehl und du gehst nicht fehl*« war mit großen roten Lettern darauf gepinselt.
Am Kai lagen zwei Frachtschiffe. Ein riesiger gelber Bagger, der sich auf Schienen vor und zurück bewegte, griff mit einer spinnenartigen Klaue Metallschrott und hob ihn auf die Schiffe.
Der Schrott türmte sich hinter einer weißen Absperrmauer,

drückte sie fast auseinander, Metallteile hingen über den Rand der Mauer bis zum Boden. Dengler kam es wie eine überfüllte Schuhschachtel vor, die sich an den Seitenrändern bis an die Grenze des Berstens bog.
Davor war ein Containerlager. Himmelwärts türmten sich blaue und rostbraune Behälter und bildeten eine kleine Stadt mit eigenen Pfaden und Schluchten. Dengler marschierte durch diese Gräben. Hier konnte sie sich nicht verstecken.
Er ging zur Mole zurück und rief Bettys Namen.
Nichts rührte sich.
Nun, dann würde er am Abend zu der Verabredung mit ihr wiederkommen.

Geständnisse

»Geständnisse?«, sagte der Minister und hob die Brauen.
Er legte den Füller zur Seite und sah sie an.
Sie mochte ihn. Obwohl er ganz anders war als sie. Er kam aus einer Politikerfamilie. Sein Vater war bereits Abgeordneter im badischen Landtag gewesen. Er hatte die komplette Tour hinter sich, die sie auch absolviert hatte. Schüler-Union, Junge Union, RCDS, dann die Partei, erste Ämter und natürlich ein Jura-Studium mit Promotion. Er war in der Partei verankert, aber er war auch ein Auslaufmodell. Nach der Wahl würde er wohl kaum mehr Minister werden. Jeder wusste das, aber niemand sprach darüber.
»Ich höre mir gern Geständnisse junger Frauen an«, sagte er.
»Es wird dir nicht sehr viel Freude machen, Werner. Ich habe einen Fehler gemacht. Ich habe einen Dienstflug mit dem Hubschrauber unternommen und der Flugbereitschaft

angegeben, ich würde ihn in deiner Vertretung nutzen. Jemand, der mir sehr nahesteht, wurde von Neonazis zusammengeschlagen. Und ich wollte zu ihm. Das kann ich zu meiner Entlastung anführen. Ich war völlig aufgelöst. Kopflos.«
»Und nun hat jemand deine Verfehlung mitbekommen?«
»Ich hatte gerade eine Unterredung mit dem Präsidenten des Verfassungsschutzes. Er hat von der Sache Wind bekommen und wollte sie dazu benutzen, mich zu erpressen. Ich soll meine Initiativen für ein NPD-Verbot aufgeben. Ich lasse mich natürlich nicht erpressen. Aber in den letzten Wochen vor dem Wahlkampf wirst du auf deine parlamentarische Staatssekretärin verzichten müssen. Ich trete zurück.«
»Wie geht es der Person, ein Mann vermute ich, die im Krankenhaus liegt?«
»Besser. Viel besser. Ich hoffe, dass er morgen entlassen wird.«
»Gut. Das freut mich. Wann hast du den Hubschrauber benutzt?«
»Vor drei Tagen.«
Der Minister griff zum Telefon.
»Frau Meissner, ich hatte ganz vergessen, Ihnen zu sagen, dass Frau von Schmoltke mich vor drei Tagen in …«
Sein Mund formte lautlos das Wort *wo*.
»Tübingen«, sagte Charlotte.
»… in Tübingen vertreten hat. Sie musste für mich einen Besuch in einem Krankenhaus abstatten. Würden Sie dies bitte nachträglich der Flugbereitschaft mitteilen, dass die das in den Listen richtig aufschreiben, ja? Herzlichen Dank.«
Er legte auf.
»So etwas kann ich nur einmal machen.«
»Ich weiß. Ich danke dir.«
»Schon o. k. Wie läuft der Wahlkampf?«
»Du musst ihn rauswerfen, Werner.«
»Bitte?«

»Den Chef des Verfassungsschutzes. Er hat versucht, eine Politikerin zu erpressen. Er ist nicht tragbar. Feuere ihn.«

Der Minister nahm den Füller wieder von der Tischplatte und drehte ihn zwischen beiden Händen. Dabei sah er Charlotte nicht an, sondern blickte auf den rotierenden Füller, als sei es ein Orakel.

»Das geht nicht«, sagte er schließlich.

»Was heißt, das geht nicht? Der Dienst baut seine eigene Partei auf. Er erzählte mir, dass …«

»Es geht nicht. Charlotte. Es geht einfach nicht.«

Er legte den Füller wieder zurück.

»Sie haben dich, Werner, sie haben dich auch … in ihrer Gewalt.«

»Ich habe dir geholfen. Gerade eben. Mehr kann ich nicht tun.«

Er stand auf.

»Charlotte, meine Tage sind gezählt. Das weißt du, das weiß ich. Du bist die Hoffnung. Du musst es besser machen. Ich bewundere deine Offenheit … Und deine Unabhängigkeit. Vermassele sie dir nicht.«

Ungelenk umarmte er sie.

Charlotte fühlte sich wie betäubt, als sie das Ministerbüro verließ.

Dengler stirbt

Das gelbe Licht schaukelte träge auf dem trüben Wasser. Die Kaianlagen lagen verlassen vor ihm. Vorne die Stadt der Container, dann die Schrottverladestelle. Metallteile hingen an der Mauer herunter. Manchmal, wenn das Licht, das vom Wasser kam, von ihrer Oberfläche reflektiert wurde, blinkten sie auf, sonst lagen sie in tiefem Schwarz.

Hans Leitner wartete im Dunkeln vor dem Silo. In dem kleinen Büroraum stand Betty. Zwei Mann hatte er zu ihrer Bewachung abgeordnet. Sie trugen schwarze Tarnanzüge und Gesichtsmasken. Den Rest der Mannschaft hatte er in der Containerstadt verteilt.
Dengler konnte nur über einen Weg kommen. Er musste an den Containern vorbeifahren, bis der Schrott-Bagger den Weg versperrte. Spätestens dann musste er aussteigen.
Und dann saß er in Falle.
Leitners Männer waren dann vor und hinter ihm.
Aber wo blieb er?
Leitner sah auf die Uhr.
Fünf nach neun.
Er wartete.
Zehn nach neun.
Vielleicht kommt er nicht.
Vielleicht hat er kalte Füße bekommen.
Dann wird er ihn woanders aufspüren.
Er lauschte und versuchte, sich auf den Motor eines ankommenden Fahrzeugs zu konzentrieren.
Nichts.
Viertel nach neun.
Plötzlich sah er einen Fahrradfahrer. Er radelte langsam die Straße entlang und hielt sich genau in der Mitte der Straße.
»Achtung«, sagte Leitner in sein Mikrofon. »Da kommt ein verdammter Nachtwächter auf dem Fahrrad.«
Der Nachtwächter pfiff einen Beatlessong vor sich hin. *Lucy in the Sky* – es war deutlich zu hören.
Leitner lauschte.
Immer noch kein Motorengeräusch. Das war gut. Hoffentlich erscheint Dengler erst, wenn der Typ auf dem Fahrrad wieder abgezogen ist.
Der Nachtwächter stieg plötzlich vom Fahrrad. Er lehnte es an einen der Container in der ersten Reihe.
Was macht der?

»Betty?!«
Es war Dengler.
Er rief Bettys Namen.
Plötzlich wusste Leitner, dass alles gut gehen würde.
Er war erleichtert.
Dieser Idiot kam mit dem Fahrrad zu der Verabredung. Wie wollte er da flüchten? Er rechnete nicht mit ihm. Dengler rechnete nicht mit irgendeiner Gefahr. Leitner wurde regelrecht heiter.
Er ging in das kleine Büro und zog Betty grob am Arm.
»Dein Einsatz, Baby. Und wehe, du vermasselst ihn.«
Er zog seine Glock und richtete die Mündung auf Betty.
»Los.«
Sie atmete einmal durch und ging hinaus auf die Mole. Auf der Mitte der Bahn blieb sie stehen und winkte.
»Hier bin ich, Georg. Hier. Komm!«
»Das geht nicht, Betty. Ich kann mit dem Fahrrad nicht durch den Schrott. Das überleben meine Reifen nicht. Komm du hierher.«
Leitner beobachtete, wie Dengler in den Schatten eines Containers trat.
»Er ist bei euch«, sagte er ins Mikro. »Ich komme von hinten. Sofort melden, wenn ihr ihn seht.«
Er gab Betty ein Zeichen.
»O. k., ich komme, Georg«, rief sie.
Dann winkte er sie herbei und übergab sie seinen beiden Männern.
»Achtet darauf, dass sie die Klappe hält.«
Dann glitt er in die Nacht.
Leitner nahm einen schmalen Durchgang, der ihn auf die vordere Straße führte. Leichtfüßig rannte er auf der Hinterseite des Schrottabladeplatzes bis zu dem Containerlager.
»Wir sehen ihn. Er steht hinter dem zweiten Container. Er ist bewaffnet. Trägt eine nicht identifizierte Waffe in der Rechten.«

»Wartet, bis ich komme.«
Geschmeidig bewegte er sich durch die Containerschluchten. Zwei Reihen war er schon gelaufen. Aber plötzlich wusste er nicht mehr weiter. Hatte er die Orientierung verloren? Diese Außeneinsätze waren nichts mehr für ihn. Leitner sehnte sich plötzlich nach seinem Wohnmobil. Nur noch ein paar Wochen, dann war diese Art von Arbeit für immer vorbei.
Einer seiner Männer stand plötzlich neben ihm und gab ihm ein Zeichen. Hier entlang.
Sie schlichen zwei dunkle Gänge weiter. Dann gab der Mann ihm ein Zeichen.
Dengler stand hinter einem der blauen Container. Seine Kontur war gut zu sehen. In der rechten Hand hielt er eine Schusswaffe. Zwischen zwei Containern hindurch sah Leitner den Neckar. Plötzlich hob sich Denglers Schusshand. Nicht schnell, sondern vorsichtig und langsam.
Der Kerl war also doch ein Profi.
Leitner gab ein Handzeichen.
Vier Männer stürzten sich auf Dengler. Zwei hielten ihn fest und zwei andere zogen ihm blitzschnell einen Sack über den Kopf. Alles war eine einzige fließende, tausend Mal geübte Bewegung.
Leitner trat hinter dem Container hervor und ging mit zwei schnellen Schritten auf Dengler zu, hob die Glock und schoss ihm zweimal in den Kopf. Sofort stülpten zwei Mann dem Toten einen reißfesten Alusack über den Kopf. Kein Tropfen Blut würde auf dem Boden zu finden sein.
»Operation abgeschlossen. Ein Arschloch weniger.«
Seine Leute packten die Leiche und trugen sie nach vorne an den Kai. Zwei dunkle Transits glitten auf sie zu. Die Seitentüren waren geöffnet.
Leitners Männer warfen Denglers Leiche hinein und sprangen selbst in das Innere. Die Türen schlossen sich, der Transit wendete und fuhr davon. Aus der offenen Tür des zweiten Wagens winkte ein Mann Leitner zu.

»Komm. Wir müssen weg.«
Leitner steckte die Glock in den Hosenbund und lief los.
Außer den Motoren war kein Laut zu hören.

Charlotte verwirrt

Sie saß hinter ihrem Schreibtisch wie versteinert.
Alles war anders, als sie es sich vorgestellt hatte.
Alles funktionierte anders, als sie es sich vorgestellt hatte.
Sie hatte die ganze Zeit in einem Luxusrestaurant gesessen.
Durch einen Zufall hatte sie nun einen Blick in die Küche werfen können.
Und hatte gesehen, dass dort Menschenfleisch gebraten wurde.
Sie fühlte sich beschmutzt.
Und sehnte sich nach Jan.
Nie wieder wollte sie an diesem Schreibtisch sitzen.
Ihre persönliche Referentin klopfte und kam.
»Ihr Fahrer wartet. Er wird Sie nach Tübingen bringen.«
Sie schüttelte den Kopf.
»Geben Sie ihm frei.«
»Und wie kommen Sie dann nach Tübingen?«
»Ich nehme den Zug.«

Blechlawine

»Kommen Sie«, rief der Mann aus dem Transit.
Leitner machte einen Schritt nach vorne. Da spürte er den

Druck an seinem Hinterkopf, den typischen kleinen Druck, den nur der Lauf eines Revolvers erzeugen konnte.
»Du bleibst hier«, sagte eine Stimme.
Leitners Körper wurde steif.
»Sag es ihnen.«
Der Druck an seinem Hinterkopf wurde größer.
»Fahrt schon vor. Ich komme nach.«
Die Tür des Transits schloss sich, der Wagen wendete und fuhr davon.
»Und nun die Hände hinter den Nacken.«
Leitner tat, was ihm befohlen wurde.
Eine Hand griff an seinen Hosenbund und zog vorsichtig die Glock hervor.
»Und nun langsam vor zum Kai.«
Leitner ging zwischen Containern auf das Wasser zu.
»Ist es vorbei? Sind sie weg?«, hörte er eine Stimme, die von oben, von irgendeinem der Containertürme kam.
»Noch nicht ganz, Mario. Bleib noch dort oben, bis ich dich hole.«
Jetzt standen sie am Kai.
Plötzlich kamen von beiden Seiten Polizisten.
Schwarze Uniform. Waffen im Anschlag.
Scheinwerfer gingen mit einem knallenden Geräusch an.
Die Szene war taghell erleuchtet.
Leitner rannte los.
»Stehen bleiben!«
Leitner rannte.
»Nicht schießen«, schrie Dengler. »Er kann nicht entkommen.«
Ein Warnschuss fiel.
»Nicht schießen«, schrie Dengler noch einmal.
Leitner rannte weiter. Er sprang über die Schrottteile, die nun am Boden lagen. Er erreichte den Bagger und schien für einen kurzen Augenblick zu überlegen, ob er auf ihn klettern sollte. Dann entschied er sich anders. Er griff nach

einem der Metallstücke, die über die Mauer hingen und zog. Es gab nach und fiel scheppernd auf den Boden.

Leitner blickte sich um. Von beiden Seiten rannten nun Polizisten auf ihn zu.

Er fasste nach einem weiteren Blechteil. Es gab nicht nach.

Er zog sich daran hoch. Das Metall schnitt in seine Handflächen. Blut tropfte auf den Boden, aber er zog sich weiter hoch.

Ein Fuß hatte nun schon die Mauer erreicht.

»Er entkommt«, schrie Dengler.

Da gab der Schrottberg nach. Langsam erst, fast unmerklich änderte er seine Form. Ein knirschendes Geräusch, das immer lauter wurde, übertönte das Rufen der Beamten.

Ein großes scharfkantiges Blech rutschte von oben herab und bohrte sich in Leitners Arm.

Ein weiteres Blech rutschte.

Dann wankte der Metallberg und sackte über die Mauer. Unzählige Metallspitzen bohrten sich in Leitners Körper. Sein Schrei übertönte das Scheppern des Metalls.

Dann war es still. Nur Staubschwaden stiegen in den von den Scheinwerfern erleuchteten Himmel.

Ein schwarzer Mercedes schnurrte heran. Eine Tür sprang auf und Dr. Schneider sprang heraus.

»Dengler, sind Sie o. k.? Gott sei Dank.«

Die beiden Männer standen sich für einen kurzen Augenblick unbeholfen gegenüber.

»Kann mich bitte mal jemand hier runterholen?«, schrie Mario.

Erst lachte einer der Polizisten, dann alle.

***

Leitner war tot. Sein Leichnam sah schrecklich aus. Sein Körper war von unzähligen Metallsplittern perforiert.

Dengler beugte sich über ihn. Er hatte das Monster sehen

wollen, nun sah er es. Wenn die schrecklich weit aufgerissenen Augen nicht gewesen wären, hätte er einen älteren Mann kurz vor seiner Pensionierung gesehen.
Schrecklich normal.
Einem plötzlichen Einfall folgend, ergriff er die rechte Hand des Toten. Der Zeigefinger fühlte sich merkwürdig an.
Wie Plastik.
Er zog daran – und hatte eine Prothese in der Hand.
»Den Rest des Fingers werden Sie sicher in seiner Wohnung finden. Er war fast dreißig Jahre bei den Asservaten.«
»Ich werde mir morgen den Durchsuchungsbeschluss besorgen«, sagte Dr. Schneider.
»Ach, aber ich habe noch etwas für Sie, Dengler.«
Dr. Schneider griff in seine Innentasche.
»Auf dieser CD-ROM ist alles, was wir zum Fall des Klaus Nauber haben. Viel ist es nicht. Die Amerikaner waren nicht sehr kooperativ.«
Dengler bedankte sich und steckte die Silberscheibe ein.
Plötzlich war er sehr müde.

Verdammt echt

»Also ich – ich lag oben auf dem Container. Ich sah ja nichts. Ich hatte nur die Plastikfäden der Puppe in der Hand. Seit dem Nachmittag lag ich dort oben. Niemand hatte dran gedacht, dass das Metall ganz schön heiß werden kann. Und drei Mal musste ich pinkeln. Da habe ich einfach ...«
»Mario, das interessiert nun wirklich niemand«, sagte Anna, seine Frau.
»Nun gut. Dann wurde es dunkel. Ich hatte das Headset des

Handys auf. Als Georg ganz leise ins Mikro sagte: Jetzt, da zog ich an den Plastikschnüren.«

»Und die Puppe bewegte einen Arm. Es sah verdammt echt aus«, sagte Dengler.

»Das Schwierige war, die Schnur im richtigen Augenblick loszulassen. Sonst hätten die Burschen gemerkt, dass sie gerade eine Puppe gekillt haben.«

Sie saßen an dem Stammtisch in der *Weinstube Vetter*, dem Ort für besondere Tage.

»Von Betty habt ihr nichts gehört, oder?«, fragte Martin Klein leise.

Alle am Tisch schwiegen.

»Ich habe sie nicht mehr gesehen«, sagte Mario.

»Sie ist einfach nicht mehr aufgetaucht. Einfach so. Ohne ein Wort.«

Ich muss mit ihm reden, dachte Dengler.

Aber es war ihm klar, dass kein Wort seinen Freund trösten konnte.

Noch einmal München

Auf Jürgen Engels Begräbnis tummelten sich viele alte Kollegen. Die wenigsten wussten, dass sie erst vor Kurzem noch zusammen gearbeitet hatten. Dr. Schneider hielt eine Rede.

Georg Dengler hielt sich im Hintergrund. Dr. Schneider sah ihn trotzdem und kam zu ihm.

»Wir haben den Finger in Leitners Wohnung nicht gefunden«, sagte er. »Auch nicht in seinem Wohnmobil. Da waren wohl ein paar andere schneller. Die Kollegen, die nicht auf einen Durchsuchungsbeschluss warten müssen.«

Dengler nickte.
Er war müde.

***

Am nächsten Tag fuhr er nach München. Der Bundestagswahlkampf hatte begonnen, und die ganze Stadt schien mit Plakaten gepflastert.
»Optische Umweltverschmutzung«, sagte der Rechtsanwalt Eberhard Klampf.
In dem Besprechungszimmer warteten schon seine beiden Mandanten auf ihn. Gisela Hermann trug ein hellgrünes Kleid, Alexander Merkle einen grauen Anzug. Sie sahen ihn beide interessiert an.
»Ich hoffe, Sie bringen uns gute Neuigkeiten«, sagte Gisela Hermann.
Dengler sah ihr zerschnittenes Gesicht und fühlte sich schuldig.
Es waren zu wenig Resultate, die er den beiden brachte, und er wusste es.
Langsam erzählte er von seinen Ermittlungen. Er ersparte ihnen nichts, nicht den Tod von Leitner und auch nicht den von Jürgen Engel.
»Dann wissen wir also, was wir die ganze Zeit vermutete haben. Dass mehr dahintersteckt als ein wirrer Einzeltäter«, sagte Gisela Hermann.
»Aber das hat doch noch nie jemand geglaubt«, sagte Alexander Merkle. »Noch nicht einmal die Polizei selbst.«
»Als sicher gilt, dass Leitner am Tatort war«, sagte Dengler. »Aber nicht einmal das können wir beweisen, weil uns der Finger immer noch fehlt.«
»Was glauben Sie, Herr Dengler? Unabhängig von allen Beweisen. Was ist Ihre Meinung?«
»Es gibt oder gab eine geheime Truppe. Sie besteht aus deutschen Geheimdiensten, dem amerikanischen Militärgeheim-

dienst und Neonazis für die Schmutzarbeit. Sie haben überall in Europa in den Siebzigerjahren Bombenattentate durchgeführt. In Italien flog das Ganze auf. Diese Truppe nannte sich Gladio. Es spricht alles dafür, dass diese Truppe auch am 26. September 1980 so vorgegangen ist. Mein früherer Chef beim BKA ist sich ihrer Existenz ganz sicher, und Leitner hat wohl dazugehört. Beweisen kann ich es nicht.«
Alexander Merkle erhob sich.
»Besteht die Chance, dass die Drahtzieher dieses Attentats je zur Verantwortung gezogen werden?«
Dengler ließ sich mit der Antwort Zeit. Er betrachtete den Mann. Er mochte etwa fünfzig Jahre alt sein, braun gebranntes Gesicht, offen, gut aussehend, aber von einer unheilbaren Melancholie gezeichnet. Dengler mochte ihn, ohne dass er genau sagen konnte, warum.
Er würde gut an den Tisch mit meinen Freunden passen, dachte er.
»Nein, ich glaube nicht daran, dass irgendeiner der Verantwortlichen in Deutschland jemals zur Rechenschaft gezogen wird.«
Zu seinem Erstaunen schien Merkle bei diesem Satz zu lächeln. Ein wenig nur, aber Dengler war sich sicher, dass es ein zufriedenes Lächeln gewesen war.
»Dann brauchen wir hier auch nicht weiterzureden«, sagte Merkle, stand auf und ging grußlos aus dem Raum.
»Ist das nicht schrecklich?«, sagte Gisela Hermann, und Tränen traten ihr in die Augen.
»Wir müssen uns jetzt auf die Stasi-Akten konzentrieren«, sagte der Anwalt. »Dort finden wir vielleicht einen Anhaltspunkt …«
Den Rest hörte Dengler nicht mehr. Auch er verließ das Anwaltsbüro, nachdem er einen Abschiedsgruß gemurmelt und die Tür leise hinter sich zugezogen hatte.

Niemand spricht über Betty

Olga war immer noch nicht da. Sie hatte ihm eine SMS geschickt, dass sich ihre Rückkehr verzögerte. Ihrer Mutter ginge es wieder schlechter.
Er machte mit Martin Klein lange Spaziergänge. Sie redeten wenig, und niemand sprach über Betty.
Mario hatte begonnen, eine neue Puppe nach Denglers Maßen zu bauen, und meldete sich nur selten. Leo war für die Zeitung auf einer Dienstreise in Wales.
Das Arsenal des BKA schickte eine Mail, dass er das abhörsichere Handy bitte wieder zurückschicken solle.
Dengler legte die CD-Rom in den Computer, die ihm Dr. Schneider gegeben hatte.

> Klaus Nauber 1939–2008
> Geboren in Augsburg
> 1961 Eintritt in die Bundeswehr
> 1963 Leutnant der Artillerie
> Generalstabslehrgang in Hamburg, Jahrgangsbester
> Auszeichnung mit dem General-Heusinger-Preis
> Weitere Verwendungen:
> Batteriechef beim 135. Panzerartilleriebataillon in Lahnstein
> G3 Offizier bei der Panzerbrigade 15
> Leiter Artillerieschule in Idar-Oberstein
> Kommandeur der Panzerbrigade 30 in Ellwangen
> Brigadegeneral mit einer Verwendung im Bonner Verteidigungsministerium
> Versetzung ins *Allied Clandestine Committee* der NATO in Brüssel
> Heeresinspekteur
> Dann NATO, Mitglied im Militärausschuss
> Seit 1999 pensioniert

Das war nicht viel. Da hatte jemand sich wenig Mühe bei den Nachforschungen gemacht. Aber er hatte ohnehin schon einige Zeit nichts mehr von der Staatssekretärin gehört. War sie noch interessiert?

Etwas stimmte nicht. Er las noch einmal den Lebenslauf des Generals und ärgerte sich über die wenigen Informationen. Noch nicht einmal Jahreszahlen waren angegeben. Trotzdem stand dort eine wichtige Information. Welche? Er las die wenigen Zeilen noch einmal.

Dann rief er Dr. Schweikert an.

»Dengler hier. Dr. Schweikert. Sie erzählten mir doch von dem Gremium, das die geheime Gladio-Organisation steuerte. Wie hieß dieses Gremium?«

»Es ist nur eine Vermutung gewesen, Dengler. Wir nahmen damals an, dass die Amerikaner das steuern, über die NATO, und zwar über das *Allied Clandestine Committee* in Brüssel.«

»Ich danke Ihnen.«

»Haben Sie etwas gefunden?«

»Ich weiß es noch nicht.«

Er recherchierte im Internet. Es gab wenig über dieses *Committee*. Er versuchte es auf der offiziellen Homepage der Nato: *Your search did not match any documents.*

»Georg Dengler hier, bitte verbinden Sie mich mit Dr. Schneider.«

»Georg, hier ist Marlies. Ich habe von deinem Abenteuer im Stuttgarter Hafen gehört. Dr. Schneider hält große Stücke auf dich. Ich ja auch. Aber das weißt du ja. Leider ...«

»Kann ich deinen Chef sprechen?«

»Nein. Er ist unterwegs.«

»Frag ihn doch bitte, ob er mir die Namen der Mitglieder eines NATO-Gremiums besorgen kann. Und zwar des *Allied Clandestine Committee* zu der Zeit, als Klaus Nauber Mitglied in diesem Komitee war.«

»Das ist doch der pensionierte General, der in New York erschossen wurde.«

»Genau der.«
»Mensch, Georg, sei nur vorsichtig.«
»Immer, Marlies, immer.«
»Und wann besuchst du mich?«
Dengler lachte und legte auf.

★★★

Dr. Schneider rief am nächsten Tag an.
»Was interessiert Sie denn an dem Fall Nauber? Es war ein Versehen. Die amerikanische Bundespolizei hat den Fall damals untersucht.«
»Haben Sie herausgefunden, wer damals in dem Komitee saß?«
»Allerdings. Es war nicht einfach. Aber als BKA-Präsident erfährt man dann doch einiges, wenn man will. Es waren vier Personen. Leiter war, wie sollte es anders sein, ein amerikanischer General. Dann gab es einen Deutschen, Klaus Nauber, einen Italiener und einen Türken. Alles Generäle.«
»Wie geht es ihnen?«
»Mir?«
»Nein. Diesen Generälen?«
Schweigen.
»Drei davon sind tot. Nur der Türke lebt noch.«
Schweigen.
»Dengler, an welchem Fall arbeiten Sie da? Wir sind natürlich auch interessiert. Nauber war deutscher Staatsbürger, ein hoher General, pensioniert zwar, aber es war Mord. Um was geht es?«
»Es gab ein NATO-Gremium, das entsprechend einer Geheimvorschrift namens Field Manual 30–31 des amerikanischen Militärgeheimdienstes Terroraktionen in Europa durchführte. In Italien flog es nach dem verheerenden Bombenattentat auf den Bahnhof von Bologna auf. Diese geheime Organisation heißt Gladio. Sie war auch in Deutschland aktiv. Ich

vermute, dass das Attentat auf dem Münchener Oktoberfest von Gladio verübt wurde. Es misslang, und die Alleinschuld wurde einem Studenten namens Gundolf Köhler zugeschoben, der der neonazistischen Wehrsportgruppe Hoffmann nahestand. Ich vermute weiterhin, dass Köhler nur die Bombe ablegen sollte. Gezündet hat sie wahrscheinlich ein damals junger deutscher Geheimdienstler namens Hans Leitner, den wir beide ja kennen beziehungsweise kannten. Koordiniert wurden die Einsätze von dem *Allied Clandestine Committee*. Wie sind die beiden anderen Generäle umgekommen?«
»Sie wurden erschossen. Wie Nauber.«
»Jemand ist also damit beschäftigt, die Mitglieder dieses Komitees zu beseitigen.«
»Sie wissen, dass ich damals im Landeskriminalamt tätig war. Ich war ein junger Kriminalbeamter. Aber dass da etwas schieflief, spürte ich doch.«
»Deshalb haben Sie mich mit den Ermittlungen betraut.«
»Ja. Manche Fälle lassen einen nicht los.«
»Wenn wir herausfinden wollen, was damals wirklich geschah, müssen wir den türkischen General befragen. Solange er noch lebt.«
»Was brauchen Sie dazu?«
»Ich gebe Ihnen nun einige Namen durch. Bitte schicken Sie mir die Flugbewegungen dieser Personen. Und den Namen und die Adresse dieses türkischen Generals.«

In Trabzon

Noch in der Nacht brachte ein Kurier die gewünschten Informationen und den BKA-Ausweis.
Der türkische General Acun Güreş wohnte in Istanbul, hielt

sich zurzeit jedoch in Trabzon am Schwarzen Meer auf. Er besuchte dort einen Kongress im Zorlu Grand Hotel. Noch zwei Tage würde die Veranstaltung dauern.

Das BKA buchte für ihn den Flug. In Istanbul hatte er zwei Stunden Aufenthalt, dann stieg er in die Maschine nach Trabzon. Zum Glück hatte er einen Fensterplatz. Unter sich sah er Hochgebirge, dessen Gipfel sogar jetzt im Sommer von Schnee und Eis bedeckt waren.

Acun Güreş' Leben war bedroht. Jemand tötete alle Mitglieder des Komitees, das selbst für unzählige Terroranschläge in Europa verantwortlich war. Vielleicht war es der amerikanische Geheimdienst. Wahrscheinlich sogar.

Er wusste es nicht.

Unter ihm wurde die Landschaft abrupt sanfter. Die Berge zogen sich zurück, und plötzlich flog die Maschine über das Schwarze Meer. Die Stewardess verkündete, dass sie sich bereits im Landeanflug auf Trabzon befanden, und verlangte, dass sich alle Passagiere anschnallen und die Rückenlehnen hochstellen sollten.

Der Flughafen der Stadt lag etwas außerhalb. Dengler nahm ein Taxi in die Innenstadt.

Dengler hatte noch in Stuttgart das Buch *Schwarzes Meer* von Anthony Bryer gekauft, um sich auf diese Stadt vorzubereiten. Früher war die Gegend um Trabzon eine griechische Siedlung gewesen. Ihre Besonderheit war, dass sie sich bis tief ins Hinterland hineinzog, in Berge bis zur Wasserscheide. Die meisten der christlichen Bauern seien Pächter der reichen Klöster gewesen, »die sich an die steilen Abhänge der Gebirgstäler klammerten«. Bryer schrieb von »einer klösterlichen Wirtschaft von fast tibetanischen Ausmaßen«. Wenn man die Städte beiseiteließe, dann sei hier die höchste Konzentration griechischsprachiger Bevölkerung gewesen, weit mehr als auf dem Peloponnes. Als nach dem Ersten Weltkrieg das Osmanische Reich zusammenbrach, teilten die Siegermächte, England und Frankreich

voran, große Gebiete des Osmanischen Reiches unter sich auf. Der britische Premierminister Lloyd George ermutigte Griechenland zu einer Invasion in Anatolien und unterstützte damit »Groß-Griechische« Illusionen von einem Griechenland, das die Gegend um Izmir umfassen sollte und Konstantinopel wieder zur Hauptstadt nehmen würde. Diese Pläne wurden 1922 von Kemal Atatürk zerschmettert. Im Vertrag von Lausanne vereinbarten beide Länder einen »Bevölkerungsaustausch«. Kriterium war die Religion; das heißt Moslem = Türke, Christ = Grieche. 164 000 pontische Griechen folgten 1923 dem letzten Patriarchen von Trapezunt nach Griechenland, einem Land, das ihnen in kultureller, politischer, aber auch klimatischer und sogar sprachlicher Hinsicht fremd gewesen sein muss. Insgesamt verließen etwa 1,2 Millionen »Griechen« und etwa fünfhunderttausend »Türken« ihre Heimat. Damit ging die dreitausend Jahre während Besiedlung des Schwarzen Meeres durch Griechen zu Ende. Das Trauma, das aus dieser Entscheidung folgte, jedoch nicht.
Vielleicht waren diese Vertreibungen der Grund dafür, dass Trabzon eine Hochburg des gewalttätigen türkischen Nationalismus war. Von hierher stammte der Mörder des Schriftstellers Hrant Dink, und in Trabzon wurde auch ein italienischer Priester in seiner Kirche erschossen.
Das Taxi brachte Georg zum Zorlu Grand Hotel. Zwei Pagen rissen ihm Koffer und Tasche aus der Hand und führten ihn zur Rezeption. Er hatte nicht oft in einem so prächtigen Hotel übernachtet. Die Hotelhalle wirkte mit einem großen Glasdach wie ein riesiges Zelt, es war hell und freundlich – und sehr vornehm.
»Einen Stock tiefer findet der Kongress statt«, sagte der Mann an der Rezeption. Heute Abend gäbe es draußen in dem Fischrestaurant Murat am Meer eine große Party.
Dengler brachte sein Gepäck auf das Zimmer. Es war eine kleine Suite, mit einem Arbeitsraum und einem separaten

Schlafzimmer. Er verstaute sein Gepäck und fuhr dann mit dem Aufzug in das Erdgeschoss.

Am Eingang zu der Konferenz stand ein Tisch mit zwei Sekretärinnen, die auf langen Listen die Teilnehmer überprüften. Dengler stellte sich auf Englisch als deutscher Polizist des Bundeskriminalamtes vor. Er wolle Acun Güreş sprechen. Eine der beiden Frauen sagte, sie werde Herrn Güreş informieren. Er solle einen Augenblick warten.

Nach einigen Minuten kam sie zurück. Acun Güreş wäre in einer Stunde oben in der Lobby und würde sich freuen, den deutschen Polizisten kennenzulernen.

Dengler verließ das Hotel. Auf der Straße davor stauten sich die Sammeltaxis. Ständig hupte es, und die Autos kamen bestenfalls im Schritttempo voran. Menschen drängten sich auf den Bürgersteigen. Der Mörder würde wohl kaum von der Straße aus schießen, auch nicht im Hotel. In diesem Gewühl würde er kaum entkommen können.

Bestenfalls zu Fuß.

Er ging in einen nahe gelegenen Park. Auch hier drängten sich die Menschen, Paare tranken Tee, zehn Schuhputzer polierten in einer Reihe nebeneinander Schuhwerk, ein ambulanter Händler verkaufte Nussknacker aus Plastik.

Es würde für einen Mörder schwer sein zu entkommen, wenn er verfolgt wurde.

Dengler ging ins Hotel zurück und setzte sich in eine Couch in der Lobby. Er bestellte einen Kaffee und wartete.

»Sie müssen der deutsche Polizist sein.«

Acun Güreş war ein untersetzter Mann, schwarzhaarig und kräftig gebaut. Er trug einen vornehmen dunkelblauen Anzug. Er drückte Dengler freundlich die Hand.

»Wie gefällt Ihnen Trabzon, meine Heimatstadt? Ich bin viel zu selten hier.«

»Sehr gut, Herr General.«

»Die Menschen sind so freundlich hier. Friedlich gehen sie ihrer Arbeit nach.«

»Herr General, wir machen uns Sorgen um Ihre Sicherheit.«
Güreş sah ihn verdutzt an und lachte dann.
»Die deutsche Polizei macht sich Sorgen um meine Sicherheit. Das ehrt mich. Wirklich. Warum sorgen Sie sich?«
»Ich bearbeite den Tod des deutschen Generals Nauber. Sie kennen ihn.«
»Ich habe Klaus gut gekannt. Er war ein Freund. Tragisches Ende, wirklich.«
»Sie sind der letzte Überlebende des *Allied Clandestine Committee* der NATO. Alle anderen Mitglieder fielen Mordanschlägen zum Opfer.«
»Ich weiß. Aber ich bin sicher.«
Er wies mit einer kurzen Handbewegung auf zwei kräftige Männer mit Sonnenbrillen, die ihn nicht aus den Augen ließen.
»Die beiden hat die türkische Regierung mir ausgeliehen. Ich komme mir vor wie ein Popstar. Sehr lästig, aber meine Frau mag die jungen Leute.«
»Ich glaube, dass Ihr Mörder bereits in der Stadt ist.«
Güreş schwieg und sah ihn an.
Dengler sagte: »Herr General, was hat dieses Komitee getan? Worin bestand seine Arbeit? Wir müssen das wissen, um in der Sache Klaus Nauber weiterzukommen.«
Güreş Augen wurden schmal.
»Sie wissen, wir dürfen über militärische Dinge nicht reden. Nicht einmal zur deutschen Polizei. Machen Sie sich um mich keine Sorgen.«
Er sah zur Uhr.
»Jetzt muss ich aber in den Saal. Die Konferenz geht weiter.«
Er drückte Dengler die Hand und eilte zum Aufzug. Die beiden Leibwächter umrahmten ihn.
Dengler zog sein Handy und rief beim Kriminaldauerdienst des BKA an.

★★★

Zum Wasser waren es nur wenige Minuten. Das Schwarze Meer lag friedlich da. Kinder spielten auf Wiesen. Junge Frauen gingen ohne sich umzusehen an ihm vorbei. Auf den Parkbänken saßen alte Männer und rauchten.

Vom Murat Fischrestaurant hatte er einen wunderbaren Blick über das Meer und den Hafen. Dengler setzte sich auf die Veranda und bestellte Tee. Einige Möwen veranstalteten ein krächzendes Konzert, und ein Motorboot schaukelte draußen auf den Wellen.

Der Tee war gut, kräftig und wirkte belebend. Er sah dem Motorboot zu, das nun langsam in den Hafen zurück fuhr. Dengler stand auf und zahlte.

Er schlenderte hinunter zum Hafen. Ein Mann befestigte gerade die Leine des Motorbootes am Kai. Er starrte Dengler an.

»Was machen Sie denn hier?«

»Ich verhindere einen Mord.«

»Lassen Sie uns einen Kaffee trinken. Vielleicht dort in der kleinen Hafenbar.«

»Gerne.«

»Wie haben Sie mich gefunden?«

»Ich habe gesehen, dass Sie nach Istanbul geflogen sind. Dort haben Sie wahrscheinlich einen Wagen nach Trabzon genommen. Sie waren in Italien und in den Vereinigten Staaten, als die anderen Mitglieder des NATO-Komitees erschossen wurden.«

»Das sind keine Beweise, oder?«

»Ich habe keine Beweise gegen Sie.«

»Nur einen Verdacht.«

»Ja, nur einen Verdacht.«

»Und Sie wollen mich verhaften.«

»Ohne Beweise?«

»Dengler, Sie wissen, was diese Männer angerichtet haben? Sie haben mir meine Frau und meine beiden Kinder genommen. Sie haben unzähliges Leid wahllos und willkürlich unter Hunderte von völlig Unschuldigen gebracht. Wissen Sie Bescheid über dieses Komitee?«

»Dort wurden Attentate geplant, die sie von Neofaschisten ausführen ließen, um es der Linken in die Schuhe zu schieben und die politische Stimmung in Europa zu verändern. Die Menschen sollten wieder nach dem starken Mann rufen. Ich habe das Field Manual aufmerksam gelesen.«

»Ich habe fast dreißig Jahre gebraucht, um dahinterzukommen.«

»Warum sind Sie damit nicht zur Polizei gegangen?«

»Da war ich. Mit dem Ergebnis, dass ich dort nun als verrückter Verschwörungstheoretiker gelte.«

Dengler mochte den Mann noch immer.

Alexander Merkle schien kein schlechtes Gewissen zu haben. Er bestellte zwei türkische Kaffees. Sie warteten, bis der Kellner den Mokka brachte, dann schlürften sie vorsichtig.

»Wo haben Sie die Waffen her?«, fragte Dengler.

»Aus einem der Waffenlager, das die Polizei mittlerweile ausgehoben hat. Ich musste mir das Schießen mühsam beibringen. Aber Munition war in dem Erdloch ja genug vorhanden. Außerdem habe ich zwei Keramikgewehre genommen. Mit ihnen komme ich durch jeden Zoll. Sie sind während der Durchleuchtung unsichtbar. Außerdem fand ich mündungsfeuerfreie Munition.«

»Der Kaffee ist gut.«

»Dengler, hören Sie: Wer hätte diese Männer für ihre Taten zur Rechenschaft gezogen, wenn ich es nicht getan hätte?«

Dengler trank noch einen Schluck Kaffee.

»Niemand«, sagte er.

»Haben sie es verdient?«

»Erschossen zu werden?«

»Ja.«

Dengler überlegte.

»Wahrscheinlich.«

»Dann lassen Sie mich die Sache zu Ende bringen. Dieser türkische General ist der Letzte auf meiner Liste.«
Sie saßen lange schweigend zusammen.
Dann sagte Dengler: »Der Kaffee ist wirklich ausgezeichnet.«

Epilog

Dengler flog von Trabzon nach Istanbul und von dort zurück nach Stuttgart.
Als er im Landeanflug die Häuser unter sich sah, akkurat aufgereiht, weiß und hell und sauber, dachte er, dass es in Deutschland so ordentlich und aufgeräumt war, so als gäbe es keine Monster in diesem Land.
Aber er hatte sie gesehen, und er würde sie nie vergessen.
Von dem Tod des Generals Güreş las er in der Zeitung. Es war nur eine kleine Notiz. Bei einer Party in einem Fischrestaurant sei er erschossen worden. Trabzon sei bekannt für gewalttätige Morde.
Er dachte lange darüber nach, ob es richtig gewesen war, nicht einzugreifen. Er grübelte, kam aber zu keinem endgültigen Ergebnis.

***

Dann stand Olga wieder vor seiner Tür. Ihre Mutter war gestorben. Alles hatte sich hinausgezögert.
»Ich hoffe, dir war nicht langweilig, während ich weg war«, sagte sie.
Dengler schüttelte den Kopf. Plötzlich stiegen ihm die Tränen in die Augen. Es war ihm peinlich, Olga merkte es und legte ihre Arme um ihn.
Martin Klein drehte sich noch immer suchend um, wenn er durch die Stadt ging oder im *Basta* saß. Aber Betty kam nie wieder.
Bei den Bundestagswahlen verlor die konservative Partei drastisch, aber sie würde mit den Liberalen erneut die Regierung bilden. Charlotte von Schmoltke gewann ihren Wahlkreis mit deutlichem Stimmenvorsprung vor dem

grünen Kandidaten. Sie teilte dem Parteipräsidium mit, dass sie in dieser Legislaturperiode zunächst kein Regierungsamt übernehmen wolle. Sie bezog eine kleine Wohnung in der Tübinger Altstadt und freute sich jedes Mal auf den Besuch von Jan Nauber.
Mario lud seine Freunde zu einem großen Essen ein. Leopold war da, Martin Klein und Olga mit Georg Dengler.
»Lasst uns trinken«, sagte er und hob sein Glas. »Auf die Freundschaft und auf die Liebe.«
Alle hoben die Gläser, nur Martin Klein seufzte ein wenig.
»Ihr müsst nämlich wissen, ich werde Vater und Anna Mutter.«
Bravorufe ertönten, und alle gratulierten den beiden.
Das Leben ging weiter wie zuvor.
Aber tat es das wirklich?

Anhang: Das Field Manual 30–31, Anhang B, vom 18. März 1976

Wir drucken nachstehend mit freundlicher Genehmigung des Herbig-Verlag, München, das Field Manual 30–31 (Anhang B) des amerikanischen Militärgeheimdienstes. Das Dokument ist entnommen dem Buch der Spiegel-Journalistin *Regine Igel, Terrorjahre, Die dunkle Seite der CIA in Italien*.

Regine Igel veröffentlichte dieses berüchtigte Dokument zum ersten Mal vollständig in deutscher Sprache. In einer Vorbemerkung schrieb sie: *Leider haben es Texte dieser Art an sich, nicht leicht verständlich zu sein. Verklausulierungen bleiben auch hier nicht aus. Dennoch eröffnet dieser Text außerordentliche und deutliche Einblicke in Leitlinien der US-Geheimpolitik gegenüber den Ende der 60er-Jahre entstandenen Befreiungsbewegungen in unterentwickelten Ländern und gegenüber den Freiheitsbewegungen der industrialisierten »Gastländer«, im Text meist als »Aufständische« bezeichnet.*

Streng geheim

FM 30-31
Anhang B zu FM 30-31

Headquarters Department
of the Army Washington D. C.
18. März 1970

Stabilisierungsoperationen
Geheimdienst-Sondereinsätze

Kapitel 1
Einführung
Kapitel 2
Hintergrund
Allgemeines
Kapitel 3
Aufgaben des US-Militärgeheimdienstes
Identifizierung besonderer Zielgruppen
Erkennen von Schwachstellen im Gastland
Eingreifen des US-Militärgeheimdienstes
Kapitel 4
Leitlinien des Geheimdienstes
Allgemeines
Agentenrekrutierung
Unterstützung durch US-Bürger im Ausland
Unterwanderung der Rebellenbewegung
Agenten für Spezialeinsätze
Vorteile des US-Militärgeheimdienstes

Kapitel 1

Einführung

Dieser als streng geheim klassifizierte Anhang FM 30-31 B zählt aufgrund seines hochsensiblen Inhalts nicht zu den gängigen Ausgaben der FM-Serie. Das FM 30-31 beinhaltet Anleitungen über Lehre,

Taktiken und Vorgehensweisen zur geheimdienstlichen Unterstützung von Stabilisierungsmaßnahmen des US-Militärs im gesamten Verteidigungsbereich. Ursprünglich zur extensiven Verbreitung geplant, wurde sein Inhalt ausschließlich auf Angelegenheiten beschränkt, die gemeinsame Operationen der USA mit dem Gastland betreffen, die der Stabilitätssicherung dienen sollen.
Das FM 30-31 B hingegen bezieht sich auf die Geheimdienste des Gastlandes als Zielobjekte des US-Militärgeheimdienstes. Es wiederholt nicht die allgemeinen Leitlinien des Geheimdienstes, wie sie zum Beispiel in FM 30-31 und FM 30-31 A dargelegt wurden. Sein Nutzen ist allein darauf beschränkt, die Geheimdienste des Gastlandes als mögliche Operationsgebiete für den Geheimdienst herauszustellen. Gleichzeitig werden verschiedene Vorgehensweisen zur Beschaffung von Informationen über das Gastland aufgezeigt, die auf anderen Mitteln als dem offenen Kampf gegen die Aufständischen basieren und den Interessen Amerikas entgegenkommen. Solche Spezialoperationen sind strikt geheim zu halten, da sich eine Verwicklung des US-Militärs in Angelegenheiten des Gastlandes allein auf die Kooperation bei der Niederschlagung von Aufständen oder der Androhung solcher beschränkt. Die Tatsache, dass die Beteiligung des US-Militärs weitaus tiefer greift, darf unter keinen Umständen bekannt werden.
Mit dem Begriff »Gastland-Geheimdienst« kann innerhalb dieser Ergänzung und gemäß dem Kontext Folgendes gemeint sein:
a. Die zuständige Organisation des Gastlandes für interne Verteidigungsmaßnahmen.
b. Das Militär des Gastlandes im Allgemeinen.
c. Weitere Organisationen des Gastlandes neben dem Militär, zum Beispiel die Polizei oder andere zivile Sicherheitsdienste, nationale und lokale Verwaltungskörperschaften sowie Propagandaorga-

nisationen. Mit anderen Worten: Der US-Militärgeheimdienst trägt weitläufig unterstützend zu einer präzisen Bestimmung der gegen die Aufständischen gerichteten Kräfte des Gastlandes bei, sowohl in Bezug auf dessen eigenes Potenzial als auch in Relation dieses Potenzials zu den Möglichkeiten der US-amerikanischen Politik. Trotz der Verfolgung speziell militärischer Ziele sollten tiefer greifende Aspekte des Interesses der USA nicht vernachlässigt werden, wann immer sich die Gelegenheit bietet, diese zu fördern.

Die Verteilung dieser Ergänzung ist strikt auf die in der Verteilerliste Genannten begrenzt. Ihr Inhalt darf auf Geheiß der in dieser Liste Genannten an Personen ihres Vertrauens weitergeleitet werden, wenn diese aufgrund ihrer Stellung und ihres Einflusses auf das Gelingen der Operation einwirken können. Wann immer sich die Möglichkeit bietet, sollten detaillierte Anweisungen auf Basis dieser Ergänzung mündlich weitergegeben werden, wobei der extrem heikle Charakter dieser Angelegenheit betont werden muss.

Kapitel 2

Hintergrund

Allgemeines

Wie in FM 30-31 angedeutet, haben jüngste Aufstände entweder in Entwicklungsländern oder in jungen Nationen stattgefunden, die vormals Kolonien waren. Das US-amerikanische Engagement in diesen weniger entwickelten und von Aufstand bedrohten Nationen ist Teil der weltweiten Verwicklung der USA in den Kampf gegen den Kommunismus. Die Rebellion mag andere als kommunistische Ursprünge haben, beispielsweise stammesbedingte, rassische, religiöse oder regional bedingte Differenzen. Wo auch immer die Gründe liegen, der Aufstand selbst bietet dem Kommunismus Gelegenheit zur Infiltration, was bei einem Mangel an effektiven Gegenmaßnahmen zu einer erfolgreichen kommunistischen Machtübernahme führen kann. Maßgebliches Kriterium für die Art und den Grad des US-amerikanischen Engagements ist daher die von der Regierung des Gastlandes vertretene Position gegenüber dem Kommunismus einerseits und den Interessen der USA andererseits.

Notwendigkeit politischer Flexibilität

Aus verschiedenen Gründen sind weder das US-amerikanische Militär noch andere US-Geheimdienste unwiderruflich dazu verpflichtet, irgendeine Regierung des Gastlandes zu unterstützen:
a. Eine von den USA unterstützte Regierung kann im Kampf gegen einen kommunistischen oder kommunistisch inspirierten Aufstand aufgrund mangelnden Willens oder fehlender Durchschlagskraft Schwächen zeigen.
b. Sie kann sich selbst aufgrund der Nichtbeachtung grundlegender nationaler Strukturen kompromittieren.
c. Sie kann sich zu extrem nationalistischen Verhaltensweisen hinreißen lassen, die mit den US-amerikanischen Interessen unvereinbar sind oder ihnen schaden.
Solche Faktoren können eine Situation hervorrufen, in der US-amerikanische Interessen einen Wechsel der Regierungsausrichtung erforderlich machen, der es dem Gastland erlaubt, konstruktivere Vorteile aus der US-amerikanischen Unterstützung und Anleitung zu ziehen. Während gemeinsame Maßnahmen zur Niederschlagung eines Aufstands grundsätzlich und bevorzugt im Namen von Freiheit, Gerechtigkeit und Demokratie durchgeführt werden, behält sich die US-Regierung einen breiten Ermessensspielraum vor, um zu entscheiden, welches Regime

ihre volle Unterstützung verdient. Nur wenige der unterentwickelten Länder bieten einen fruchtbaren Grund für Demokratie im weitesten Sinne. Unter Einfluss der Regierung, sei es durch Überzeugung oder schärferes Eingreifen, müssen umfassende Wahlen vorangetrieben werden, denn autokratische Führungstraditionen sind so tief verwurzelt, dass sich der Wille des Volkes nur selten ausmachen lässt. Grundsätzlich kommt es dem Interesse der USA an weltweitem Ansehen mehr entgegen, wenn Regierungen, die US-amerikanische Unterstützung erhalten, demokratische Prozesse aufweisen oder zumindest den Anschein einer Demokratie wahren. Eine demokratische Struktur ist daher zu favorisieren, vorausgesetzt, dass sie den grundlegenden Erfordernissen einer antikommunistischen Haltung entspricht.

Charakteristische Schwachstellen innerhalb der Regierungen der Gastländer

Soweit die US-Politik betroffen ist, muss die Aufmerksamkeit aufgrund der oben genannten Gesichtspunkte auf bestimmte Schwachstellen gelenkt werden, die den meisten unterentwickelten Nationen innewohnen:

a. Als Konsequenz ihres unterentwickelten Status, ihrer jüngeren Ursprünge oder von beidem zeigen Regime, die von Aufständen bedroht werden, gewöhnlich Symptome der Entwurzelung und Instabilität. Ihre politischen Führer sind häufig unerfahren, stehen in offenem Widerspruch zueinander und sind korrupt. Führer mit außerordentlichen Qualitäten sehen sich häufig mit einem den modernen Ansprüchen ungenügend angepassten sowie mit ineffizientem und unterbezahltem Personal besetzten Regierungsapparat konfrontiert, was ihre Anstrengungen oft zunichte macht.

b. Diese Schwächen bieten Möglichkeiten zur weitläufigen Kontaktaufnahme zwischen Regierungsangestellten im Geheimdienst und den Aufständischen. In Anbetracht der chronischen Instabilität dieser Regime ist unter denjenigen, die sie unterstützen, der Wunsch nach einer Absicherung gegen einen möglicherweise totalen oder teilweisen Sieg der Rebellion weit verbreitet.

c. Bei inneren Konflikten in Entwicklungsländern nehmen meist beide Seiten für sich in Anspruch, jeweils den wahren nationalen Interessen zu folgen. Häufig jedoch verschaffen das enorme Ausmaß und die offene Zurschaustellung der US-amerikanischen Unterstützung den Aufständischen einen psychologischen Vorteil, da die Regierung als Marionettenregime bloßgestellt wird. Daraus resultieren gewöhnlich anwachsende antiamerikanische Gefühle, sowohl unter der Bevölkerung im Allgemeinen als auch unter den Regierungsangestellten im Besonderen, inklusive des Militärs. Gleich ob das Militär der Regierung untergeordnet ist oder sie dominiert, in der Regel spiegelt es ihren Charakter wider und teilt ihre Schwächen. Das Interesse der amerikanischen Armee am Militär des Gastlandes ist nicht auf dessen Professionalität ausgerichtet, sondern hat weitaus größere politische Bedeutung. In den meisten jungen, in der Entwicklung begriffenen Nationen spielt das Militär eine wesentliche politische Rolle, dessen Bedeutung zunimmt, sobald sich ein Regime mit einem bewaffneten Aufstand konfrontiert sieht, der militärische Gegenmaßnahmen erforderlich macht.

Kapitel 3

Aufgaben des US-Militärgeheimdienstes

Identifizierung besonderer Zielgruppen

Der US-Militärgeheimdienst befindet sich in einer Position, die es ihm erlaubt, Informationen über weite Bereiche der Regierungsaktivitäten des Gastlandes zu beschaffen. Das Hauptinteresse des US-Militärs liegt darin, seine geheimdienstlichen Anstrengungen zum Zweck interner Verteidigungsmaßnahmen auf das Militär des Gastlandes sowie damit verbundene Organisationen zu richten. Besondere Zielgruppen innerhalb des Militärs des Gastlandes stellen Mitarbeiter in besonderen Positionen dar, zum Beispiel:

a. Einheiten auf nationaler und lokaler Ebene, mit denen der US-Militärgeheimdienst direkt zusammenarbeitet.

b. Einheiten auf nationaler und internationaler Ebene, über die der US-Militärgeheimdienst mittels seiner aktiven Kontakte weitere produktive Kontakte über die Grenzen der üblichen militärischen Aktivitäten hinaus erschließen kann.

c. Lokale Einheiten, mit denen der US-Militärgeheimdienst weder in direktem noch indirektem Kontakt steht und die daher besonders anfällig für die politische Einflussnahme lokaler aufständischer Kräfte sind.

d. Mobile Einheiten, wie etwa Spezialeinheiten und Langstrecken-Aufklärungspatrouillen, die in Gebieten operieren, die teilweise oder nur zeitweilig unter der Kontrolle der Aufständischen sind und die daher ebenso leicht von solchen Einflüssen betroffen sind.

Zusätzlich zum Militär des Gastlandes und seiner Ausrichtung auf interne Verteidigungsstrategien muss die Aufmerksamkeit auch auf den Polizeiapparat gerichtet werden. Polizeibeamte stehen der lokalen Bevölkerung in der Regel näher als das Militär und stellen daher sowohl profunde Informationsquellen als auch ein erhöhtes Sicherheitsrisiko dar. Das Sicherheitsrisiko kann akut auftreten, wenn Polizeibeamte zum Militärdienst eingezogen und durch unsachgemäß ausgebildetes Personal ersetzt werden.

Operationen des US-Militärgeheimdienstes, die auf die oben genannten Zielgruppen ausgerichtet sind, verfolgen unterschiedliche Absichten:

a. Sie sollen militärische Einheiten des Gastlandes vor der Infiltration und Einflussnahme durch Elemente schützen, die mit den Aufständischen sympathisieren oder den USA gegenüber eine feindliche Gesinnung vertreten.
b. Sie sollen verhindern, dass Angehörige des Gastlandmilitärs versuchen, ihre eigene Zukunft zu sichern, indem sie aktive oder passive Kontakte zu den Aufständischen knüpfen.
c. Sie sollen Korruption und Ineffizienz innerhalb des Gastlandmilitärs auf ein erträgliches Maß reduzieren.
d. Sie sollen zur Förderung von Offizieren des Gastlandmilitärs beitragen, die den USA gegenüber nachweislich loyal sind.
e. Sie sollen ihre Protektion auf alle Geheimdienste des Gastlandes ausweiten, die in den Bereich US-militärgeheimdienstlicher Verantwortung fallen.

Um diese Ziele erreichen zu können, müssen die frühzeitige Erkennung von Schwachstellen in Gastlandgeheimdiensten sowie Möglichkeiten eines rechtzeitigen Eingreifens des US-Militärgeheimdienstes gewährleistet sein.

Erkennen von Schwachstellen im Gastland

Zu den Symptomen, die Schwachstellen in Gastlandgeheimdiensten anzeigen und deren Untersuchung und Erkennung das Eingreifen des US-Militärgeheimdienstes erforderlich machen, zählen folgende:

a. Politische Unzuverlässigkeit, zum Beispiel eine gleichgültige Haltung gegenüber der Regierung, Sympathien zu den Aufständischen, offenkundige Kollaboration mit den Aufständischen.

b. Eine antiamerikanische Einstellung, die durch den Einfluss aufständischer Propaganda hervorgerufen wird und die von persönlichen oder arbeitsbedingten Unstimmigkeiten zwischen Angehörigen von Organisationen des Gastlandes und denen amerikanischer Organisationen oder von der zu offensichtlichen Präsenz amerikanischen Personals in der Rolle des Seniorpartners herrührt.

c. Blutsverwandtschaft, die Angehörige der Regierung des Gastlandes mit den Aufständischen verbindet. Es ist eine übliche Praxis innerhalb der Familie, ihre Loyalität vorsätzlich auf die Regierung und die Aufständischen zu verteilen, sodass sie, egal welche Seite gewinnt, immer Kontakt zum richtigen politischen Lager hält. Diese Blutsbande spielen gerade unter Polizeieinheiten eine wichtige Rolle, die häufig in den eigenen Wohngebieten eingesetzt und daher dem Druck durch ihre Familien und Freunde besonders ausgesetzt sind.

d. Korruption, die den Einzelnen dem Druck aufständischer Elemente aussetzt und, wenn sie überhand nimmt, das öffentliche Vertrauen in die Regierung unterminiert, was wiederum der Ausbreitung der Rebellion zuarbeitet.

e. Ineffizienz, die ab einem bestimmten Maß den gewohnten Handlungsablauf derart beeinflusst, dass sie in gewisser Weise direkt dem Feind zuarbei-

tet. Auch hierdurch können Sympathien für den
Aufstand entstehen. Dies ist eine wohlbekannte
Form regierungsinterner Sabotage, die sich relativ einfach durchführen und, wenn überhaupt,
nur sehr schwer nachweisen lässt.

Eingreifen des US-Militärgeheimdienstes

Der US-Militärgeheimdienst muss darauf vorbereitet
sein, entsprechende Maßnahmen vorzuschlagen für
den Fall, dass die Symptome der Schwachstellen
lange genug existieren, um wirksamen Schaden anzurichten. Solche Maßnahmen können sich gegen
einzelne Personen richten oder darauf ausgerichtet
sein, Druck auf Gruppen, Organisationen und, in
letzter Instanz, auf die Regierung des Gastlandes
selbst auszuüben.
Der US-Militärgeheimdienst ist gehalten, die
Kooperation mit der entsprechenden Autorität des
Gastlandes anzustreben, die Strafmaßnahmen gegen
Bürger des Gastlandes einleiten kann. Die Zusammenarbeit kann jedoch in Bereichen problematisch
werden, in denen abweichende oder widersprüchliche
Ziele angestrebt werden. In diesem Fall muss der
US-Militärgeheimdienst die Haltung der USA gegenüber den widerstrebenden Kräften im Gastland verteidigen.
Dieser Konfliktbereich entsteht meistens dann, wenn
sich Strafmaßnahmen gegen Einzelne richten, die
durch persönliche, politische oder bürokratische
Verflechtungen geschützt sind.
Handlungen, die darauf ausgerichtet sind, Geheimdienste des Gastlandes oder sogar die Regierung
selbst zu beeinflussen oder unter Druck zu setzen,
setzen voraus, dass die Interessen der USA gefährdet sind. Der Situation angemessene Maßnahmen
können offizieller oder inoffizieller Natur sein.
Offizielle Handlungen sind im Zusammenhang mit
den in diesem Dokument diskutierten Themen nicht

relevant. Inoffizielle Handlungen, die der Geheimhaltung obliegen, fallen unter die gemeinsame Verantwortlichkeit des US-Militärgeheimdienstes und anderer US-Geheimdienste.

Kapitel 4

Leitlinien des Geheimdienstes

Allgemeines

Der Erfolg interner Stabilisierungsprozesse, die im Rahmen interner Verteidigungsstrategien durch den US-Militärgeheimdienst gefördert werden, hängt zu großen Teilen vom gegenseitigen Verständnis des US-Personals und des Personals der Geheimdienste des Gastlandes ab.
Wie hoch der Grad wechselseitigen Einvernehmens zwischen dem US-Personal und dem Personal des Gastlandes auch ist, die Möglichkeit, Mitarbeiter der Geheimdienste im Gastland für eine Agententätigkeit zu gewinnen, ist eine wesentlich verlässlichere Basis für die Lösung der Probleme des US-Militärgeheimdienstes.
Das Anwerben führender Mitarbeiter der Gastlandgeheimdienste als Langzeitagenten ist daher besonders wichtig.

Agentenrekrutierung

Für die speziellen Belange des US-Militärgeheimdienstes stellt das Offizierskorps einen besonders geeigneten Bereich dar, um Mitarbeiter anzuwerben. In vielen unterentwickelten Ländern stammen die Militäroffiziere aus wohlhabenden Verhältnissen, sind aufgrund ihres familiären Hintergrunds und ihrer Ausbildung konservativ und daher antirevolutionären Lehren gegenüber offen eingestellt. Ihre Mitarbeit als proamerikanische Langzeitagenten ist

besonders wichtig, da sie häufig eine entscheidende
Rolle bei der Kursbestimmung der Entwicklung in
von ihnen vertretenen Ländern spielen. Hinsichtlich der Anwerbung von Langzeitagenten verdienen
Angehörige folgender Kategorien besondere Bedeutung:
a. Offiziere, die aus Familien stammen, die seit
Langem wirtschaftliche und kulturelle Beziehungen mit den Vereinigten Staaten und ihren
Alliierten pflegen.
b. Offiziere, die Gelegenheit hatten, sich mit US-militärischen Trainingsprogrammen vertraut zu
machen, insbesondere diejenigen, die in den
Vereinigten Staaten selbst ausgebildet wurden.
c. Offiziere, die für bestimmte Posten innerhalb
des Gastlandgeheimdienstes auserwählt wurden.
Ihnen gebührt besondere, wenn nicht exklusive
Beachtung.

Gemäß den Direktiven des Ausbildungspersonals in
US-Trainingslagern müssen die in Unterpunkt 2
benannten Offiziere genauestens überprüft werden,
und zwar hinsichtlich ihrer politischen Loyalität,
ihrer Unempfänglichkeit gegenüber der kommunistischen Ideologie und ihrer Treue gegenüber den demokratischen Idealen der Vereinigten Staaten. Der
geheime Anhang des abschließenden Trainingsreports
über jeden Offizier eines Gastlandes, der ein US-Trainingsprogramm durchlaufen hat, enthält eine
Bewertung über dessen Aussichten und Möglichkeiten, als Langzeitagent des US-Militärgeheimdienstes tätig zu sein. Fragen bezüglich der Anwerbung
werden in FM 30-31 A ausführlicher behandelt,
worin die allgemeine Doktrin zur Handhabung der
Agententätigkeit (HUMINT) dargelegt und ausgearbeitet ist. Die dort beschriebenen Direktiven
sollten bei Rekrutierungsmaßnahmen hinzugezogen
werden, welche die Beteiligung von Geheimdiensten
vorsehen, die der Regierung des Gastlandes nahestehen.

Unterstützung durch US-Bürger im Ausland

Der US-Militärgeheimdienst muss die mögliche Mitarbeit von US-Bürgern, die in den Gastländern arbeiten, einerseits als direkte Informationsquellen, andererseits aber auch als offizielle oder inoffizielle Mittler bei der Anwerbung von Bürgern des Gastlandes als Langzeitagenten berücksichtigen. Zu diesen benannten US-Bürgern zählen Beamte, die für einen anderen als den US-Militärgeheimdienst tätig sind, sowie Geschäftsleute und Repräsentanten der Massenmedien.

Unterwanderung der Rebellenbewegung

In FM 30-31 wurde die Notwendigkeit betont, dass Geheimdienste des Gastlandes die aufständische Bewegung im Hinblick auf eine erfolgreiche Gegenbewegung durch das Einschleusen von Agenten unterwandern. Es wurde deutlich gemacht, dass die Gefahr besteht, dass aufseiten der Aufständischen stehende Agenten die großen Organisationen des Gastlandes, staatliche Behörden, die Polizei und Einheiten des militärischen Geheimdienstes mit der Absicht infiltrieren, geheime Informationen zu sammeln. Ebenso wurde klar herausgearbeitet, dass, wenn die Geheimdienste der Gastländer nur mangelnde Informationen über prorebellische Agenten in Bereichen, in denen deren Tätigkeit bekannt ist, besitzen, dies ein Hinweis sein kann, dass es diesen Agenten bereits erfolgreich gelungen ist, die Geheimdienste des Gastlandes zu unterwandern. Sie befinden sich somit in der Position, Schritte der Regierung vorwegzunehmen.
In diesem Zusammenhang sollte der US-Militärgeheimdienst zwei grundsätzliche Aktionsstränge verfolgen:
a. Er sollte dahingehend arbeiten, die Agenten

zu identifizieren, die durch Geheimdienste des
Gastlandes, die für die interne Sicherheit zuständig sind, in die aufständische Bewegung
eingeschleust wurden, um die Arbeit dieser
Agenten der geheimen Kontrolle durch den US-Militärgeheimdienst zu unterstellen. (Die
Vorgehensweise wird in diesen Fällen von den
vorherrschenden Gegebenheiten im jeweiligen
Land abhängig sein.)
b. Er sollte versuchen, vertrauenswürdige Agenten
in die Führungsschicht der Aufständischen einzuschleusen. Hierbei sollte insbesondere das
Geheimdienstsystem der Aufständischen beachtet
werden, das gegen die Geheimdienste des Gastlandes gerichtet ist. Achten Sie hierbei besonders darauf, dass Informationen über das
Personal dieser Geheimdienste, die aus aufständischen Quellen stammen, von großem Wert
sein können, um ein angemessenes Verhalten
des US-Militärgeheimdienstes zu gewährleisten
und rechtzeitige Maßnahmen einzuleiten, um die
Interessen der USA zu fördern.

Agenten für Spezialeinsätze

Es kann vorkommen, dass die Regierungen der Gastländer gegenüber dem Kommunismus oder der kommunistisch inspirierten Unterwanderung Passivität
oder Unentschlossenheit zeigen und gemäß den Einschätzungen der US-Geheimdienste mit ungenügender
Schlagkraft reagieren. Meist entstehen solche
Situationen, wenn die Aufständischen zeitweilig
auf Gewalt verzichten und sich somit einen Vorteil
zu verschaffen hoffen, da sich die Führungskräfte des Gastlandes in falscher Sicherheit wähnen.
In solchen Fällen sollten dem US-Militärgeheimdienst alle Mittel zur Verfügung stehen, gezielte
Operationen zu starten, die sowohl die Regierungen
der Gastländer als auch die Öffentlichkeit von der

Gefahr einer Rebellion und der Notwendigkeit eines
Gegenangriffs überzeugen.
Zu diesem Zweck sollte der US-Militärgeheimdienst
alles daransetzen, Agenten mit Spezialaufträgen in
die aufständische Bewegung einzuschleusen, welche
die Aufgabe haben, spezielle Aktionsgruppen innerhalb der radikaleren Elemente der Bewegung zu bilden. Entsteht eine der oben genannten Situationen,
sollten diese durch den US-Militärgeheimdienst
kontrollierten Gruppen eingesetzt werden, um je
nach Lage des Falls entweder gewaltfrei oder auch
gewaltsam einzugreifen. Diese Operationen können
solche beinhalten, die in FM 30-31 als Phasen II
und III eines Aufstandes bezeichnet werden.
In Fällen, in denen ein erfolgreiches Einschleusen
solcher Agenten in die Führungsriege der Rebellen
nicht durchgeführt werden konnte, kann es, um die
oben genannten Ziele zu erreichen, hilfreich sein,
die Mitarbeit extrem links gerichteter Organisationen für eigene Zwecke zu nutzen.

Vorteile des US-Militärgeheimdienstes

Auf dem Gebiet der Human Intelligence (HUMINT)
genießen Mitarbeiter des US-Militärgeheimdienstes
den Vorteil, in vielen Bereichen direkt mit ihnen
gleich Gestellten innerhalb der Geheimdienststruk-
tur des Gastlandes zusammenzuarbeiten. Aufgrund
ihrer in der Regel besseren Ausbildung, Sachkennt-
nis und Erfahrung sind sie besonders qualifiziert,
besseren Nutzen aus einer solchen Kooperation zu
ziehen, auch wenn sie mit Personal zusammenarbeiten, das ihnen vom Rang her überlegen ist. Diese
enge Kooperation ermöglicht es dem US-Militärgeheimdienst, einen umfassenden und detaillierten
Überblick über die Struktur des nationalen Geheimdienstes zu erhalten.
In FM 30-31 wurde erwähnt, dass die Einrichtung
von National Internal Defense Coordination Centers

(NIDCC) und Area Coordination Centers (ACC) erstrebenswert ist, um Geheimdienstoperationen, Administration und Logistik in das gemeinsame Bemühen zu integrieren, um eine Problemlösung bezüglich der Rebellion zu erreichen.

Die vorliegende Empfehlung wurde ausgearbeitet, um die Effektivität antirebellischer Anstrengungen im Gastland zu verbessern. Sie kann dem US-Militärgeheimdienst ebenfalls als Leitfaden für das Eindringen in die militärische Führung des Gastlands dienen. US-Personal, das den NIDCC oder den ACC angeschlossen ist, befindet sich in günstiger Position, seine Aufmerksamkeit auf die Gesamtorganisation des Militärs im Gastland zu richten, was sowohl Militäroperationen, die Administration, die Logistik als auch den Geheimdienst umfasst.

Die Einrichtung zusammengeschlossener Zentralarchive in den NIDCC sollte zur Nachrichtenbeschaffung über das Personal der Geheimdienste im Gastland genutzt werden. Dies gilt auch für die selektiveren Archive auf ACC-Ebene. In Bereichen, in denen die Existenz separater Gastlandarchive bekannt ist oder vermutet wird, diese dem US-Personal aber nicht offiziell zugänglich sind, sollten Operationen in Erwägung gezogen werden, die ihm den gewünschten Zutritt verschaffen.

Auf Anweisung des Militärbeauftragten:
W. C. Westmoreland

Für die Richtigkeit:
General, United States Army Kenneth C. Wickham
Chief of Staff Major General,
United States Army The Adjudant General

Quelle: Parlamentskommission zur P2 (Commissione parlamentare d'inchiesta sulla loggia massonica P2. Allegati alla Relazione Doc. XXIII, n. 2-quater/7/1 Serie II, Vol. VII, Tomo I, Rom 1987, S. 287–298)

Finden und Erfinden – ein Nachwort

Bei der Arbeit an diesem Buch habe ich mich auf Tatsachen gestützt, so unfassbar sie auch sein mögen. Figuren und Handlung sind erfunden.
Ein überraschender Anruf brachte mich auf das Thema:
»Wir haben etwas für Sie, das Sie interessieren wird.«
Die Stimme war bestimmt, sympathisch, aber nicht auf Sympathie aus. Es war eindeutig eine Polizistenstimme. Dies war wahrscheinlich der Grund, warum ich mich auf das Abenteuer einließ. Wir vereinbarten einen Termin am frühen Abend, trafen uns zu dritt, fuhren fast eine Stunde, ohne ein Wort zu reden. Dann gaben sie mir Akten der Sonderkommission Theresienwiese. Ich las bis zum frühen Morgen, die beiden Männer unterbrachen mich selten. Hin und wieder machten sie mich auf einzelne Schriftstücke, Protokolle oder Aktenvermerke aufmerksam. Ich durfte weder Notizen noch Kopien erstellen. Sie wiesen mich auf Vernehmungen hin, die in den Abschlussberichten nicht auftauchten, auf die vielen Widersprüche in den Ermittlungen. Sie wollten mich auf eine Fährte setzen, das wurde mir bald klar.
Zum Schluss verwiesen sie mich auf ein Buch von *Ulrich Chaussy: Oktoberfest. Ein Attentat.* Im Morgengrauen brachten sie mich zurück nach Stuttgart.
Die beiden hatten sich mir namentlich nicht vorgestellt. Offensichtlich waren sie mit den Ergebnissen der Oktoberfest-Ermittlungen nicht einverstanden. Aber ich danke ihnen: Sie hatten mich tatsächlich neugierig gemacht. Ich besorgte mir Chaussys Buch, eine gründliche und erschütternde Recherche über das Oktoberfestattentat – und hatte einen neuen Fall für Georg Dengler gefunden.

***

Ich bekomme hin und wieder Hinweise von Polizisten. Manche weisen mich auf Fehler hin, manche unterbreiten Verbesserungsvorschläge, andere kritisieren meine Bücher, wiederum andere bekommen nach dem ersten Telefonat kalte Füße und führen das Gespräch nicht fort. Mittlerweile schätze ich diese Kontakte sehr. Ich habe einen Typus von Polizisten kennen und schätzen gelernt, der mir bisher nicht bekannt war. Es ist jener Typ Polizist, der sich der Sache oder der Wahrheit verpflichtet fühlt und der oft genug unter Vorgesetzten leidet, die ausschließlich an ihren persönlichen Vorteil und ihr persönliches Fortkommen denken. Diese Polizisten habe ich (nur für mich) *die aufrichtigen Bullen* getauft. Ihnen ist dieses Buch gewidmet.

★★★

Ich danke *Ulrich Chaussy* für die freundliche Unterstützung und für den Hinweis auf ein weiteres wichtiges Buch. Es war nicht Martin Klein, der auf die Idee kam, bei der Stasi nachzusehen, welche Unterlagen dort über den Anschlag auf das Münchener Oktoberfest zu finden wären. Es war der Berliner Journalist *Tobias von Heymann*, der diese Idee hatte. Er ist auf mehr als 8000 Blatt Aktenbestand gestoßen und hat darüber ein atemberaubendes Buch geschrieben*: Die Oktoberfest-Bombe – München, 26. September 1980* (2008). Auf die Werke von *Chaussy* und *von Heymann*, die ich immer wieder direkt und indirekt zitiere, stütze ich mich in diesem Buch hauptsächlich. Sie sind dem Leser, der sich vertieft mit den Hintergründen dieses Verbrechens beschäftigen will, zur Lektüre empfohlen. Bezugsquellen und Kurzbesprechungen finden sich auf meiner Homepage *www.schorlau.com*.

★★★

Kann es sein, dass westliche Regierungen bzw. staatliche Institutionen wie Geheimdienste im Bündnis mit Neofaschisten Terrorakte und politische Morde planen und durchführen? Dieser Verdacht ist so ungeheuerlich, dass selbst jetzt, nachdem ich mehr als ein Jahr über dieses Thema gearbeitet habe, es mir schwerfällt, diese Zeilen zu schreiben: Ja, es war so – und zumindest für Italien ist es durch Untersuchungskommissionen nachgewiesen. Der ehemalige italienische Ministerpräsident *Giulio Andreotti* gab die Existenz dieses Bündnisses am 3. August 1990 im Rahmen einer Parlamentsanfrage öffentlich zu und verwies auf ähnliche Operationen dieser *Gladio* genannten NATO-Geheimarmee in anderen europäischen Staaten, unter anderem in Deutschland. In vielen dieser Staaten gab es daraufhin Untersuchungsausschüsse der Parlamente, in Deutschland leider nicht. Es ist bis heute nicht bekannt, ob die Gladio-Aktivitäten eingestellt wurden und was mit den versteckten, umfangreichen Waffen- und Ausrüstungsarsenalen geschehen ist. Nachzulesen ist die italienische Gladio-Geschichte bei *Regine Igel: Terrorjahre. Die dunkle Seite der CIA in Italien.*
Der Schweizer Historiker *Daniele Ganser* hat in seiner Dissertation die bisher umfangreichste Untersuchung über Gladio vorgelegt: *Daniele Ganser: NATO-Geheimarmeen in Europa. Inszenierter Terror und verdeckte Kriegsführung. Zürich 2008.* Auf seine Arbeit stütze ich mich bei den Gladio-Passagen.

★★★

Der Vortrag von Dr. Huber zur großen Lage ist teilweise entnommen dem Artikel »Suppenküchen-Sozialismus« von *Robert Kurz* im *Freitag* 07/09. Ich hoffe, er wird es mir nachsehen. Das Zitat des baden-württembergischen Innenministers *Heribert Rech* ist entnommen dem Buch von *Patrick Gensing: Angriff von Rechts. Die Strategien der Neonazis – und was man dagegen tun kann,* München 2009. Das Zitat von *Volker Bouffier* ist SPIEGEL ONLINE entnommen.

Ich bedanke mich bei *Ute Vogt* für ihre ausführliche Schilderung ihres Lebens als parlamentarische Staatssekretärin im Innenministerium. Herzlichen Dank auch an *Gerhard Wegen* für die unvergessene und unvergessliche Einladung in den Harvard-Club. Ich danke auch *Petra von Olschowski, Werner Dietrich, Winne Hermann, Silke Stokar, Heike Schiller und Monika Plach* sowie weiteren namentlich nicht zu nennenden Informanten für ihre Hilfe – und *Nikolaus Wolters* für das Lektorat.

★★★

Es ist dem Bemühen einiger der Opfer des Attentats und ihres Anwalts zu verdanken sowie den Arbeiten von *Chaussy* und *Heymann*, dass die Öffentlichkeit sich nicht mit der mehr als fragwürdigen Einzeltäterthese abspeisen ließ. All das hat zu einem Fragebündel geführt, die in einer Kleinen Anfrage der Grünen zusammengeführt wurden. Eine Antwort der Bundesregierung steht noch aus. Die Anfrage kann man auf meiner Homepage nachlesen. Noch immer ist die Wahrheit über das schwerste terroristische Verbrechen in der Geschichte der Bundesrepublik nicht gefunden.

Das Attentat auf das Münchener Oktoberfest nimmt in der kollektiven Erinnerung der Bundesrepublik Deutschland bis heute nicht den Platz ein, der ihm eigentlich zusteht – auch angesichts der privaten Schicksale, die davon betroffen waren und sind. Es geht mir in diesem Buch darüber hinaus aber auch um Grundsätzliches, nämlich um die Frage, welche Maßnahmen Regierung und Geheimdienste glauben ergreifen zu dürfen. Und noch eine Frage stellt sich mir in diesem Zusammenhang: Welche Bilder uns von der Vergangenheit im Kopf bleiben und welche wir bereit sind zu vergessen, wenn nur niemand davon spricht, keiner daran erinnert. Ich wünschte mir, dieses Buch könnte daran etwas ändern.

Stuttgart, im September 2009

»Einer der wichtigsten deutschsprachigen Autoren politischer Kriminalromane.«

www.krimi-forum.de

Wolfgang Schorlau. Die blaue Liste. Denglers erster Fall. KiWi 870

Wolfgang Schorlau. Das dunkle Schweigen. Denglers zweiter Fall. KiWi 918

Wolfgang Schorlau. Fremde Wasser. Denglers dritter Fall. KiWi 964

Wolfgang Schorlau. Brennende Kälte. Denglers vierter Fall. KiWi 1026

www.kiwi-verlag.de